KB052818

꿈해몽사전

박정윤 장편소설

차례

해설

작가의 말

1부

○

　싸라기눈이 바다 위로 떨어졌다. 목선 뱃머리에 적, 황, 녹, 백, 청 오방기가 펄럭이고 흰 종이가 달린 대나무 신대가 세워졌다. 알록달록한 한복에 쾌자를 입은 무녀들이 양손에 종이꽃을 들고 춤을 췄다. 징 소리가 파도를 가르고 뱃전에서 일어선 무녀가 무가를 구연했다. 바다에서 죽은 이의 넋을 위로하고 용왕에게 풍어를 비는 별신굿 첫날 밤 용왕먹이기 중이었다. 목선 후미에선 짚단을 태웠다. 무녀가 길고 흰 무명천을 칼로 갈랐다. 양쪽으로 갈라진 천 앞에 서 있는 청천호 선주의 머리와 어깨, 등을 방울로 훑어 내렸다. 무녀들이 한지에 밥을 넣고 꼭꼭 싸맸다. 입에 지전을 꽂은 명태 꾸러미와 술, 한지에 싼 밥을 동, 서, 남, 북 방향의 바다에 던졌다. 징 징 징. 징 소리가 허공에 얼어붙은 눈을 흩뿌렸다. 징징지잉. 붉은 치마에 노랑 저고리를 입은 처녀 무당이 어깨에 쌓인 눈을 털며 일어섰다. 거센 파도가 솟구치는 바다를 노려보던 처녀 무당이 별안간 바다에 몸을 던졌다. 징을 잡고 있던 화랭이가 곧장 뒤를 따라 바다로 뛰어들었다.

•

○

오늘, 나는 꿈을 사러 간다.

남대천에서 물이 뒤척거리는 소리가 들렸다. 새벽빛이 커튼을 통과했다. 동쪽 창의 사각형이 윤곽을 드러낼 때, 계획을 다시 점검했다. 율에게 돈을 받는다. 학교에서 배 아픈 연기를 한다. 조퇴 후 기차역으로 가 서울역으로 가는 고속철도를 탄다. 남자를 만나 꿈을 받은 후 돌아온다. 간단하다. 몸을 일으키자 아랫배에 전류가 흐르듯 찌릿했다. 갈아입을 청치마와 남색 후드 티셔츠를 종이 가방 안에 넣었다.

분명 나는 어제와 달라졌다. 몸 가운데를 가르고 흘러나오는 피와는 상관이 없다. 열일곱 살 계집아이에게 초경을 맞이하는 것은 물이 아래로 흐르듯 자연스러운 것이니깐. 오히려 또래에 비해 많이 늦었다. 앞으로 나는 매달 한 번씩 축축한 공포와 비릿한 냄새를 경험하게 되는 것뿐이다. 내가 어제와 달라졌다는 건 꿈을 사러 간다는 거였다. 오늘, 나는 해몽가로서 길을 한 발짝 내딛는 것이다. 피 묻은 이불을 세탁기에 집어넣고 할머니의 방으로 갔다. 할머니는 신주 근양에 참가하기 위해 다른 날보다 일찍 사우나에 갔다. 문갑 옆 장식장에서 LP판 세 장을 꺼냈다. 문갑 위에 놓인 작은 연꽃을 집어 들었다. 할머니는 내게 달거리가 시작되면 연꽃을 내 방 거울에 달아 놓으라 했다. 연에서 나오는 기운이 몸을 따뜻하게 보호해 준다는 거였다. 물론, 나는 그 말을 믿지 않았다. 색을 입힌 종이 연꽃에서 어떻게 따뜻한 기운이 나온단 말인가. 그렇지만 할머니가 기다리던 달거리가 시작했다는 것을 알려 주기 위해 연꽃을 내 방 거울에 걸어 두었다.

할머니 방 바로 옆에 있는 신방으로 들어갔다. 복채를 담아 놓은 흰 사발에서 만 원권 세 장과 오만 원권 지폐 한 장을 꺼내고 사발의 돈을 뒤섞어 놓았다. 문을 열고 나오려는데 뒤에서 누군가 내 머리채를 잡아당기는 것 같았다. 뒤를 돌아봤다. 벽에 걸려 있는 탱화 속 범일국사가 나를 노려보았다. 양쪽에 호랑이를 대동하고 흰

말 위에 올라타고 있는 그에게 혀를 쏘옥 내밀고 방을 나왔다.

청파 여인숙 간판 옆에 만(卍) 자가 적힌 붉은 깃발이 바람에 펄럭거렸다. 신방에 모셔 둔 탱화와 불상보다 대나무에 매달려 펄럭거리는 서낭기를 볼 때 더 신기가 느껴졌다. 단오 굿터인 남대천 주변을 떠돌던 신들이 깃발에 달라붙어 뒤흔들고 있는 것 같았다. 녹슨 대문을 닫고 둑 아랫길을 따라 걸었다. 물 흐르는 소리가 들렸다. 둑을 사이에 두고 둑 아래에서 물이 흘렀다. 둑 위에서 물을 보며 걸을 때와 달리 둑 아랫길을 걸을 때 보이진 않지만, 물이 더 가까이 느껴졌다. 남대천 건너편에 있는 남산으로 올라가는 길 쪽에서 누군가가 나를 본다면 머리만 보일 테다. 내 몸이 물속에 묻혀 머리만 달랑거리며 걷는 것처럼 보일 거다.

할머니는 무당에게 물은 중요하다고 했다. 그래서 물이 흐르는 곳에서 굿을 하고 남대천변 둑 아래 당집이 모여 있었다. 율의 집은 청파 여인숙에서 다섯 번째 떨어져 있는 집이다. 그곳도 원래 여인숙이었는데 지금은 손님을 받지 않았다. 굿 때마다 무당들은 그곳에 머물렀다.

강신무가 아니기에 대문 옆에는 서낭기가 없다. 청파 여인숙과 율의 집 사이에 있는 무당은 모두 강신무였다. 대문 옆에는 연꽃이 그려진 간판에 처녀 보살, 도솔암, 정현암이 붉은 글씨로 적혀 있다. 대문에는 역시 서낭기가 펄럭거렸다. 율의 집 옆에는 석천 철학관이 있다. 석천 철학관을 끼고 돌면 바로 대로변이다.

율은 여진 언니의 삼촌이고 이름은 덕률이다. 덕률 삼촌이라 발음하기 힘들어 여진 언니와 나는 그냥 '율'로 불렀다. 그렇게 부르는 것이 이국적으로 느껴지기도 했다. 영어를 배우기 시작하면서 율이란 발음에는 소울처럼 어떤 혼이 깃들어 있는 것 같았다. 굿당에서 탯줄 감고 태어나 굿당에서 걸음마를 뗐다는 율에겐 실제 숱한 혼이 스며들었을지도 몰랐다. 어릴 때 우리끼리 그렇게 부르다가 점차 사람들 앞에서도 율, 이라 불렀다. 이젠 무당들과 할머니도 그를 율, 이라 불렀다. 그는 왼쪽 다리가 오른쪽 다리보다 한 뼘 정도 짧았다. 아니, 오른쪽 다리가 왼쪽 것보다 한 뼘 정도 길다 할 수도 있다. 하여간 그는 어깨가 왼쪽으로 처졌고 기우뚱하게 걸어 마치 춤을 추는 것 같았다. 그는 사람들 시선이 다리에 집중하지 못하게 하려고 청색 스카프를 했다. 그가 춤추듯 걸

을 때마다 스카프가 바람을 일으켰다. 그래서 율의 몸에
는 늘 바람이 따라다녔다. 그림자에도 바람이 펄럭거렸
다.

"저, 혼 빠진 화랭이."

할머니는 나와는 정반대 시각에서 율을 판단했다.
나는 사사건건 할머니와 의견이 엇갈렸던 때가 있었다.
있는 성질을 다 부릴 때였다. 무명천 가운데를 쭉 갈라
양쪽 길을 만들 듯 할머니와 각자 갈라서고 싶었다. 감정
의 기폭이 가파르게 꺾였던 때였다. 교복을 입고 버스를
타 시내를 관통해 있는 학교에 다녔다. 세상을 조금씩
알아 갈수록 낡아 빠진 이 골목이 지긋지긋했고 우윳빛
외벽을 가진 아파트에 사는 애들이 부러웠다. 세련된 차
림으로 아이들을 기다려 차에 태워 학원으로 데려다주
는 엄마들을 보면 할머니가 원망스러웠다. 엄마 얘길 꺼
내면 냅다 욕부터 지르는 무당 할머니가 부끄러웠다. 억
지를 부려 없는 슬픔도 만들었던 때였다. 할머니가 주걱
에 붙은 밥알을 입술로 떼어내는 것도 김칫국물이 떨어
지는 접시를 손으로 훑는 것도 바닥에 떨어진 머리카락
과 먼지를 손으로 쓸어모아 버리고 그 손으로 과일을 깎

아 주는 것도 모든 게 거슬렸다. 한참 반항했던 그 시절도 다 지나갔다. 할머니 표현에 의하면 나는 이제 숨이 들었다. 할머니의 욕도 귓등으로 흘려 버리는 유연성을 갖췄다. 그때나 지금이나 율에 대한 애정은 변함이 없었다.

율은 목수이며 양중(兩中)이다. 나는 그가 나무를 얼마나 잘 다루는지는 모른다. 그가 장구와 꽹과리를 다루는 솜씨로 봐선 톱을 다루는 기술도 보통이 아닐 것으로 생각되었다. 그는 젊은 시절 많이 떠돌았고 책과 오토바이를 좋아했다. 특히, 술을 좋아했다. 일하는 도중에도 뒷주머니에 팩 소주를 꽂아 놓고 마시는 못된 버릇이 있었다. 사흘 전, 장롱을 배달하다 상대편의 보조를 맞추지 못해 발목을 접질렸고 장롱이 발등을 내리찍었다. 그는 지금 오른쪽 종아리부터 발까지 통깁스하고 있다. 가뜩이나 왼쪽보다 긴 다리에 깁스까지 해 더 길어진 다리를 질질 끌고 다녔다. 다치지 않았다면 오늘 신주 근양을 위해 칠사당으로 올라가야 했다. 율이 집에 있다는 건 나에겐 돈을 벌 기회였다.

때죽나무 꽃향기가 그윽한 마당에 들어섰다. 때죽나

무 옆 라일락은 진보라색 꽃봉오리를 내밀었다. 정통 세습무인 여진 언니네는 신방이 따로 없었다. 대신, 율의 방 옆에 작은 골방 하나가 있었다. 율은 그곳에 신장을 모시고 있었다. 장구와 쇠, 징, 북 등을 선반에 모셔 놓았다. 율은 굿을 하러 가기 전과 굿을 하고 돌아와 무악기 앞에 막걸리를 부어 놓고 절을 했다. 명절에도 마치 조상에게 차례를 올리듯 절을 했다.

대문 왼쪽에 떨어져 있는 율의 방문을 잡아당겼다. 흰색 창호지를 들고 있던 율이 반색하며 고개를 돌렸다. 흰색 종이로 도라지꽃 모양을 내어 칠성 제비꽃을 피우는 중이었다. 방에는 다리미판과 빨강, 노랑, 녹색, 색색이 물들인 창호지가 널려 있었다.

"소리, 일찍 왔네. 가져왔어?"

율은 적색 창호지를 다렸다. 율의 방은 언제나 어두컴컴했다. 남대천을 향해 나 있는 작은 창과 서쪽을 향해 나 있는 큰 창문에는 대나무가 그려진 녹색 커튼이 방바닥까지 내려왔다. 묵직한 녹색 커튼 때문에 방 안은 숲속 같은 어둠이 고였다. 해가 비칠 때 방은 온통 녹색 세상이다. 낮은 책상에 펼쳐 놓은 책과 잘라 놓은 색색의 창호지도 녹색으로 물들었다. 구름마저 녹색으로 만들어 버리는 방이었다. 커튼을 걷어 놓으면 저녁 무렵 서쪽 창으로 빛이 쏟아졌다. 대관령을 넘어가는 해로 인해 방 안 전체가 붉어졌다. 율의 방에서 놀다 해가 질 때면 깜짝 놀라곤 했다. 낮은 책장 위에 쌓아 놓은 책들 사이로 불이 붙는 것 같았다.

윗목 바닥에 쌓아 놓은 책들 대부분은 속 페이지들이 아코디언처럼 펼쳐져 있다. 여름 장마 때면 남대천이 넘쳐 둑 아래 집들은 대부분 물에 잠겼다. 장마가 지나간 뒤 사람들이 장판을 걷어내고 이불을 말릴 때, 율은 응달진 쪽 빨랫줄에 책을 널었다. 빨랫줄에 매달려 한 페이지씩 책장을 넘기는 율을 보고 사람들은 혀를 내둘렀다. 율의 방 안을 들여다본 사람들은 책만 가득하다고들 말했다. 그러나 자세히 보면 책만 있는 것이 아니었다. 책을 뽑아 펼치면 그곳엔 사막이 있고, 아마존도 나오고, 나비도 있고, 호랑이와 사자도 있고, 검은 알몸의 사람들도 나왔다. 물과 바람과 사람들이 가득 들어앉아 있었다. 장마가 지나간 뒤 펼쳐 본 사막의 모래는 물에 젖은 것 같았다. 율의 방에는 세상이 담겼다. 또한 엄마의 비밀이 있었다. 그곳에서 엄마의 편지를 발견했다. 나는 율의 비밀을 알고 있다. 그래서 율에게 일부러 버릇없이 굴었고 까불었다. 율은 내가 버릇없이 굴어도 내가 좋아 쩔쩔맸다.

율이 녹색 커튼 자락을 들어 끈으로 묶었다. 햇살이 바닥에 떨어졌다. 율의 입가에 주름이 보였다. 율의 나이 는 헷갈렸다. 밝은 곳에서는 주름 때문에 나이가 들어 보였는데, 똑같이 밝은 곳에 있어도 장구나 쇠를 잡고 있 으면 무척 젊어 보였다. 하긴 굿당에 있을 때면 할머니도 젊어진다고 했다. 팔랑팔랑 춤사위도 덩달아 젊어진다 고 했다. 굿이 끝나면 할머니는 십 년은 접어놓고 건너뛴 것 같다고 했다. 할머니도 장소에 따라 나이를 부채처럼 십 년 접었다 펼쳤다 했다.

율이 종이를 다리던 다리미와 판을 옆으로 밀쳐 두 고 바닥에서 흰색 도라지꽃들을 두 손으로 그러모아 들 어 책상에 올려놓았다. 이미 피워 놓은 만도산꽃을 조 심스럽게 윗목으로 옮겨 놓았다. 빨강, 파랑, 노랑, 흰색을 섞어 만든 함박꽃 모양의 만도산꽃 위로 햇살이 떨어졌 다. 서쪽 창 옆에는 유리가 뿌옇게 흐려진 오래된 거울이 하나 걸려 있다. 거울 왼쪽 위에는 선글라스를 쓴 율이 바다를 배경으로 오토바이 앞에 서서 찍은 오래된 사진이 끼워져 있다. 사진 속 율은 왜소해 보였지만 행복하게 웃고 있었다.

"보자."

나는 먼저 손을 내밀었다. 그는 뒷주머니에서 오만 원짜리 지폐 세 장을 꺼냈다.

"율, 흠집 안 가게 잘 다뤄."

나는 그에게 김옥심, 김소희, 박귀희 판을 건넸다. 그는 판을 받아 파란 쾌자에 노란 수건이 달린 부채를 들고 있는 김옥심을 쳐다보았다. 앉은 채 한 손으로 바닥을 짚고 몸을 끌어 나무로 만든 휴대용 전축을 끌어당겼다. 율의 방엔 앤티크하거나 레트로하거나 빈티지한 물건이 수두룩했다. 나무 전축이 으뜸이었다. 율은 까까머리 화랭이 시절 기장 별신굿에 갔다가 부산 벼룩시장에서 저걸 보는 순간 홀딱 반했다. 원양 어선을 타던 선원이 내놓은 걸 동행한 무당들 주머니를 까뒤집어 털어 샀다고 했다. 그는 나무 뚜껑을 열고 나를 돌아보며 나가라 손짓했다. 문턱을 타 넘는데 율이 말했다.

"소리, 당분간 예원이한테 가지 마."

방문을 닫고 세 계절 동안 꽃이 가득한 마당 가운데 멈춰 섰다. 당분간이라면 어느 정도의 시간일까. 예원은 지금 무엇을 하고 있을지. 때죽나무 꽃향기 사이사이로 햇살과 뒤엉킨 소리가 차곡차곡 떨어졌다.

아니 아니 노지는 못하리라
한 송이 피었던 꽃이 낙화가 진다고 설워를 마라
한 번 피었다 떨어질 줄을 나두 번연히 알건마는
모진 손으로 꺾었다가 시들기 전에 내버리니
버림도 쓰라리거늘 무심코도 짓밟고 가니 근들 아니
슬플소냐
숙명적인 운명이라면 너무도 아파서 못살겠네

숙명적인 운명, 이라는 말을 예원은 증오했다. 이 시대에 운명이라는 단어는 율이 탐내는 레코드판만큼 낡은 거였다. 그러나 어떤 사람들은 거스를 수 없는 운명을 쥐고 태어났다. 그것이 예원, 여진 언니를 비롯한 이 골목 세습 무당의 운명이었다. 할머니와 무당들이 부르는 창부타령을 수없이 많이 들었는데 저 김옥심이라는 이의 가냘픈 소리는 까닭 없이 하던 일을 멈추게 했다. 창호지로 갓 피워낸 꽃잎이 떨리는 것 같은 목소리랄까. 투명한 밀잠자리의 날갯짓이랄까. 멈추고 귀만 가득 열리게 했다. 그러다 어느덧 축축하게 젖은 소리가 가슴에 차곡차곡 쌓였다.

평일 오후, 서울역으로 가는 고속열차는 빈자리가 더 많았다. 화장실에서 옷을 갈아입고 자리에 앉자마자 열차가 출발했다. 가파르고 험한 대관령을 허공에 직선으로 놓은 기찻길로 통과할 때 아찔한 현기증이 일었다. 대관령을 지나 편평한 목초지에 한 그루씩 솟은 나무를 보자 마음이 느긋해졌다.

내가 만들고 싶은 것은 꿈해몽사전이다. 이 단어는 짚고 가야 한다. 꿈해몽이란 합성어는 틀렸다. 몽(夢)이란 단어가 있기에 정확하게는 꿈 해석, 또는 꿈풀이라고 해야 했다. 해석이란 단어는 어쩐지 과학적이고 철학적인 색채가 강했다. 풀이라는 단어는 통계적이고 수학적인 느낌이 들었다. 그래서 나는 주술적이고 동글동글한 느낌이 나는 꿈해몽, 이라는 단어를 사용하기로 했다.

나는 꿈을 많이 꿨다. 또 잠에서 깼을 때 비교적 꿈을 잘 기억했다. 어릴 때부터 그랬다. 어떤 날은 하루에 다섯 가지의 꿈을 꿨고 전날에 꿨던 꿈을 이어 꾼 적도 있다. 할머니는 손님에게 해몽을 해 주고 조언도 해 줬다.

가끔은 부적도 처방해 줬지만 내 꿈은 건성으로 들었다. 헛꿈이고 개꿈이고 만들어낸 거라며 허투루 들었다. 그래서 나는 내 꿈을 해몽하기 시작했다. 율의 방에서 가져온 여러 종류의 꿈풀이 책은 통계적이고 주술적으로 치우쳐 한계가 있었다. 나는 꿈은 심리와 뇌를 분석하는 과학적인 근거를 바탕으로 연구되어야 한다고 결론 내렸다.

당장은 심리학을 공부할 여력도 안 되고 과학적으로 접근할 방법이 없다. 어쩔 수 없이 무속 쪽에서 구전되어 굳어져 있는 상징을 토대로 해몽할 수밖에 없다. 나는 꿈을 분류해 사전식으로 정리할 것이다. 꿈을 분류하는 것은 생각처럼 쉽지 않았다. 시중에 떠도는 해몽 책은 ㄱ, ㄴ 순서로 꿈들을 나열했지만 꿈 내용을 읽고 하나의 단어로 요약할 수 없었다. 예를 들어 날아오르는 꿈을 'ㄴ'으로 분류할 수만은 없었다.

어릴 적 하늘을 나는 꿈을 숱하게 꾸었다. 할머니의 한복을 입고 옥상 난간에 올라 발끝을 밀었다. 발밑에는 뱀이 떼를 지어 어디론가 움직이고 있었다. 율의 방에서 꿈해몽사전 책들을 찾아보았다. 어떤 책에는 날아오르다,에 대한 풀이는 있었지만, 한복을 입고 날아오르는 것은 아예 없었다. 뱀에 관한 풀이는 많았지만 뱀의 무리가 움직이는 것, 뱀 무리 위를 날아오르는 해몽은 없다. 검은 한복을 입고 개에게 쫓기다 가까스로 날아오르는 꿈을 꾼 날 아침, 나는 할머니에게 해몽해 달라고 졸랐다.

"개꿈이지."

할머니는 대번에 웃으며 대답했다. 나는 약이 올랐지만 꿈을 꾸면 해몽을 위해 성격에 안 맞게 할머니 비위를 맞췄다. 할머니는 키 크느라고 날아다니는 꿈을 꾸는 거라고 했다. 나는 엄마에 관한 꿈이라 확신했다. 엄마를 보고 싶은 무의식이 작용해 엄마를 찾아 온 천지를 헤매며 하늘을 날아다녔다는 해몽을 했다. 날아다니는 꿈은 여러 종류로 변화되어 나타났다. 지붕이나 옥상에서 날았고 높은 빌딩 난간에서 떨어지던 도중 날았다. 웨딩드레스를 입고 날았고, 군복이나 교복을 입고 날기도 했다. 할머니 한복은 수시로 입고 날아다녔다. 쪽빛 숙고사 한복 저고리가 흰 구름과 뒤엉켜 펄럭거렸다. 바다를 가로지르기도 했고, 높은 산 위를 날아오르기도 했다. 물론, 꿈에 엄마를 만난 적은 단 한 번도 없었다. 이 모든 꿈을 단순히 날다, 라는 꿈으로 분류할 수는 없었다. 흰옷에 대한 상징, 군복이나 교복에 대한 상징, 바다와 산에 대한 상징이 각각 달랐다. 내가 꿈에 집착을 보이자 할머니는 잠들기 전 내 머리통을 누르며 순한 꿈만 꾸라고 주문을 걸어 주었다. 언제부터인가 나는 할머니에게 꿈을 말하지 않았다. 아침이면 꿈을 기억해내려고 신경을 모았고 멋대로 해몽했다. 잠들기 직전에 꾸고 싶은 꿈에 관한 생각을 너무 많이 해 자면서 내가 꿈을 꾸는 것인지, 꿈을 만들어내는 것인지 분간하기 어려울 때가 많았다. 분명한 건 꿈에 관심을 보이면 평상시보다 많은 꿈을 꾸었다. 또 꾼 꿈을 더 선명하게 기억해낼 수 있었다.

나는 단기간에 꿈해몽사전을 완성할 계획은 아니다. 천천히, 어쩌면 평생 이 일에 매달릴지도 모른다. 여진 언니는 내 계획을 듣고 플랫폼이나 채널을 통해 해몽 사례를 연재할 것을 권했다. 일정 수의 구독자를 모아 수익을 창출할 수 있다는 점을 특히 강조했다. 실제로 무슨 무슨 만신, 무당, 보살, 암자 등 많은 무속인이 채널을 운영했다. 대부분 강신무이거나 명리학을 공부했다. 신방을 공개했고 사주 풀이로 대운 맞이, 삼재의 시기를 알려 주었다. 관상, 살점, 별점 혹은 입에 칼을 물고 신점을 봐 주는 강신무도 있었다. 해당 무속인에게만 비공개로 이슈를 불러일으킨 연예인의 사주를 넣었다. 그걸 구독하는 일반인들은 그 연예인의 비극적인 사건을 대략 알고 있다. 자극적인 말로 연예인의 상처와 아픔을 읊었다. 족집게처럼 짚어냈다. 구독자를 끌어들이고 서로 비방하는 댓글이 수두룩하게 달리기도 했다. 나는 영상 몇 개를 보는 동안 얼굴이 붉어졌다. 영험하고 경탄스러운가. 감탄하는 비음, 웃음, 비극적 운명을 안타까워하는 싸구려 감정. 날것의 폭력, 감정의 야만이었다. 맹수도 아닌 허접한 짐승이 소동물을 물어뜯고 파헤치는 광경을 보는 것 같았다. 그들은 구독자 증가와 수익 창출을 위해 더 자극적이고 화려하게 진행할 거였다. 대중의 인기, 다수, 대량 생산, 풍성하고 많은 것. 나는 이런 걸 좀 업신여겼다. 아니, 경멸했다. 나는 할머니 신방에 빈 벽이 안 보일 정도로 다닥다닥 붙여져 있는 탱화와 크고 작은 불상, 촘촘히 켜 놓은 초와 색이 바랜 종이꽃을 정신 사나워했다. 할머니의 쟁여 놓는 물욕이 징글징글했다. 열두 자 장롱 가득 색색의 한복이 걸렸고 알록달록한 꽃무늬 옷으로 옷장 안이 꽃밭이었다. 손가방조차 속을 꽉 채워 불룩해 터질 것 같았다. 그걸 잔소리하면 할머니는 겹겹이 껴입고 있던 속바지를 훌훌 벗어 던지며 말했다.

"지랄한다. 까칠하기는. 그래 싹 내비리니 니가 외롭지. 뭐, 고독 수도 철철 흘러넘치나……."

정곡을 찌르는 말에 나는 할머니를 째려보았다. 뒤늦게 내 눈치를 보며 할머니가 입가에 주름을 만들며 쌔액, 웃었다. 그래 봐야 나는 흔들림이 없다. 지긋지긋하게 감정을 소비했던 중학생 시절을 끝내며 나는 중요한 사실을 깨달았다. 고독했지만 외롭지 않았다. 고독한 돌처럼 단단해졌다. 흙 같고 물 같은 율이 곁에 있어 줘서일지도 몰랐다.

아무튼 나는 플랫폼이나 채널을 이용하는 방식은 선호하지 않았다. 가능한 한 많은 꿈 사례를 모아야 하는 건 맞다. 낱개로 허공을 떠도는 꿈을 수집하는 것보단 한 사람의 꿈을 집중적으로 수집할 계획이다. 작년 겨울부터 인터넷에서 해몽해 주는 카페 '달항아리'를 운영했다. 나는 꿈을 연구하는 학생이며 강신무인 할머니에게 해몽을 물어본다고 소개했다. 정식 회원은 소수였지만 꿈해몽 자료실과 안내 게시글을 읽는 방문자 수는 갈수록 늘어나고 있다. 수국공무원. 달항아리에서 남자의 닉네임이었다. 그는 거의 매일 꿈을 올렸고 해몽을 부탁했다. 나는 그와 몇 번 쪽지를 주고받았는데 그의 꿈을 기록한 공책이 탐나서였다. 그는 달항아리 카페에 가입하기 전, 삼 년에 걸쳐 꿈을 기록했다. 그는 나의 계획을 듣고 꿈을 팔기로 했다. 나는 인터넷이라는 허공에 적힌 꿈이 아닌 공책에 적힌 꿈을 사는 것에 조금도 망설이지 않았다. 물론 꿈값은 예상보다 비쌌지만.

반포 지하상가를 걸어갈 때 핸드폰이 진동했고 여진 언니에게 톡이 왔다.

'할머니 술 드심. 백분 연설 중. 너 정말 서울? 조심. 예원이 일만으로도 정신없는데.'

그럴 줄 알았다. 오늘부터 단오가 끝날 때까지 굿에 참여하는 무당과 양중은 몸을 정갈히 하고 금주해야 했다. 할머니가 만만한 젊은 사람들을 붙잡고 예전에는 이 랬네저랬네, 하며 옛날 타령 하겠지. 술잔을 받아만 놓고 먼 산을 보고 있을 어린 무당들 모습이 눈에 선했다. 그 자리에 오뚝이 무당은 없을 거였다. 예원이는 지금 방에 갇혀 있었다. 엊그제는 사방을 살피지 않고 죽을 작정으로 차도로 뛰어들었다고 했다. 오뚝이 무당은 예원의 방문을 자물쇠로 잠가 놓았다. 예원의 일을 받아들이지 못하는 오뚝이 무당은 찾아오는 사람들에게 냅다 소릴 지르며 악담을 퍼부었다. 나는 걸음을 멈추고 예원을 떠올리며 숨을 세 번 들이켜 쉬었다가 내뱉었다.

남자는 여섯 시까지 반포 지하 화훼상가에서 일한 후 일곱 시부터 독서실 총무로 일하기 때문에 그 전에 엔젤 화원으로 오라고 했다. 어차피 돌아갈 때는 열차 시간이 맞지 않아 반포에 있는 고속 터미널에서 버스를 타고 갈 계획이었다. 처음에 나는 그에게 공책을 착불 택배로 보내 주면 입금하겠다 했다. 그는 전자 상거래 중 물건 먼저 받고 입금하는 경우는 없다고 했다.

"엄밀히 말하자면 꿈을 택배로 보내는 건 좀 그렇지 않아?"

그는 직접 만나 교환하자고 제안하며 공책의 소중함을 나열했다. 삼 년 동안 손으로 직접 적은 꿈은 무의식의 기록이며 내면 일기나 마찬가지라 했다. 나도 꿈을 택배로 받곤 싶지 않았다. 그가 카페 가입할 때 인증했던 핸드폰 번호를 알게 되었지만 나는 따로 저장해 놓지는 않았다. 서울역에서 4호선을 타고 충무로에서 3호선으로 갈아타기 위해 내렸을 때 잘 오고 있는지 그에게 문자가 왔다. 충무로에서 갈아탈 지하철을 기다리고 있다는 내 답에 그는 사당행을 탔으면 반포로 곧장 오는 7호선을 탈 수 있는데, 하며 고속 터미널에서 내려 반포 지하상가를 모두 지나친 후 화훼상가 쪽으로 와 제일 끝, 막다른 곳이 엔젤 화원이라고 했다. 달항아리에서 공무원 시험 준비하며 아르바이트한다는 소개 글을 본 나는 그의 나이를 이십 대 중반 정도로 예상했다. 다른 회원에 비해 자세히 적은 꿈을 자주 올렸고 꿈을 꾸고 난 후의 감정을 적었다. 가끔은 꿈을 꾸기 전에 경험했던 특이한 일까지 상세히 적기도 했다. 내 자랑 같지만 달항아리의 회원 대부분은 진지했다. 다수 회원을 확보할 생각이 전혀 없어 탈퇴는 자유지만 가입할 때 절차가 복잡하고 규칙 엄수 약속을 까다롭게 받았다. 댓글 또한 비방이나 욕설은 없었고 차분했다. 덕분에 달항아리는 한적했고 고요했다.

반포 지하상가로 들어서자 숨이 막혔다. 공기는 후텁지근했고 여러 가지 소음이 한데 엉겨 골치가 아팠다. 내 머리 위가 8차선 도로라는 것이 도무지 믿기지 않았다. 지하상가에는 유난히 옷 가게가 많았다. 그 틈에 사주, 궁합, 작명이라 적힌 비닐 막이 눈에 띄었다. 걷힌 비닐 막 안, 보기에도 비좁은 공간에 개량 한복을 입은 여자가 앉아 손님을 기다리고 있었다. 그곳에 자꾸 시선이

갔다. 가구와 인테리어 소품을 파는 가게들 앞에 특이한 가구들이 진열되어 있었다. 할머니가 좋아할 것 같은 화려한 나비장도 보였다. 가구를 구경하며 걸어가는데 앞쪽에서 신선한 향기가 났다. 곧이어 화훼상가로 이어졌다. 공기마저 쾌적해 저절로 깊게 호흡했다. 화환과 꽃바구니를 만들어 놓은 곳에서 꽃향기가 번졌다. 할머니가 옆에 있었다면 한바탕 꽃 타령이 시작되었을 것이다. 할머니는 제일 오랫동안 몸에 들어와 있는 몸주 아씨가 꽃을 너무 좋아한다고 했다. 국화와 백합으로 만든 커다란 근조 화환에는 검은 리본이 매달려 있다. 상가로 보내질 커다란 화환에서 나오는 짙은 백합 향과 프러포즈를 위해 만들어진 화려한 바구니에 있는 장미 향이 뒤섞였다. 슬프면서 두근거리는 야릇한 향이었다.

지하상가 끝에 엔젤 화원이라는 팻말이 보였다. 커다란 근조 화환 앞에 서서 백합을 꽂고 있는 남자가 보였다. 연보라색 반소매 셔츠를 입고 군청색 앞치마를 두르고 있는 그를 보는 순간, 그의 닉네임을 떠올렸다. 나라를 지키는 공무원이라 여기고 허투루 넘겼는데 그 수국이 보라색 수국꽃을 뜻하는 거였다. 어쩐지 닉네임이 잘 어울린다고 생각하고 있을 즈음 그가 고개를 돌렸다.

"달항아리의 녹색구름…… 님입니까?"

"네. 수국공무원 님이시죠."

그는 몸이 빼빼 말랐고 창백한 얼굴에 예민한 성깔을 숨기지 않고 고스란히 드러내는 인상이었다. 그는 나를 유심히 보며 눈초리를 가느스름하게 치뜨다 인상을 찌푸렸다.

"이것만 꽂으면 끝나니 저기서 기다릴래?"

지상으로 올라가는 계단과 옆 화원 사이에 있는 현금 인출기 앞을 가리켰다. 나는 살짝 고개를 끄덕이고 돌아섰다. 내 뒤로 그가 혼잣말로 중얼거렸다.

"애잖아."

나는 현금 인출기의 플라스틱 칸막이에 등을 기대고 섰다. 벽에는 형태와 모양이 같은 삼단 화환이 녹색 잎사귀만 꽂힌 채 척척 쌓여 있다. 결혼 축하 화환에는 붉고 노란 다양한 색의 꽃에 분홍색 리본이 달려 있다. 어쩌면 결혼 축하 화환이 며칠 전 장례식장에서 수거해 온 근조 화환일 수도 있겠다 생각했다. 그는 근조 화환 가운데 부분에 백합을 꽂았다. 만들어 놓은 검은 테두리 리본에 굵은 붓펜으로 문구를 후룩 썼다. 나는 아무것도 하지 않고 그냥 있는 것에 자신 있었다. 하물며 누군가를 기다리는 일이고 눈앞에서 근조 화환이 만들어지는 과정을 구경할 수도 있었다. 충분히 더 기다릴 수 있는데 생각보다 빨리 끝났다.

앞치마를 벗은 대신 백팩을 멘 그의 뒤를 따라 계단을 올라갔다. 그는 건물 뒤로 돌아 작은 화단 사이에 있는 석조 벤치에 앉았다. 화단 턱에 팥빙수 통조림통이 있고 주변에 담배꽁초가 몇 개 떨어져 있었다.

"고등학생?"

"네."

"꿈 연구한다고 해서 난 대학생인 줄 알았어."

"대학생이라는 말은 안 했는데요."

"앉아."

그는 백팩을 무릎 위에 내리고 나에게 양해의 말도 없이 담배를 꺼내 불을 붙였다. 한 모금을 빨고 내가 앉은 반대편을 향해 고개를 돌리고 연기를 내뱉었다. 그리고 검은색 스프링 공책 세 권을 꺼내 나에게 줬다.

"고등학생인 줄 알았으면 그 멀리서 오게 하진 않았을 텐데."

나는 오만 원권 여섯 장을 담아 놓은 봉투를 그에게 건넸다. 그는 미간을 살짝 찌푸리고 봉투를 받아 잠시

머뭇거리다 봉투를 반 접었다. 나는 하드커버의 스프링을 만지작거리다 제일 위에 놓인 공책의 가운데 갈피를 펼쳤다. 정자체로 반듯하게 써 놓은 꿈을 읽어 보고 싶었지만 어쩐지 기록을 한 사람 앞에서 읽기 어색해 공책을 간추려 들고 일어났다. 작별 인사를 하려 할 때 8차선 도로에서 경적에 이어 급브레이크 소리, 차가 부딪는 둔탁한 소리가 요란하게 울렸다. 우리는 동시에 소리 나는 곳으로 고개를 돌렸다. 차량 세 대가 부딪혔다. 그는 대수롭지 않게 고개를 들어 나를 올려다보았다.

"가려던 거 아니야? 갈 길이 먼데 가 봐."

"네? 네. 그럼, 안녕히……."

수국공무원은 석조 벤치에 그대로 앉아 새로운 담배를 꺼내 물었다. 나는 왔던 길을 다시 지나가며 그가 돈 봉투 안의 돈을 확인하지 않았다는 걸 생각했다. 화단 모퉁이를 돌며 자연스럽게 몸을 틀며 그가 있는 쪽을 힐긋 보았다. 그는 접은 무릎을 벤치 위에 올리고 무릎 위에 머리를 숙이고 있었다.

다시 화훼상가를 지났다. 버스 시간에 여유가 있어 화훼상가 내에 있는 분식집에 들어갔다. 쫄면을 시키고 기다리는 동안 공책을 펼쳤다. 제일 앞장에 이름과 괄호 안에 숫자가 적혀 있었다.

이휘열(1999-2023).

나는 허투루 넘겼다. 건성으로 공책을 휘릭 넘기며 명조체로 인쇄한 듯 써진 필체에 감탄했다. 꿈을 자세히 읽어 보고 싶었지만, 그냥 공책을 덮었다. 물을 마시며 밖을 내다보았다. 바로 앞에 커다란 근조 화환이 있었다. 물에서 희미하게 백합 냄새가 났다.

둑 아랫길로 접어드니 율의 방에서 새어 나오는 불빛이 길을 비췄다. 창 아래로 지나가며 귀를 기울였다. 노랫소리가 들리지 않았다. 지치지 않고 들을 텐데. 창을 두드릴까 망설이다 그냥 지나쳤다. 청파 여인숙 간판에 불이 켜져 있다. 어둠 속에서 네온 간판 빛을 받은 깃발이 펄럭거렸다. 아마 삼척에서 꽃님이 무당이 왔을 것이다. 단오 때면 삼척, 울진, 동해에서 무당들이 와 함께 굿을 했고 청파 여인숙이나 여진 언니 집에서 지냈다. 청파 여인숙 방이 손님으로 꽉 찰 때는 단오 기간밖에 없었다. 제일 먼저 와서 방을 한 칸씩 차지하던 무당들은 난전 상인들이 들이닥치면 여진 언니네로 몰려갔고 할머니와 친한 무당들은 할머니 방에서 뒤엉켜 잤다. 내 계산으로 론 할머니는 술에 취해 잘 시간이었다. 대문을 잡고 소리 나지 않도록 위로 들어 올리며 열었다. 마당에 들어서며 안쪽을 살폈다. 어둠 속에서 제라늄이 붉게 흔들렸고 조용했다. 발끝을 올리고 내 방을 향해 걸어갔다. 할머니 방 불이 켜졌다. 내 방문을 열고 종이 가방과 공책을 밀어 넣었다. 할머니는 이불 속에서 누워 있다 일어났다.

"아이고. 내 강아지 경도 시작했지?"

"그게 뭐 큰일이라고. 할머니 술 마셨다며? 얼른 자."

"배 안 아프나? 좀 만져 줄까? 배를 따뜻하게 해야 해. 난닝구 챙겨 입었어?"

"꽃님이 할머니 깨겠어. 창피하게. 얼른 자."

"부끄러워하긴. 이젠 다 컸다, 흐흐. 식탁 위에 과일 있으니 먹고 자."

알았다고 대답하고 방문을 닫으려 할 때, 할머니가 불렀다.

"소리야. 할미 얼굴에 팩 좀 붙여 줘."

냉장고 문을 열고 허브 팩 하나를 꺼냈다. 할머니 머리맡에 앉아 얼굴에 팩을 붙여 주었다.

"아이고 시원하다. 얼굴에 물이 똑똑 흐르네."

주름을 가린 팩이 편평했다. 겨울 땅에 살짝 내려앉은 눈 같았다. 할머니의 눈두덩을 들여다보았다.

"왜? 또 할미 눈알 까뒤집어 볼라고?"

할머니가 눈을 번쩍 떴다.

"아이, 똑바로 누워 자. 술내 나."

할머니에게 이불을 덮어 주고 방을 나왔다.

꿈에 관한 나의 첫 실험은 실패했다. 꿈꾸는 순간을 찾아내기 위해 밤마다 잠든 할머니 옆에 엎드려 할머니 눈을 관찰했다. 나는 할머니가 마스크 시트를 얼굴에 붙인 날 더 빨리 깊은 잠에 빠져든다는 사실을 알았다. 할머니의 눈은 유난히 툭 불거져 나왔다. 닫힌 눈꺼풀 뒤에서 눈동자가 움직이길 기다렸다. 거의 한 시간이 지나 눈동자가 움직였다. 아예 움직이지 않을 때도 있었다. 할머니 눈동자가 빠르게 움직이기 시작하면 시간을 쟀다. 어떤 날은 일 분 정도 움직였고 어떤 날은 오 분도 넘게 움직였다. 눈동자가 빠르게 움직일 때, 깨우면 할머니는 잠꼬대하거나 잘 깼다. 눈동자가 움직이지 않을 때는 몸만 뒤척이고 깨질 않았다. 눈동자가 움직일 때 할머니를 깨워 꿈을 꾸었는지 물으면 귀찮다는 듯 대답했다.

"할미는 생시가 꿈이고, 꿈이 생시여. 늘 꿈꾸듯 산다 니깐."

나는 눈동자가 움직일 때 꿈을 꿀 것이라 확신했다. 잠자는 눈꺼풀 뒤의 눈이 궁금했다. 무언가를 보기 때문에 꿈을 꾸는 것인지 머리에서 어떤 연상을 떠올리는 것인지 알 수 없었다. 할머니 눈꺼풀을 뒤집어 물건을 보여 주면 혹 그 물건에 관한 꿈을 꾸지 않을까, 하고 생각했다. 나는 엄마 사진을 준비해 놓고 기다렸다. 눈동자가 움직이기 시작할 때 오른쪽 검지로 할머니의 눈꺼풀을 잡아 올렸다. 엄마 사진을 눈앞에 들이댔다.

"아이고, 쥑이네. 구찮게 굴지 말고 저리 비켜. 그리고 그년 사진 좀 치워."

물론, 실험은 실패로 끝났다. 실험 대상자인 할머니가 매번 잠에서 깨 버렸다. 나는 할머니에게 과학 숙제라고 둘러댔다. 연습장에 표를 그려 놓은 것을 보여 줬다. 숙제하지 않으면 운동장 다섯 바퀴를 돌아야 한다며 애원했다.

"뭔 숙제가 그리 흉악스럽나."

할머니는 도와주겠다고 대답하고 다시 잠들었다. 나는 침을 삼키며 할머니의 눈동자를 들여다보았다. 눈동자가 움직일 때 눈꺼풀을 잡아 올리자 할머니는 또다시 잠이 깨 버렸다. 할머니는 이틀 해 주고는 협조 못 하겠다고 했다. 아무리 벌이 무서운 숙제라도 더는 할 수 없다고 했다. 그래서 잠을 자는 눈과 꿈꾸는 눈을 관찰하는 내 실험은 거기에서 끝나 버렸다.

잠든 사람이 깨지 않게 하는 뇌파 측정기 같은 과학적인 장치가 필요하다는 결론을 내렸다. 머리에 전극을 붙여 뇌에서 나오는 알파파라든가 베타파를 감지하여 뇌파 측정하는 분석 장치가 있을 것이라 여겼다. 뇌파를 측정, 분석 연구하다 보면 꿈의 영상을 볼 수 있을 것이다. 텔레비전에서 연예인 전생을 알아보는 오락 프로그램을 시청했다. 나는 연예인 전생 따위는 궁금하지 않았다. 다만 머리에 전극을 붙여서 최면을 유도하는 과정이 신기했다. 뇌에 전기 장치를 작동시켜 무의식 상태로 만들 수 있는 기계가 탐이 났고 최면 경험을 해 보고 싶었다. 심령술사를 만나고 싶었다. 인터넷으로 검색해 최면술 아카데미 사이트에 들어가 게시판에 글을 남겼다. 치료를 위한 강좌를 듣거나 면담을 직접 하러 오라는 답이 왔다. 상담 사례비는 엄두도 내지 못할 정도로 비쌌다. 꿈꾸는 순간을 확인하는 실험은 뒤로 미뤘고, 가능한

한 많은 꿈을 수집하기로 했다.

배 한 알을 들어 사 분의 일을 잘라내 과도로 깎았다. 굿당에서 챙겨 온 배일 것이다. 한입 베어 물었다. 단 과즙이 입안 가득 고였다. 흡, 소리를 내며 배즙을 빨아 삼켰다. 책상 위에 공책 세 권을 놓고 동쪽 창을 열었다. 물소리와 함께 바람이 몰려들었다. 식당과 버스 안에서 공책을 펼쳐 보고 싶은 마음이 굴뚝 같았지만, 공책의 표면만 쓸어 보았다. 많이 펼쳤을 텐데 공책은 비교적 깔끔했다. 첫 번째 꿈을 읽었다.

꿈에서 신문 기사를 읽었다. 도서관에서 책을 빌리면 책 사이에 돈을 끼워 놓는다는 기사였다. 책 제목은 잘 보이지 않았다. 얼른 도서관에 가 열람실에서 그 책을 찾았다. 나도 모르게 'ㄴ'으로 시작되는 책을 찾아보았다. 신문에서 본 책은 아니지만 비슷한 책을 찾았다. 책의 중간을 펼쳤더니 돈이 있었다. 사서에게 책을 가지고 갔고 사서는 다행히 책을 펼치지 않고 나에게 건네주었다. 화장실로 가서 책을 펼쳤다. 책갈피에는 만 원짜리 지폐가 한 장씩 끼워져 있었다. 만 원짜리 지폐를 한 장씩 뺐다. 지폐를 뺀 후 다시 앞 페이지를 펼치니 또 지폐가 있었다. 하염없이 책갈피를 펼쳤고 돈을 꺼냈다.

평소 책 사이에 돈을 끼워 넣는 습관 때문에 이런 꿈을 꾸었을지도. 실제로 그랬으면 좋겠다.

남자는 꿈을 적은 뒤 간단하게 감상을 적었다. 해몽에서 중요한 요소 중 하나는 꿈을 꿀 때와 잠에서 깨어나 꿈을 떠올릴 때 느끼는 감정이었다. 아무리 나쁜 꿈이라도 꿈속에서 불쾌하지 않았다면 나쁘게만 해석할수 없었다. 율은 해몽은 꿈을 꾼 본인 스스로가 하는 것이 가장 정확하다고 했다. 스스로 해몽하려면 꿈에 대한상징을 알아야 했다. 나는 꿈의 상징을 여러 사이트에서모아 컴퓨터에 저장해 놓았지만, 상징에 대한 명확한 근거는 없었다. 내가 해결해야 할 과제는 해몽하면서 상징을 검증해 다시 정리하는 것이다. 내 꿈을 기록한 공책은두 권이었다. 꿈을 기록한 후에 생각이나 감정도 기록해놓았다. 어떤 것은 해몽도 간단히 곁들였다. 언제부터인가 나는 내 꿈을 의도적으로 만들고 있었다. 꿈을 꾸는현장에 내 생각이 들어가 꿈의 방향을 마음대로 휘젓고다녔다. 잠에서 깨어났을 때, 꿈을 다시 기억하기 위해 눈을 감고 있으면 내가 꿈을 꾼 것인지 생각을 한 것인지 구분이 안 될 때가 많았다. 내 꿈은 순수한 꿈이 아니라는 생각이 들었다. 그래서 내 꿈은 해몽을 위한 자료가 될 수 없었다.

인터넷에 접속해 달항아리로 들어갔다. 며칠 전 가입 승인과 등업을 거쳐 해몽 방에 처음 들어온 아이디 분홍돌고래라는 사람이 해몽을 부탁했다.

안녕하세요. 우연히 검색으로 알게 되었는데 회원 가입이 까다롭네요. 해몽 부탁드려요.

꿈에 친구 얼굴이 보였어요. 그다지 친하지 않은 친구예요. 사실은 조금 싫어하는 경쟁자 정도? 같이 스터디 하기에 안 만날 수도 없는 사이. 그 애가 진한 화장을 했더라고요. 얼굴은 밀가루를 뿌린 듯 하얗고 눈과 눈두덩은 검었고, 속눈썹도 붙이고 입술은 새빨갛게 칠했더군요. 잠시 후, 그 애 얼굴에 비닐이 덮어씌워졌어요. 마치, 그릇에 넘치게 담긴 김치를 랩으로 감아 놓은 것처럼 얼굴이 비닐로 휘감겨 화장이 망가졌어요. 그리고 숨을 쉬기 힘들어하는 것 같았어요. 비명을 지르는 것 같은 입술에 칠한 새빨간 립스틱이 번졌어요. 누군가의 손이 비닐을 벗겨내자 그 애 얼굴 껍

질이 벗겨졌어요. 그 애를 좋아하지는 않지만 꿈에 그런 모습을 보니 이상하고 무서웠어요.

비닐로 감았다가 벗겨내자 얼굴 살갗이 벗겨졌다는 영상을 떠올리니 섬뜩한 느낌이 들었다. 상대방을 미워하는 마음이 담겨 있는 꿈이었다. 컴퓨터 속의 상징 폴더를 뒤졌다. 짙은 화장을 한 것은 위선자, 가면, 속임수, 거짓 등이 있게 됨을 암시한다. 또, 남에게 지휘권을 뺏기거나 사업체의 명의, 간판 등이 바뀜을 의미했다. 화장이 지워진 것은 상대방이 남을 원망하거나 간판, 벽화 등이 퇴색한 것을 보게 됨. 짙은 화장을 한 얼굴에 비닐이 감겨 화장이 망가진 것, 비닐을 벗기자 얼굴 살갗이 벗겨지는 것에 관한 풀이는 찾을 수 없었다. 분홍돌고래의 꿈에서 비닐 부분을 제외하고 풀이를 적어 놓았다.

컴퓨터를 끄고 침대에 누웠다. 오늘 밤에는 특별한 꿈을 꾸고 싶었다. 책상 서랍에서 차 상자를 꺼냈다. 차 상자 뚜껑을 밀고 호두나무잎을 세 장 꺼냈다. 호두나무잎을 베개 밑에 놓았다. 호두나무잎이 내 미래를 보여 주는 꿈을 넣어 주길 바랐다.

○

　　교실에서 나는 제일 뒷자리에 앉았다. 수업 시간 내
내 턱을 괴고 아이들의 뒤통수를 관찰했다. 뒤통수만 봐
도 얼굴을 알 수 있을 정도였다. 사실 그 머릿속 생각과
어젯밤 꿈을 꿨는지, 꿨다면 어떤 꿈을 꿨는지 궁금했다.
내 오른쪽 대각선 앞에 앉은 숱 많은 긴 머리 애는 연지
다. 긴 머리카락이 좁은 어깨를 다 뒤덮은 그 애는 나와
같은 중학교 출신이다. 앞머리를 눈썹 바로 위에서 일자
로 가지런히 잘랐고 유독 얼굴이 하얬다. 그런데도 쉬는
시간에 파우더를 덧발랐고 붉은 립스틱을 발랐다. 중학
교 2학년 때부터 나한테 시비를 걸던 애들 무리에 끼어
있었다. 같은 고등학교와 반에 배정된 지 두 달이 지나
도록 직접적으로 대화를 나눈 적은 없었다. 그러다 이틀
전 체육 시간에 피구를 하다 내 팔꿈치가 그 애 어깨에

닿았을 때 몸을 홱 돌리며 과도하게 어깨를 털어냈다. 나 역시 그 애와 옷깃이래도 닿는 것이 싫었다.

'빙의라는 거야?'

'빙의는 웹소설에서나 하는 거고. 쟤네 할머니는 귀신 들린 거지.'

'T 채널에 만신이 연예인 S 사주만 넣었는데 싹 맞히는 거 봤니? 완전 소름 돋더라.'

'봤어. 입에 칼 물고 정말 무섭더라.'

'쟤네 할머니도 그렇게 한다더라.'

그중 누군가 제 머리빗 등을 입에 물고 만신 흉내를 내자 킬킬거리는 웃음소리가 들렸다. 나는 친구 관계에 희망을 품은 적이 없기에 낙담하지 않았다. 내가 반응하지 않으면 오히려 그 애들이 조바심을 냈다. 더 자극적인 말을 큰 목소리로 했다.

'그거 다 짜고 하는 사기극이야.'

'맞아, 그래 잘 알면 로또 번호도 척척 맞혀야지.'

'로또 아니더래도 어떤 주식이 오를지 알고 사 놓던가. 암튼 돈 벌 방법을 알 수 있을 거 아냐. 그런데 쟤네 여전히 그 남대천 밑 여인숙에 살아.'

'야, 요즘에도 여인숙이 있어? 누가 가? 모텔도 펜션도

아니고.'

제일 뒷자리에 앉은 나는 오른쪽으로 몸을 돌렸다. 교실 뒤 거울 앞에 모여 선 다섯 명을 노려보았다. 핸드폰을 꺼내 반 전체가 묶여 있는 단톡방에 들어가 다섯 명의 프로필을 살폈다.

'와아, 쟤 눈 봤어? 좀 무섭다.'

'쟤도 나중에 신들리는 거야?'

'야, 쟤 우리 저주 퍼붓는 거 아냐? 그거 뭐라 하지, 양밥?'

'나도 알아. 헝겊으로 인형 만들어 사주팔자 써 놓고 칼 꽂고.'

'아, 무서워.'

'우리가 뭘 했다고 저줄 퍼부어. 사실을 말했을 뿐인데.'

율이 틀렸다. 율은 학교에서 친구들이 괴롭히면 크게 숨을 들이쉬고 천천히 내뱉으라 했다. 소리는 키도 크지만, 눈에서 빛이 나서 쉽게 못 건드려. 그러니 소리가 그 순간만 참아. 세 번만 그렇게 길게 호흡하며 마음을 가라앉혀. 세 번, 네 번, 다섯 번. 숨을 쉴 때마다 호흡이 더 거칠어졌다. 나는 필요 이상 세게 힘을 줘 책상을 밀며 자리에서 일어났다. 교실 뒤 거울 앞에 있던 애들이 내 쪽을 돌아보는 순간 백팩과 겨울 코트를 걸쳐 놓은 의자가 뒤로 휙 넘어갔다. 나는 곧장 무리 앞으로 다가가 섰다.

"신세미? 네 생일 이틀 후더라."

신세미라는 아이가 턱을 치켜들며 앙칼진 음성으로 말했다.

"그래, 내가 신세미다. 너, 지금 나 협박하는 거야?"

"을유년 닭띠 여자 신씨, 양력 12월 21일. 네 사주팔자, 나도 알고 있는 사실을 말했을 뿐이야, 궁금한 거 있으면 나한테 직접 물어보고 흉을 보고 싶으면 내가 안 들리는 곳으로 가. 나 성깔 있거든, 그럼."

나는 천천히 내 자리로 돌아와 쓰러진 의자를 일으켰다. 코트를 털어 입고 가방을 똑바로 걸어 놓고 책상에 엎드렸다. 남은 점심시간 내내 팔에 파묻혀 창으로 보이는 청아한 겨울 하늘을 봤다. 가슴을 날카로운 금속으로 긁는 것 같았다.

나는 연지의 뒤통수를 볼 때마다 그때의 일이 떠올랐다. 율의 말대로 참아야 했을지도 몰랐다. 중학교 3학년 때는 무리 중 세 명의 아이와 같은 반이었다. 아이들은 내 근처에서 뒷말은 하지 않았다. 그렇지만 체육 시간이 끝나고 교복을 갈아입으려면 교복 블라우스가 간장과 겨자소스 범벅이 되어 있었고 내 의자에 순간접착제가 뿌려져 있었다. 수행평가 과제물이 망가졌고 미술 시간에 그리던 그림에는 붉은 물감이 뭉개져 있었다. 나에게 직접 폭력을 행사하거나 내 앞에서 하는 것이면 대응하겠는데 어둠 속의 그림자처럼 보이지 않게 지극정성으로 망가뜨렸다. 처음에는 화를 내며 내 주변, 반 애들에게 물었다. 서른두 명의 반 아이들이 단 한 명의 예외 없이 모두 모른다고 답했다. 대부분은 내 질문에 관심도 두지 않았다. 어쩔 수 없이 담임에게 말했다. 교직 생활 이십 년을 했다는 담임은 과학을 가르치는 여선생이었다. 그녀는 처음 몇 차례 종례 시간에 화를 내고 다그쳤지만, 범인을 찾을 수는 없었다. 대여섯 번 더 담임에게 피해 사실을 알렸다. 어느 순간, 담임은 내가 교무실로 들어서면 이맛살을 찌푸렸다. 어느 날은 나에게 소지품과 과제물 관리를 평소보다 더 철저히 하라고 조언 아닌 조언을 했다. 1학기 기말고사가 한 달여 남았을 즈음 담임을 찾아갔다. 담임은 나에게 앉으라며 의자를 권했다.

그녀는 내가 가정 수행평가 과제물로 내놓은 자수 수틀 뒤를 찬찬히 살폈다. 크기가 다른 여러 녹색 잎사귀와 넝쿨, 붉은 열매, 보타닉가든이라 적은 필기체 영문 글씨까지 완성한 거였다. 커다란 진녹색 잎사귀 부분 모두 가위로 잘려 있었다. 잘린 녹색 실은 솔잎처럼 삐죽 솟았다. 담임은 한숨을 내쉬며 가위질 된 부분을 매만졌다. 그녀는 자신이 겪었던 학교 폭력을 나열했다. 폭행, 집단 괴롭힘, 금품 갈취, 값비싼 물건 도난 등. 대부분 분명한 피해자와 피해가 있었고 가해자를 잡아 죗값을 치르게 했다고 했다.

"이런 경우에는 학교 밖, 말하자면 경찰 협력을 받기에도 좀 애매해."

"……"

"일단 가정 선생님께는 내가 잘 말해 볼게. 그런데 소리야, 네가 반 친구들한테 마음을 좀 열면 어떨까?"

"네?"

"친구를 한 명이래도 사귀면 네가 자리를 비울 땐 친구한테 부탁할 수도 있잖아."

"어떻게……"

"내가 친구 사귀는 방법도 알려 줘야 하니?"

담임은 짜증 섞인 말투로 말했다. 내가 어떻게, 라고 말한 건 친구 사귀는 방법을 알려 달라는 게 아니었다. 어떻게 내게 그런 말씀을 할 수 있어요, 라는 말을 끝맺지 못한 거였다. 교무실에서 나와 복도를 천천히 걸으며 앞으로 어떤 사건이 발생해도 담임을 찾아가지 않으리라 결심했다. 열린 창을 통해 초여름 햇살이 내리비치는 복도에 멈춰 섰다. 제초 기계 모터 돌아가는 소리가 들렸다. 학교 시설관리 아저씨가 화단에 웃자란 잡풀을 깎고 있었다. 비릿한 풀 냄새 섞인 바람이 얼굴에 확 닿았다. 토할 것 같았다. 그 후 나는 가능한 한 교실 내 자리에서 움직이지 않았다. 화장실을 갈 때면 가방에 수행평가 과제물, 체육복 등을 담아 갔다. 체육 시간에는 교복을 넣은 쇼핑백을 내 시야가 닿는 거리에 뒀다. 점심시간 급식실에 갈 때면 가방과 신주머니까지 챙겨 들고 갔다. 마음 같아선 책상과 의자를 통째 들고 가고 싶었다.

그네들이 내뱉었던 말과 할머니 흉내를 내던 모습을 잊으려 애썼다. 그럴수록 비웃으며 키들거리던 웃음소리, 길이와 폭을 줄여 입은 교복 스커트, 앞머리에 헤어 롤을 말고 입에 빗을 문 모습까지 선명하게 떠올랐다. 차라리 보이질 않으면 괜찮을 텐데. 바로 눈앞에 다리를 꼬고 앉은 연지의 모습이 시선에 잡혔다. 몸에 달라붙게 줄인 스커트가 올라가 스타킹의 허벅지 경계 라인까지 보였다.

사실 여진 언니와 예원이 학교에서 당한 일에 비하면 나는 약했다. 여진 언니는 밀폐된 공간으로 끌려가 맞기도 했다고 했다. 예원이는, 대놓고 말은 안 했지만, 학교에선 아예 친구를 사귀지 않았다. 어릴 때, 굿당에서 까불고 발랄했던 그녀였다. 나는 예원 생각에 한숨을 내쉬며 고개를 숙였다. 내 정수리로 앞에 앉은 민정의 머리채가 닿았다. 영화에 관한 생각으로 가득한 민정의 뒤통수는 짱구 저 한 갈래로 올려 묶은 머리칼이 뚝 불거졌다. 어딜 가나 넌덜머리 나는 소문과 뒷말을 달고 다녔던 나는 의도적으로 친구를 만들지 않았다. 나와 다른 중학교 출신인 민정은 학기 초부터 나에게 말을 걸었다. 나는 처음에는 묻는 말에 짧게 답했다.

"너 왜 그리 경직되었어?"

"……."

"내가 말 거는 게 싫어?"

"그건 아니야."

"오늘 급식 별론데 곧장 매점 갈래?"

"어? 어."

"소리, 너. 영혼 없이 대답하는 것 같아."

민정은 나뭇가지에 내려앉은 새 같았다. 밋밋한 대응에도 아랑곳하지 않고 가지를 휘저었다.

"난 근사한 영화를 만들 거야, 영화감독이 꿈이야."

내 가슴에 찰랑거리는 바람이 들어왔다. 고요한 나를 뒤흔들었다. 가지를 흔드는 새에게 반응하듯 나는 서서히 마음을 열었다. 배시시 웃음도 나왔다.

"야, 너 웃으니 보조개가 생기네."

쉬는 시간이면 민정이 뒤를 돌아앉아 얘기했고 점심시간에는 함께 급식실로 갔다. 무엇보다 나는 화장실을 함께 가는 친구가 생겼다는 것에 설렜다. 여학생에게 화장실을 함께 가는 친구란 엄청나게 친밀한 관계라는 거였다. 나란히 앉아 배설하고 하나의 수도꼭지에 가지런히 양손을 내밀어 씻고 핸드크림을 바른다. 역시, 로즈향보다는 라벤더지. 손에 물을 묻혀 붕 뜬 앞머리를 적셔 가라앉히고 머리 빗질을 한다. 스틱 향수를 상대의 하얀 목덜미에 발라 준다. 사소하고 작은 행동이 쌓여 온기가 몸에 스며든다. 밝고 따뜻했다. 물론 아슬아슬할 때도 있었다.

"소리, 너 그 스커트 좀 어떻게 하자. 키도 크고 날씬하잖아. 폭 줄이고 이 정도 십 센티미터는 잘라내자."

민정이 품이 크고 긴 교복 치맛자락을 위로 들췄다. 무릎이 휑하니 드러났다. 나는 다급하게 민정의 손을 쳐내고 치맛자락을 내렸다.

"난 이게 편해."

나는 오히려 몸에 딱 달라붙게 줄인 민정의 교복을 보는 것이 불편했다.

"당연히 편하겠지. 그런데 이 치렁치렁한 스커트로 네 예술적인 다리를 감추는 건 죄야. 어, 수녀님 같아."

"나 수녀님 존경해."

"취향이 참."

사실 나는 취향이 있는지도 몰랐다. 민정과 어울리다 보니 촌스럽다는 내 취향을 알게 되었다. 촌스러워도 내가 이래서 이런 거니깐 어쩔 수 없었다. 나는 향 또한 로즈와 라벤더의 문제가 아니라 인공적인 향이 별로였다. 워낙 할머니와 율의 마당에 지천으로 핀 꽃향기를 맡아 버릇해서인지 자연적인 꽃향이 더 취향에 맞았다.

어느덧 4교시 담임 선생님 과목인 수학 시간이다. 담임은 칠판에 세 문제를 풀이해 주고 교실을 돌며 불시에 몇 명 학생들의 연습장 검사를 했다. 나는 연습장을 펼쳐 놓고 문제 파악을 하지도 못한 채 풀이만 적으며 여전히 다른 생각을 했다. 민정의 머리가 왼쪽으로 기울어졌다. 졸고 있는 건 아니고 지금 민정의 머릿속은 어제 본 영화 생각으로 들끓는 중일 것이다. 민정이 칠판을 향했던 고개를 내리자 머리채가 휙휙, 흔들렸다. 그게 귀여워서 나는 손끝으로 말 꼬랑지 같은 머리채를 살짝 만져 보았다. 뺨에 닿는 이상한 감각에 고개를 오른쪽으로 시선을 가져갔다. 옆 분단에 앉은 남학생이 오른손으로 턱을 괴고 왼손으로 샤프를 돌리며 나를 바라보다 눈이 마주쳤다. 나는 얼른 고개를 휙 돌렸다. 전이혁, 분명 입꼬리를 올리며 웃었다. 설마, 날 비웃고 있는 건가. 나와 같은 중학교 출신인 이혁은 키에 비해 머리통이 작았고 고수머리였다. 3학년 때 전 과목 만점을 두 번이나 받아 유명했다. 지필고사와 수행평가까지 단 일 점도 안 깎였다는 것이 믿기질 않았다. 과학고 입시를 준비했는데 최종 3차에서 떨어져서 이 학교로 왔다. 입학 초부터 소문이 무성했다. 과학고 3차 면접 때 면접관에게 대들어 떨어졌다, 아버지가 시내 중심가에 있는 7층 빌딩 주인인 전원석 정형외과 원장이고 엄마는 새엄마라는 말이 돌았다. 중학교 때 다른 학교 짱과 싸웠는데 이겼다는 소문도 있었다. 나는 소문 따윈 믿지 않았지만, 소문이 당사자 본인의 귀에 들어갔을 때 심경을 경험했기에 약간 신경 쓰였다. 반 남자애들은 이혁을 건드리지 않는 편이었다. 쉬는 시간에는 늘 무선 이어폰을 끼고 있었고 수업 시간에 나와 마찬가지로 건성이었다. 나처럼 제일 뒷자리에 앉았는데 늘 의자를 뒤로 더 빼고 앉아 나보다 뒤에 있었다. 이혁은 민정이 좋아하는 애였다. 아니 반 여자애들 대부분이 좋아했다. 쌀쌀맞았다. 말을 붙이면 냉랭하게 대답하거나 못 들은 척했다. 그래서 여자애들은 더 좋다고 했다. 오른쪽 뺨이 따끔거렸다. 어깨 너머로 돌아보니 그 애는 칠판을 보지도 않고 문제를 풀었다. 와, 역시 해설 없이 수학 문제를 풀기도 하는구나. 미지수가 있는 사차 함수를 왜 이차식으로 나누고 나머지를 다시 이차식으로 나누는지 도무지 이해할 수 없는 나는 그냥 풀이 과정을 옮겨 적었다. 생각을 환기하기 위해 눈썹을 찡그리며 책상 서랍에 왼손을 넣었다. 서랍 안에 수 국공무원인 이휘열의 꿈이 있다. 항등식과 미정 계수 문제 풀이 과정을 적어 놓은 판서를 옮겨 적으며 왼손을 서랍 안에 넣고 공책을 만지작거렸다. 꿈을 들춰 보고 싶은 마음이 가득했다. 수학 수업이 끝나갈 즈음 별안간 아랫배에서 엄청난 통증을 느꼈다. 등골에 오싹한 한기가 느껴졌고 식은땀이 흘렀다. 나는 몸을 웅크리며 필통을 뒤졌다. 필통에는 잡다한 물건들이 많았다. 여진 언니가 고등학교 입학 선물로 속을 꽉꽉 채워 줬다. 원형의 필통은 속을 추슬러 눌러야 지퍼가 겨우 닫혔다. 책상 위에 필통을 쏟은 후 다섯 색의 형광펜 중 한 개, 샤프심은 통에서 꺼내 샤프 안에 넣었다. 생리통 약 한 알, 방수 밴드도 낱장 한 개만 챙겼다. 이런 식으로 정리하니 필통이 여유로웠다. 그때 분명 생리통 약 한 알을 가위로 잘라 넣어 두었다.

포스트잇, 화이트 수정 테이프, 방수 밴드, 자, 가위, 형광펜을 들자 파란색 연질캡슐 한 알이 밑바닥에 깔려 있었다. 미세하게 떨리는 손으로 텀블러 뚜껑을 열어 물을 한 모금 마셔 입안에 머금었다. 왼손으로 텀블러를 잡고 오른손 엄지로 생리통 약 앞쪽에 불거진 곳을 눌렀다. 툭, 약이 미끄러졌다. 또르륵. 약은 이혁의 발 근처로 굴러떨어졌다. 이혁이 고개를 돌렸다. 나는 손짓으로 그 애 발을 가리켰다. 이혁이 고개를 숙여 제 발 근처에 떨어진 파란색 알약을 내려다보았다. 나는 검지로 약을 손짓하며 주워 달라는 입 모양을 했다. 내 손짓을 못 알아들었는지 약을 못 봤는지 그 애는 쌀쌀맞게 고개를 홱 돌렸다. 손으로 턱을 괴고 칠판을 보았다. 나는 몸을 구부려 이혁 쪽으로 움직였다. 내 손이 알약에 닿으려 할 때 이혁의 손이 내려와 알약을 집었다. 나는 자리에 앉으며 손을 내밀었다. 이혁이 고개도 돌리지 않고 손을 입으로 가져가 알약을 제 입안에 쏘옥 집어넣었다.

'뭐, 뭐. 저딴 애가 다 있어. 아니, 그게 무슨 약인지 알고. 그걸 왜 먹어?'

수업 종료를 알리는 종소리가 울렸다. 교과서와 출석부를 정리하며 담임은 나에게 점심 식사한 후 교무실로 오라고 했다. 지난주부터 점심시간에 한 명씩 입시 지도 상담을 했다.

"아."

나는 뒤돌아 앉는 민정을 보고선 손을 배에 대고 책상에 엎드렸다.

"많이 아파? 약 있어?"

"……약."

나는 엎드린 채 시선을 오른쪽 뒤쪽으로 가져갔다. 이혁은 이어폰을 꽂은 채 턱을 괴고 얼굴을 옆으로 뉘여 창밖의 하늘을 쳐다보았다.

"정말 시작됐어? 어제 왜 말 안 했어?"

"어젠 머릿속이 꿈 사러 가는 문제로 꽉 찼거든. 어젠 안 아팠는데 오늘은 왜 이렇게 아프지?"

"원래 그래. 둘째 날이 제일 심해. 약 줄까?"

"아니 괜찮아."

"식당 가자, 배고파."

민정과 식당에서 나란히 앉아 점심을 먹었다. 형편없는 반찬이었다. 민정은 젓가락으로 국에 들어간 나물을 건져 유심히 살핀 후 젓가락을 내려놓았다. 나도 배 아프고 담임 만날 생각까지 하니 입맛이 없었다. 우리는 음식이 그대로 남은 식판을 들고 자리에서 일어났다. 음식물 처리통에 남은 음식을 버리고 매점으로 갔다. 민정은 커피 우유와 도넛을 사고 나는 흰 우유를 사서 매점을 나왔다.

"그래서 꿈은 받았어? 수국공무원은 어땠어?"

"나라를 지키는 공무원 수국이 아니라 꽃 수국이었어."

"아, 완전 다른 느낌이네. 잘생겼어?"

"자세히 안 봐서 잘 모르겠어."

"나 어제 〈패러렐 마더스〉 봤어. 페드로 알모도바르 감독과 페넬로페 크루즈의 여덟 번째 협업이야. 최고의 영화 서열을 바꾼 영화야. 무려 서열 5위!"

민정이 만들어 놓은 최고의 영화 20은 순서가 자주 바뀌었다. 나한테는 그게 그것 같은데 그녀는 매번 바뀐 순서를 알려 주었다.

"참, 너 지난번 내가 USB에 넣어 준 〈귀향〉 봤어?"

"아니, 컴퓨터 수리 맡겼어. 오늘 찾으러 갈 거야."

"그거 텔레비전에 연결해 봐도 되는데."

"아, 그런 텔레비전이 아니어서."

"흐음. 그렇구나."

우리는 체육관 옆 은행나무 아래 사색의 의자로 갔다. 녹색 칠이 벗겨진 낡은 의자의 이름을 우리가 지어 주었다. 민정은 의자에 앉자마자 어젯밤에 꾼 꿈을 말했다.

"어젯밤 차은우가 내 꿈에 나타났어. 나 차은우 별로 안 좋아하잖아. 강이 내려다보이는 식당에서 식사했어. 근데 차은우가 나에게 음식을 자꾸 먹여 줬어."

도넛 가루가 민정의 작고 앙증맞은 입술에 묻었다. 나는 정말 꾼 꿈인지 확인하고 싶었지만 묻지 않았다. 중요한 건 민정이 나에게 꿈풀이를 해 달라고 하는 것이니깐. 난 어젯밤 멋진 꿈을 꾸었다. 아침에 일어나자마자 꿈을 떠올리느라 지각할 뻔했다. 나는 당장 할머니에게 해몽해 달라고 조르고 싶었다.

"아침에 일어났을 때 기분 좋았어. 해몽해 줘."

"흐음, 사례가 많은 꿈이야. 연예인은 현실에서 동행자, 애인, 대변자로 생각할 수도 있고 어떤 일거리나 작품의 상징물로 해석할 수도 있어. 음식을 같이 먹었다면 그만큼 귀한 인연을 만날 수 있어."

"그 귀한 인연이 혹시 이혁 아냐?"

"그럴지도 모르지. 적극적으로 말을 걸어 봐."

"그 앤 쌩까기 전문이야. 그래서 더 매력적이지만."

민정은 작은 거울을 꺼내 거울 속을 들여다보았다. 작은 거울에 이목구비가 뚜렷한 민정의 조그만 얼굴이 쏘옥 들어갔다. 그녀는 입을 뾰족하게 만들어 입술에 묻은 도넛 가루를 털어내고 립스틱을 발랐다.

"짝사랑은 너무 괴로워."

"짝사랑을 끝내는 주술이 있는데 해 볼래?"

내 말에 거울 속, 민정의 눈이 거울만큼 커졌다. 그녀는 내 쪽으로 얼굴을 돌렸다.

"그런 것도 있어? 진작 말했어야지. 뭐야? 뭔데?"

"이혁이 신발에 네 머리카락 세 올을 넣어 두는 거야. 그 애가 네 머리카락이 들어 있는 신발을 신는 순간 주술적인 힘이 작용해 네 마음이 전해질 거야."

"그거 신빙성 있는 거야?"

"난 해 보지는 않았지만, 친구가 효과를 봤다고 했어."

"나 말고 다른 친구도 있어?"

"응."

"그 친구…… 아니야."

나는 예원 생각에 가슴이 파득 떨렸고 목이 메었다. 나는 예원을 만나 소문에 관해 물어보고 확인하고 싶은데 방법이 없었다. 오뚝이 무당은 종일 넋을 놓고 마루에 앉아 예원을 감시했다. 대문을 열고 들어서는 사람들에게 악담을 퍼부어 무당들도 오뚝이 무당네에 가지 않았다.

"아, 당장 해야지. 머리카락 뽑아 줘."

민정은 핸드폰을 나에게 맡겼다. 한데 묶은 머리카락

을 풀어 헤치고 나에게 머리를 들이밀었다. 나는 그녀의 작은 머리통을 잡고 머리카락 여섯 올을 뽑았다.

"참, 너 담임한테 가야 하지 않아?"

우리는 산책길을 따라 걸었다. 민정은 머리카락을 세 올씩 양손에 꼭 쥐었다. 복도에서 이혁의 신발을 찾기 위해 신발장 쪽으로 가고 나는 교무실로 갔다. 민정의 핸드폰이 내 손에 들려져 있었다. 돌려주기 위해 민정의 뒤를 쫓아갔다. 그녀는 복도를 걸어가고 있었다. 신발장 앞에서 조금도 망설임 없이 손에 들고 있던 머리카락을 바닥에 버렸다. 머리 위로 강렬한 햇살이 쏟아졌다. 그 뒷모습은 내 걸음을 멈추게 했다. 민정은 손바닥을 비벼 털며 교실로 들어갔다. 나는 민정의 핸드폰을 주머니에 넣고 교무실로 갔다.

담임은 서랍을 열었다. 서류 봉투와 낱개 포장된 초콜릿을 세 개 꺼내 내게 건넸다. 나는 서류 봉투를 받아 무릎 위에 올려놓고 당황하며 초콜릿을 받았다. 담임은 생활기록부를 꺼내 펼쳤다.

"그건 적성 검사 결과지와 진로에 대한 설문지야. 문과 계열이 나왔는데 혹시, 진로 방향 생각했니?"

"네, 저 인류학과를 생각하고 있어요."

"인류학? 특별하네. 혹시 동기나 계기가 있니?"

"여러 민족의 문화를 공부하고 싶어서요. 특히, 동아 시아 쪽 신화와 설화에 관심이 많아요."

물론 최종 목표는 꿈해몽사전을 만드는 것이다. 그 러나 율이 아닌 다른 어른에게 그 계획을 말하고 싶지는 않았다. 율은 어른이지만 다른 어른들과 달랐다. 율과 같 은 어른이 곁에 있다는 것은 보물을 담아 놓은 차 상자 를 가지고 있는 느낌이었다. 차 상자는 할머니와 친한 스 님이 네팔을 다녀오며 선물한 거였다. 할머니가 차를 다 마셨을 때부터 차 상자는 내 소유가 되었다. 차 상자는 얇은 나무로 만들어졌고 각 면에는 천연 안료로 아름드 리나무가 그려져 있었다. 잎만 봐서는 어떤 나무인지 알 아낼 수가 없었다. 나는 차 상자 속에 엄마의 사진과 호 두나무잎을 넣고 수시로 열어 보곤 했다. 엄마의 사진이 들어 있던 앨범은 태풍으로 집이 물에 잠겼을 때, 다른 물건들과 함께 휩쓸려 떠내려갔다. 차 상자 속에 있는 사 진이 내가 가진 유일한 엄마 유품이었다.

"흐음. 부모님과 의논해 서류를 작성…… 아."

담임은 생활기록부에 시선을 한참 뒀다가 고개를 들

어 나를 바라보았다.

"윤소리. 혹시 조모님과 사는 거니?"

"네."

"부모님은……."

"……."

내가 대답 없이 서 있자 담임은 나를 쳐다보았다.

"할머니와 단둘이 사니?"

"네."

"할머니가, 저기, 그러니깐. ……뭐라고 해야 하나. 점 치시는 분이니?"

"무당이세요. 세습무."

"아아, 그렇구나. 그래 가 봐. 열심히 해."

나는 담임에게 목례하고 교무실에서 나왔다. 사람들은 무당이라는 단어를 입에 올리는 걸 꺼렸다. 신내림을 받은 강신무과 달리 세습무는 집안 내력으로 신을 의무적으로 모셔야 했다. 강신무는 신기와 내린 몸주신에 따라 점사를 잘 맞혀 점바치로 평생을 잘사는 사람들도 있지만 대체로 굿을 배우고 기도하러 깊은 산을 찾아다녔다. 무당은 굿을 배우고, 굿을 할 수 있는 사람들을 지칭했다. 무당들은 무당이라 불리는 것을 좋아했다. 담임은 이제 나를 보면 무당을, 무당 이미지를 먼저 떠올릴 것이다. 걸음을 멈추고 복도 창문을 열었다. 창틀에 양손을 짚고 창밖으로 얼굴을 내밀었다. 뺨에 닿는 바람에 저절로 눈이 감겼다. 생활기록부에는 뭐라고 써 있었던 걸까. 조모와 동거, 부모란에 엄마 이름만 적혔을 거였다. 엄마의 얼굴이 기억나질 않았다. 붉은 털실이 떠올랐다. 붉은 실이 눈가를 스쳐 지나간 듯 눈물이 번졌다.

"저기."

물속에서 울리듯 낮은 목소리가 들렸다. 나는 눈을 뜨고 소리 나는 곳으로 돌아봤다. 전이혁. 나도 키가 큰 편인데 나보다 머리 하나는 더 큰 그 애는 한참을 올려다봐야 했다.

"종 쳤어."

그 애는 그렇게 말하곤 교실로 들어갔다.

꿈 기록 공책 세 권을 모두 복사했다. 복사비가 만만치 않았다. 원본은 아껴 두고 복사한 것으로 분류할 생각이었다. 집으로 가는 골목, 율의 방 창 아래에서 귀를 기울였다. 아무 소리도 들리지 않았다. 대문은 아무리 밀어도 쇳소리만 내고 열리지 않았다. 나는 발로 대문을 걷어찼다. 대문이 둔탁한 소리를 내며 쩍 벌어졌다. 숫자 7을 써 놓은 것 같은 집 구조에서 내 방은 제일 왼쪽에 있었다. 원래는 손님방이었는데 창이 두 개가 있어 내가 이 방을 쓰겠다고 고집을 부렸다. 이 방은 율의 방과 같은 방향에 있었다. 내 방에는 남대천과 동쪽에 창이 나 있고, 율의 방은 남대천과 서쪽으로 창이 나 있었다. 율의 방과 내 방에서 보는 남대천 풍경은 똑같았다. 방 크기는 율의 방이 더 컸다. 내 방에는 동쪽 창 아래 컴퓨터가 놓인 책상이 있고 맞은편에는 서랍장과 행거가 있다. 침대는 남대천으로 나 있는 창 아래, 침대 머리는 동쪽을 향해 놓았다.

침대 놓을 위치 때문에 할머니와 한참을 옥신각신했다. 할머니는 침대 놓을 위치가 좋지 않다며 할머니 옆방으로 옮기라고 했다. 나는 머리만 동쪽으로 향하면 되는 거 아니냐고 우기며 이 방을 고집했다. 결국 할머니는 창에서 침대를 두 뼘 정도 떨어뜨려 놓으라고 했다. 그렇게 하니 방이 비좁게 느껴졌지만, 침대에 걸터앉아 창밖을 내다보기 안성맞춤이 되었다. 옷을 갈아입고 책상에 앉아 아침에 떠올랐던 꿈을 적었다.

무당들의 행렬이 보였다. 빨간 치마에 노랑 저고리, 남색 쾌자를 입고 갓을 쓴 나는 무당들 뒤를 따랐다. 넓고 편평한 곳에서 무당들은 원을 그리며 춤을 췄다. 춤을 추다가 모두 하늘을 향해 반듯하게 누웠다. 한 명, 두 명 무당 옷 속에서 몸이 빠져나가 하늘을 향해 날아갔다. 나도 몸을 일으켜 보았다. 가뿐하게 일으켜졌다. 분명 옷 속에서 벗어났는데 나는 새로운 무당 옷을 입고 갓을 쓰고 있었다. 하늘을 날던 나는 누군가를 내려다보았다. 내 몸이 저절로 아래로 내려갔다. 여자는 검은 천으로 몸을 휘감고 있었다. 웅크려 있던 여자가 몸을 옆으로 돌리니 알몸이 드러났다. 여자 옆에는 상의를 벗은 남자가 등을 돌리고 잠들었다. 여자와 남자의 다리가 뒤엉켰다. 나는 여자를 내려다보다가 여자의 잠 속으로, 꿈 속으로 들어갔다. 여자는 계단을 오르고 있었다. 뒤에는 나선형 계단이 끝없이 이어졌다. 계단 끝이 조금씩 사라졌다. 계단을 오르던 여자의 숨이 가빠지고 여자의 발목은 자꾸 고꾸라졌다. 계단이 사라지는 속도는 여자 발의 움직임을 따라잡았다. 여자 뒤로 계단이 겨우 두 개 남았다. 나는 여자의 뒤에서 계단 끝을 잡아 계단을 펼쳤다. 나선형의 계단이 차르륵 펼쳐졌다. 발소리가 들렸다.

탁탁탁. 발소리가 점점 멀어졌고 문이 닫히는 소리가 들렸다. 나는 나선형 계단을 차곡차곡 접어 옆구리에 끼고 여자의 꿈에서 빠져나왔다. 여자와 남자가 등을 맞대고 잠든 모습을 보고 날아올라 모래사장 위에 펼쳐 놓은 옷 안으로 다시 들어갔다.

어제, 나는 호두나무잎을 베개 밑에 넣고 잤다. 꿈을 사 온 날이었다. 이휘열의 꿈을 사러 갔는데 내 꿈에서 나는 낯선 여자의 꿈속으로 들어갔다. 꿈속에서 잠을 자던 여자는 나선형의 계단을 오르는 꿈을 꾸었을 것이었다. 나는 여자의 꿈속으로 들어가 여자의 꿈을 구경한 것이었다. 심리적 반응을 보인 꿈일 수도 있었다. 허공의 계단은 허망한 계획을 세운 것에 대한 경고일 것이었다. 게다가 검은 천으로 알몸을 가리고 있으면 사망, 거세, 범죄에 얽힌 것이다. 할머니는 내가 꿈을 사기 위해 서울까지 가서 남자를 만났다는 사실을 알면 불호령을 내릴 것이 뻔했다.

멋지지만 수상한 꿈이었다. 꿈은 내가 꾼 것이 아닌 머릿속에 뒤엉켜 있던 생각들이 나타난 것일지도 몰랐다. 자면서 꿈을 만들어낸 것이 아닐까, 하는 의심이 들었다. 꿈과 해몽을 기록하면서부터 꿈이 자꾸 만들어지는 것 같았다.

할머니는 꿈을 신이 넣어 준다고 믿었다. 삼신할머니가 넣어 주면 태몽, 조상신이 경사와 위험을 경고하는 꿈을 넣어 주고, 산신이나 용왕신이 미래를 예견하라고 예지몽을 넣어 준다는 것이었다. 나는 할머니와 꿈에 대해 다르게 생각했다. 꿈은 신이 넣어 주는 게 아닌 본인의 정신, 뇌, 무의식에서 나오는 것이다. 같은 꿈이라도 개인적 환경에 영향을 받고 사람마다 해석이 다를 수밖에 없다. 일곱 살 어린아이의 날아다니는 꿈과 일흔 살 노인의 날아다니는 꿈은 다르게 풀이될 것이다. 가장 정확한 꿈풀이를 할 수 있는 사람은 자신이다. 자신의 최근 생활과 감정들을 돌아보면 특별한 지식이나 영적 능력이 없이도 꿈을 풀이할 수 있을 것이다. 그런데 몇 가지 벽에 부딪히게 되는 부분은 분명히 있었다. 주술적인 것을 아예 무시할 수는 없었다. 이 꿈이 정말 내가 생각해서 만든 꿈이 아니라 꾼 것이라면 예지몽일 거였다. 나의 미래는 무당이 되어 남의 꿈과 삶을 들여다보게 될지도 몰랐다. 할머니가 기분 좋을 때 해몽해 달라고 졸라야겠다.

꿈을 복사한 종이를 꺼냈다. 종이마다 페이지를 매겼

다. 첫 번째 공책을 복사한 것이 84페이지, 두 번째 공책은 102페이지, 세 번째 공책은 62페이지였다. 꿈은 총 337개였다. 많은 꿈을 한꺼번에 모았다는 사실에 든든했다. 그는 일주일에 세 번 정도 꿈을 기록했다. 컴퓨터를 켰다. 초기 화면이 켜졌지만, 여전히 속도는 느렸다. 컴퓨터를 초기화하고 백업을 복원해 준 아저씨는 성능 좋은 노트북 중고가 들어왔다고 살 생각이 있는지 은근한 목소리로 물었다. 눈에 힘을 주고 힐긋 쳐다보자 아저씨가 고개를 흔들며 말했다. '소리 다 컸네. 이제 한창 꽥꽥 쏘아붙일 사춘기냐?' 이 골목 사람들은 내가 말없이 물끄러미 바라만 봐도 신경질을 낸다고 했다. 마냥 웃어 주기도 귀찮아 오해를 풀어 주지 않고 지나쳤다. 컴퓨터에서 우웅 소리가 나더니 한글이 열렸다. 폴더를 새로 만들어 ㄱ, ㄴ, ㄷ 순으로 파일을 정리해 놓았다. 복사본을 꺼내 첫 번째 꿈을 옮겨 적은 후 해몽도 기록했다.

도서관에서 책을 빌리는 것은 깊은 학문과 진리 탐구, 새로운 자료, 횡재수랑 관련이 있다. 적은 돈을 얻은 경우는 근심 걱정이다. 큰돈일 경우 그만큼 재물이나 행운이 들어온다. 신문 기사를 읽은 것도 중요한 행동이었다.

몇 개의 꿈을 더 옮겨 적다가 복사본을 들고 침대로 가 누웠다. 노트북이 있으면 침대에서도 사용할 수 있을 거란 생각을 하다 어느 결에 잠이 들었는지 꿈을 꾸었다. 꿈속에서도 나는 계속 이휘열의 꿈을 읽었다.

2부

〇

   단오 준비를 하면서부터 골목은 들떴다. 나도 덩달
아 기분이 좋아졌다. 할머니는 매년 단오 때면 꼭 한복
을 새로 맞췄다. 다른 무당들도 여유가 있으면 이즈음에
한복을 마련했다. 어릴 때는 단오 동안 종일 굿당에 들
락거렸다. 무당들에게 많은 용돈을 받았다. 굿을 끝내고
무대 뒤로 들어오는 무당의 쾌자는 지전으로 띠를 이루
었다. 천 원짜리건 만 원짜리건 무당들은 짚이는 대로 여
진 언니, 예원과 나에게 주었다. 먹을 게 많았고 신명 받
은 무당들도 북적거려 저절로 신이 났다. 시간 가는 줄
모르고 있다 어느새 굿이 끝날 즈음이면 구석 자리에
무당이 벗어 놓은 한복에 파묻혀 곯아떨어졌다. 잠결에
눈을 떠 보면 어김없이 율의 등에 업혀 있었다. 왜소한
율의 등은 넓지 않았지만 단단하고 야무졌다.

할머니는 집 구석구석에 있는 모든 신이 가족이나 다름없다고 했다. 신들을 떠올리면 혼자 있어도 혼자 있는 게 아니라고 했다. 집 전체를 수호하는 성주신, 터줏대감, 신방 탱화에 있는 대관령 산신인 김유신 장군과 대관령 서낭신 범일국사, 여서낭신 정 씨를 비롯해 대문에 있는 문신, 삼신, 조왕신, 화장실에 있는 예쁘장한 변소각시. 댓돌에 깃든 신부터 시작해 각각의 신들에게 공들여 인사만 해도 반나절이 지나간다고 했다. 할머니에게는 눈에 잡히는 신들이겠지만 나에겐 모두 없는 것이나 마찬가지였다.

엄마는 내가 다섯 살이 되던 해에 율을 불러내 나를 맡기곤 외국으로 나갔다. 할머니는 아비도 알려 주지 않고 운명을 피해 도망간 엄마를 눈에 흙이 들어가기 전까지 안 보겠다고 으름장을 놓았다. 나는 출생 신고도 되어 있지 않았다. 엄마는 율에게 소리, 라고 불렀다고 했고 성은 알려 주지 않았다. 할머니는 자신의 성을 붙여 윤소리라 출생 신고를 했다. 뒤늦은 출생 신고로 동사무소를 여러 차례 들락날락했고 벌금까지 냈다.

피도 눈물도 없는 년, 개만도 못한 년, 지 배 갈라 낳은 새끼 내버리고 도망간 년, 찾아오지 않는 독한 년, 개도 안 물어 갈 년, 바다에 빠져 뒈질 년. 할머니는 엄마 얘기만 꺼냈다면 분이 풀릴 때까지 엄마 욕을 했고 악담을 퍼부었다. 나는 할머니가 엄마 욕을 하는 것이 듣기 싫었다. 그 모든 욕이 내 얼굴에 달라붙은 것처럼 얼굴이 팽팽해졌다.

오늘은 소풍 가는 날이다. 할머니는 사월 초파일 행사가 끝난 다음 날 태백산 당골에 갔다가 어젯밤 늦게 돌아와 아직 자는 중이었다. 할머니에게 김밥과 모양을 내 멋을 부린 도시락을 기대한 것은 아니지만 용돈도 안 줘 속이 상하긴 했다. 신방으로 들어가 복채를 담아 놓은 사발에서 만 원짜리 지폐 세 장을 꺼냈다. 사발에 손을 넣어 뒤섞어 놓으려는데 눈에 띄게 돈이 적었다. 문신한테 화풀이라도 하듯, 대문을 거칠게 닫았다.

나는 소풍 따위 좋아하지 않았다. 소풍이나 운동회 전날 비가 오길 빌었다. 소풍 땐 늘 혼자였다. 처음에는 줄을 맞춰 짝과 걸어갔지만, 어느 결에 아이들은 친한 아이들을 찾아 어울려 걸었다. 자연스럽게 내 짝도 다른 아이들과 어울렸다. 도착지까지 혼자 걸으며 얼른 소풍이 끝나기만 기다렸다. 초등학교 운동회에는 할머니가 왔다. 할머니는 김밥, 과일, 할머니가 마실 술병을 담은 보퉁이를 싸 와 운동회 중간이면 보퉁이를 풀어 술을 마셨다. 할머니의 등장은 아이들이 나를 놀려 먹기에 딱 좋은 건수였다. 아이들은 무당은 대낮부터 술 마시더라, 무당 할머니 눈 엄청 무섭더라는 뒷말들을 해댔다. 지금 생각해 보면 그때 할머니가 말아 온, 속이 한쪽으로 치우친 삐뚤빼뚤한 김밥은 담백하고 맛있었다.

학교에서 출석 체크를 하고 형식적인 복장 검사를 한 후 허균·허난설헌 생가까지 걸어갔다. 교복을 벗은 아이들은 감정이 들떠 욕을 하고 과장된 야유와 비명을 질렀다. 나는 할머니가 엄마를 향해 뱉어내는 욕을 하도 많이 들어 욕이라면 지긋지긋했다. 할머니는 욕을 입에 달고 사는 편인데 나한테 말할 때는 용케 잘 걸러냈다. 민정은 모자를 돌리며 주변을 두리번거렸다. 출석 체크 때부터 이혁이 보이질 않았다. 체육대회 때에도 농구 선수로 출전하기로 해 놓고 불참했다. 담임은 출석을 부를 때 이혁 차례에서 아예 건너뛰었다. 전이혁, 재수 없어. 실장인 미소가 우리 곁을 지나치며 말했다. 민정이 미소에게 이혁이 왜 안 왔는지 물었다.

"금수저께선 균을 배양하는 연구를 위해 의대생들 학회에 참석한대. 우리가 김밥이나 까먹고 놀 때 생기부에 적을 소논문을 착실하게 준비하겠지."

"와아, 클래스가 다르네."

"나도 그런 환경을 만들어 주면 소논문쯤이야."

중간고사 전 과목 1등급인 미소는 경쟁자인 이혁을 못마땅해했다. 편파적으로 이혁을 배려하는 학교 측과 담임을 비난했다. 우리는 악에 받쳐 갈라지는 미소의 목소리를 건성으로 들으며 걸었다.

"소리야 저리로 가 보자."

민정이 나를 매화 향이 똑똑 떨어지는 마당으로 이끌었다. 민정은 미소, 이혁과 같은 국어 학원에 다닌다고 했다. 밸런타인데이에 미소가 초콜릿을 주며 고백했는데 이혁이 초콜릿을 받지 않았고 대답도 없이 휭 가 버렸다고 했다. 민정은 엄마와 통화하느라 복도에 나갔다가 그 장면을 목격했는데 어쩐지 통쾌했다며 만약 이혁이 초콜릿을 받았다면 실망했을 거라 말했다.

점심시간에 민정은 예전에 봐 둔 곳이라며 생가 뒤쪽으로 가자고 했다. 뒤쪽에는 아이들이 없어 조용했다. 우리는 햇살이 바글거리는 담장에 기대앉았다. 숲에는 지난여름 태풍에 쓰러진 커다란 소나무들이 썩어 가고 있었다. 썩고 있는 나무를 보는 건 불쾌했다. 도시락을 펼치며 민정은 지난밤 꿈 얘길 했다. 꿈에 굉장히 화려한 엘리베이터를 탔는데 엘리베이터 안에 창문이 하나 있었다. 창문을 열었더니 물이 쏟아져 들어와 엘리베이터 안에 물이 꽉 찼다는 꿈이었다. 민정은 매일 꿈 얘길 했지만 꿈을 해몽 자료로 사용하는 것에는 반대했다. 나는 평소에 해몽해 주었지만, 오늘은 하고 싶지 않았다. 교실 복도 신발장 앞에서 내가 뽑아 준 머리카락을 던져 버리던 뒷모습이 떠올랐기 때문이었다. 나는 말없이 고개를 쳐들어 새파란 하늘을 보았다. 민정 또한 딱히 해몽을 들으려는 의도는 없었던 듯 양 엄지와 검지를 맞대 직사각형 프레임을 만들어 날렵한 기와 끝의 처마와 풍경을 가늠했다. 핸드폰으로 사진을 찍었다. 나는 민정의 뒤를 따라 천천히 걸으며 탐스럽게 활짝 핀 붉은 모란을 바라보았다. 모란이 핀 화단 옆 화단에는 연분홍 작약이 꽃봉오리를 맺고 있었다. 모란과 작약은 꽃 모양과 크기가 같아 나는 항상 헷갈렸다. 율은 헷갈리지 않고 구분을 잘했다.

"모란은 나무고 작약은 풀이야."

율이 녹색 잎을 손바닥으로 펼쳐 보이며 알려 줬다.

"겨울엔 잎이 죄 떨어져도 나무로 서 있는 게 모란, 자취를 싹 감추고 뿌리만 있는 게 작약."

"겨울에 나무만 보고 누가 꽃나무 이름을 맞혀?"

"여기 잎도 달라. 끝이 뾰족하고 갈라졌고 작약은 둥글지? 모란잎은 광택이 없고 얘는 반질반질 윤이 나잖아."

한 달 혹은 두 주일이래도 먼저 꽃 피는 게 모란이었다.

"성급한 모란이고 느긋한 작약이네."

"왠지 소리도 작약에 시선이 가나 봐?"

작약의 향은 은은하고 애절했다. 나는 모란을 보며 느긋하게 작약을 기다렸다.

"어, 율. 난 작약이 좋아."

"나도 그래."

나는 작약이 좋다. 작약만큼 율도 좋다.

석천 철학관을 돌아 남대천 둑길 아래로 접어들었다. 뒤에서 휘파람 소리가 들렸다. 고개를 돌렸다. 누군가 자전거를 타고 이쪽으로 오고 있었다. 야구 모자를 눌러 쓴 채 휘파람을 불며 다가오는 사람은 이혁이었다. 햇살이 자전거 바큇살에 닿아 눈이 아팠다. 이혁은 나를 획, 지나쳐 갔다. 휘파람 소리가 점점 멀어져 갔다. 율의 집 앞을 지나는데 휘파람 소리가 다시 들려왔다. 자전거가 내 앞에서 한 바퀴 돌았다. 자전거 브레이크에서 쇳소리가 났다. 이혁은 해를 등지고 섰다. 나는 어깨에 멘 가방끈을 손으로 잡은 채 이혁을 바라보았다. 역광으로 서 있는 이혁의 표정은 보이지 않았다.

"윤소리."

나는 햇빛에 이마를 찡그렸다.

"너희 할머니 무당이라며."

나는 양손에 힘을 줘 주먹 쥐었다. 표정이 보이지 않는 이혁이 뒷주머니에서 뭔가를 꺼내 내게 주었다. 얼떨결에 받았다. 종이였다.

"그거, 내 사주 적은 건데. 할머니한테 물어봐, 내가 이번 수학 경시 때 일등 하는지. 또, 내가 앞으로 어떤 일을 하며 살지. 알겠어? 이상 끝. 안녕."

이혁은 휘파람을 불며 바다 방향으로 갔다.

'2005년 5월 9일(양력) 아침 11시 전이혁.'

나는 이혁의 사주가 적힌 종이를 구기며 대문을 밀었다. 녹슨 대문은 한 번에 열리지 않았고 소름 돋는 소리만 냈다. 발로 대문을 쾅 걷어찼다. 화가 난 문신이 내 발을 물었는지 발이 아팠다.

할머니는 방에 이불도 개키지 않은 채 몸만 빠져나가고 없었다. 목욕탕에 갔을 것이다. 소풍인 것을 모르니깐 저녁까지 목욕탕에서 해결하고 올 것이다. 내 방으로 들어갔을 때, 문자가 왔다는 신호음이 들린다. 톡, 확인 좀해. 민정이었다. 나는 어쩔 수 없이 데이터를 켜고 톡을 확인했다. 민정은 내가 모란을 들여다보고 있는 옆모습 사진을 보냈다. 제 인스타그램에 올린다고 했다. 나는 민정이 사진 찍는 줄도 몰랐다. 모란을 좋아하는 소녀. 어때? 나는 사진을 공개하는 건 내키지 않는다고 답을 보냈는데 왜에, 이미 올렸어, 라는 답만 돌아왔다. 민정의 인스타에 들어가 보려다 관뒀다. 사진을 보면 내려 달라고 말하고 싶을 거였다.

동쪽 창을 열어 놓고 컴퓨터를 켰다. 달항아리에 들어가니 해몽 방에 새로운 글이 올라와 있다는 표시가 떴다.

닉네임 시린달이 꿈을 남겼다. 시린달은 꿈에 집착했고 해몽에 매달렸다. 꿈은 배에 타려고 할 때, 바닥에 배를 갈라 놓은 커다란 생선이 있었다는 거였다. 방금 배를 갈랐는지 생선의 내장이 꿈틀거렸고 아가미는 달싹거렸다는 것을 자세하게 묘사했다. 잠에서 깼을 때 너무 추웠고 온몸에 소름이 돋았다고 했다. 꿈은 딱 맞아떨어지는 풀이가 없었다. 크게 드러나는 상징들에 의존할 수밖에 없었다.

할머니에게 해몽에 관한 책은 한 권도 없었다. 나는 할머니에게 어떻게 꿈을 풀이하는지 물어보았다. 할머니는 몸주인 장군님이 알려 준다고 했다. 장군님이 어떤 방법으로 알려 주냐고 물으면 그건 알아서 뭐 하게, 하며 답을 피했다. 내 생각에 할머니는 해몽을 직관에 의지해 하는 것 같았다. 할머니에게 해몽을 부탁하려고 오는 고정 손님이 있는 것이 신기했다. 심지어 꿈이 많은 무당조차 할머니에게 해몽을 부탁했고 꿈을 놓고 앞일을 상의했다. 율은 역학과 주역, 사주, 신수학, 기문둔갑을 공부했다고 들었다. 그러나 율은 사주나 관상을 봐 주는 것도 거부했고 꿈풀이 또한 무의미하다고 했다. 율이 손님을 맞이하는 때는 작명할 때였다. 강신무들이 부탁하는 부적을 쳐 주기도 했다. 내가 율에게 해몽을 부탁하면 율은 오히려 내게 그 꿈을 어떻게 생각하는지 되물었다. 그래서 율 앞에서 나는 스스로 해몽하곤 했다. 율에게 해몽에 관한 얘기를 할 때면 엄마의 편지가 떠올랐다. 율이 일곱 살 때 엄마가 태어났다. 율은 어딜 가나 엄마를 데리고 다녔다. 엄마에게 잡가를 가르칠 때 무당들은 오냐, 키워 색시 삼아라, 농담했지만 율은 진심으로 엄마를 색시 삼을 작정이었다.

나는 어떤 꿈을 수십 번도 넘게 꾸었다. 눈 내리는 겨울 바다에서 용왕굿을 한다. 굿이 한창일 때 배에서 일어난 처녀 무당이 바다에 뛰어 들어간다. 그 뒤를 따라 화랭이가 곧장 바다로 뛰어드는 꿈. 그것은 꿈이 아니라 실제 일어난 일이었다. 몇몇 무당에게서 들었다. 주문진 별신굿 때, 뱃전에 앉아 있던 엄마가 바다에 뛰어들었고 그 뒤를 율이 따라 들어갔다. 동태처럼 얼어붙은 두 사람을 건져 올리느라 굿이 엉망이 되었다고 했다. 나는 백번을 쳐다봐도 다정한 율을 두고 가 버린 엄마를 이해할 수 없었다.

○

할머니는 남색 바탕에 붉은 꽃무늬가 그려진 원피스를 입고 가슴을 내밀고 앉았다. 아침부터 분주하게 흰 머리카락을 새카맣게 염색했다. 경대를 펼쳐 놓고 공들여 화장했고 머리카락을 틀어 쪽을 머리 아래로 낮게 내렸다. 아끼던 칠보 장식으로 멋을 낸 꽃 비녀를 꽂았다. 비녀 옆에 칠보 나비 뒤꽂이까지 꽂은 참이었다.

"처녀 무당 같네. 자, 이것."

"놀리나."

"뱃살 없고 허리선이 가냘픈데 얼굴도 곱잖아."

"그래. 듣기 좋은 사설이네."

할머니는 처녀 무당이 제일 예쁘다고 생각했고, 그렇게 말하면 놀린다고 생각했지만, 구체적으로 짚어 주면 흡족해하며 함박 웃었다. 나는 할머니 가슴에 붉은 카네이션과 장미로 만들어진 생화를 달아 주었다. 할머니는 경대를 끌어당겨 머리 뒷부분을 확인하고 만족한 듯 입가에 팔자 주름을 만들며 가슴께 매달린 카네이션을 매만졌다.

"그 옷 또 사 입었어?"

"그럴 리가, 작년부터 쭉 입었던 거야."

"새 옷 맞는데 뭐."

할머니는 경대를 힐긋 쳐다보고는 멋쩍은 듯 웃었다.

"에이, 귀신 눈은 속여도 우리 소리 눈은 못 속이네. 카네이션 맞이하는 기념으로 하나 장만했어."

"돈 좀 아껴 써."

할머니는 알았다며 눈을 깜박거리며 밥상을 끌어당겼다. 할머니가 머리와 화장에 공을 들이는 동안 내가 차린 밥상이었다. 할머니는 깨작거리며 밥 반 공기를 먹고 물컵을 들어 밥그릇에 부었다. 내가 요리한 어묵볶음과 달걀말이가 마음에 들지 않다는 신호였다. 할머니는 오이 통김치를 한 쪽 먹었다. 오이가 틀니에서 미끄러지는지 이가 딱딱 부딪치는 소리가 들렸다.

"엄마는 젊어서 카네이션 같은 거 안 달겠지?"

"아침부터 재수 사납게 그년 얘기 꺼내지 마."

할머니는 숟가락을 내려놓고 밥그릇을 들어 물을 들이켰다. 내가 상을 정리해 부엌으로 내가기 전에 할머니는 경대를 당겼다. 나는 부엌에서 설거지를 끝내고 할머니 방으로 들어갔다. 할머니 옆에 앉아 경대에 담긴 얼굴을 쳐다보았다. 문신과 짙은 눈화장으로 사나워 보였다. 나는 고개를 돌리며 말했다.

"할머니한테 밉고 싫은 딸이겠지만 나한테는 보고 싶은 엄마야."

"에미 년이 팔자 고치겠다고 지 배 갈라 낳은 딸 내버리고 갔나. 아나 그 팔자 얼마나 잘 고칠지 두고 보자."

할머니는 흰색 양말을 신고 스웨터를 걸쳤다. 카네이션이 가려지자 스웨터를 벗어 팔에 걸치고 가방을 휙, 들었다. 나는 마루를 내려가 할머니가 신기 편하게 구두 방향을 돌려놓았다.

"엄마한테 편지 쓸 건데 할머니가 오라 했다고 쓸까?"

할머니는 신발을 신고 허리를 펴며 나를 쳐다보았다.

"그년 앞에서 할미 죽는 꼴 보고 싶나."

"왜 그렇게 할머니 고집만 부려? 내 생각 좀 해 줄 수 없어?"

할머니는 날카롭게 눈을 뜨고 내 얼굴을 빤히 쳐다보았다.

"그럼, 그 뒈질 년한테 가서 살어."

"욕 좀 하지 마. 그렇게 욕을 해야 시원해?"

"이십사 시간 그년 욕해도 시원치 않아."

할머니는 남대천 물소리를 삼킬 정도로 크게 냅다 소릴 지르고 대문을 닫았다. 나는 마루에 나란히 있는 세 개의 화분 통에서 활짝 핀 제라늄을 노려보았다. 제라늄은 아침 햇살을 받아 더욱 붉어졌다. 제라늄 잎사귀를 비볐다. 잎에서 독특한 냄새가 났다. 화려하고 강단져 보이는 제라늄은 내가 노려보아도 아무 상관없다는 듯 앙큼하게 제 꽃잎을 흔들었다. 그런 제라늄은 할머니를 닮았다.

남대천 둑 위로 올랐다가 시멘트로 다져 놓은 제일 아랫부분까지 내려가 웅크리고 앉았다. 물이 천천히 아래로 흘러갔다. 이 물은 바다에 가 닿을 것이다. 나에게 장점이 있다면 기억력이 좋다는 것이었다. 처음 율을 만났을 때, 율은 우스워 보였다. 주유소에 세워 둔 바람 인형처럼 온몸을 헐겁게 흔들며 걸어왔다. 목에 두른 청색 스카프는 촌스러웠다. 무섭게 노려보던 할머니의 눈은 오줌을 지릴 정도로 나를 주눅 들게 했다. 화려한 꽃들이 가득했던 할머니의 화단. 체구가 작고 인형처럼 예뻤던 여진 언니. 생글생글 잘 웃어 주었던 예원. 그들을 처음 봤을 때의 모든 순간을 기억했다. 그런데 마지막이 될지도 몰랐던 엄마의 얼굴은 떠오르지 않았다. 내 손을 잡고 있었던 손, 내 입가에 묻은 과자 부스러기를 닦아 주던 손수건, 소매 끝자락 올이 풀려 실 끝을 둘둘 말아 놓았던 빨간색 스웨터는 기억났다. 그러나 엄마의 얼굴, 표정, 모습은 아무리 떠올려도 검은 실루엣으로 기억되었다. 그것이 내 기억력의 모순이었다. 나는 흐르는 물을 바라보며 그리움이 목까지 차올라 울컥, 토해질 때까지 앉아 있었다.

율의 방바닥에는 커튼에서 비친 녹색 대나무가 어지럽게 그림자 져 있다. 방은 정오의 햇살이 내리비칠 때 깊은 숲속 같았다. 제석꽃, 군웅꽃, 만도산꽃 등 이미 피워 놓은 꽃에 녹색 그림자가 드리워졌다. 잡아당긴 문손잡이를 잡고 깊게 숨을 들이마셨다. 오래된 책 냄새와 아교풀 냄새, 희미하게 담배 냄새가 났다. 안채에서 여진 언니 목소리가 들렸다. 마루로 올라가 여진 언니 방문을 열었다. 파마 약 냄새가 났다. 언니는 방 가운데에 놓인 상 위에 머리만 있는 마네킹을 놓고 파마 컬을 말고 있었다. 귀와 어깨 사이에 끼워진 핸드폰으로 누군가와 통화를 하고 있었다. 언니는 상대방에게 마지막 인사를 하곤 나를 쳐다보며 핸드폰을 빼 달라는 몸짓을 했다. 나는 핸드폰을 빼 침대 위에 놓았다.

"블루투스 연결하라니깐."

여진 언니는 엄청난 기계치였다. 블루투스 연결하는 법을 다섯 번이나 알려 줬는데 복잡하다며 어깨를 으쓱해 보였다.

"일찍 왔네?"

"어버이날이어서. 율은?"

"방에 없어? 방금까지 있었는데."

언니는 말을 하면서 손을 재빠르게 움직여 머리카락에 컬을 말았다. 플라스틱 통에서 액체로 된 약을 마네킹의 머리카락에 쏟아붓고 머리통에 비닐 캡을 씌웠다. 그녀는 사립 여자 고등학교에 다닐 때 국악부에 뽑혔다. 기본적으로 목이 틔었으니 국악부에 뽑히는 것에는 문제가 없었다. 그렇지만 전문적으로 소리를 하기에는 목이 약하다고 했다. 언니는 가야금을 배웠고 전공으로 살리고 싶어 했다. 가야금을 전공하려면 대학교수를 찾아가 레슨을 받아야 했다. 레슨비도 만만치 않았고 매주 서울이나 남쪽 도시로 가야 했다. 언니네 집안 형편으론 엄두없었다. 게다가 중요한 굿 행사가 있을 때는 굿을 맡아야 했고 자리를 지켜야 했다. 언니는 시내에 있는 뷰티 아카데미에 다녔고 현재 미용사 국가자격증 최종 발표를 기다리는 중이었다. 나는 율에게 전화했다. 율은 고서점에 있다고 했다. 내가 꼭 만나야 할 일이 있다고 하자 이십 분 후에 도착할 테니 기다리라 했다.

"그 다리로 서점에 갔대? 이십 분 있다가 온다고?"

여진 언니는 비닐장갑을 벗고 나에게 따라오라고 했다. 마루에 놓인 냉장고에서 캔 커피를 꺼내 마당을 가로질러 율의 방으로 들어갔다. 나도 따라 들어갔다. 그녀는 방에 들어가 녹색 커튼을 반 정도 걷고 창문을 열었다. 율의 책장으로 다가가 책 몇 권을 뺐다. 그 속에 손을 넣어 뭔가를 꺼냈다. 담배와 라이터였다. 언니는 내게 창 앞에서 망을 보라며 벽에 기대앉아 담배에 불을 붙였다. 나는 창밖으로 상체를 내밀었다. 내 방 창에서와 같은 배경이 보였다. 둑 위에 유모차를 끌고 가던 할머니가 잠시 쉬며 한 손을 허리에 짚고 서 있었다.

"예원이한테 가 봤어?"

"갔는데 오뚝이 무당이 내쫓았어."

할머니를 비롯한 무당들은 예원의 행동을 봐선 신기가 들어왔다고 했다. 처음 신기 들린 예원은 학교에서 수업 도중 미혼인 사회 선생님에게 남의 남편 유혹했다고 삿대질하며 욕을 했다. 그걸 시작으로 멀쩡히 길을 걷다 만나는 행인 앞을 가로막고 본인도 기억 못 하는 말을 쏟아냈다. 유독 젊은 여자의 멱살을 잡고 욕을 퍼부었다. 신기가 들린다고 모두 강신무가 되는 건 아니다. 첫 신기가 들었을 때는 대부분 말문이 틔어 자신도 모르게 사람들의 미래를 내뱉고 점사도 잘 맞힌다. 그러다 신기에서 끝나는 이도 있고 몸주신이 들어와 내림굿을 통해 무당의 길을 걷는 이도 있다. 무당이 되어도 무업 공부, 기도와 정진으로 신을 잘 모셔야 했다.

"나도 좀 신기가 내려 점사로 돈이나 왕창 벌었으면 좋겠다."

"그걸 말이라고."

팔을 창에 고정하고 고개만 돌렸다. 여진 언니는 얼굴이 작고 이목구비가 또렷해 예뻤지만, 언니 또래에 비하면 나이 들어 보였다. 언니의 검게 그림자 진 눈 사이로 흰 연기가 흩어졌다.

"걔 신들린 거 아닐지도 몰라. 워낙 영악하니깐 이 평계로 세습은 안 하고 점바치로 살려고 그러는 거 아닐까?"

"말도 안 돼. 무업을 물려받기 싫어서 한 행동이라고? 이해할 수 없어."

"니가 뭘 알아? 죽었다 깨어나도 넌 예원이나 나를 이해 못 할 거야."

나는 고개를 다시 창밖으로 돌렸다. 할머니가 유모차를 세우고 쪼그리고 앉아 둑 가에 돋아난 풀을 손으로 훑어냈다.

"꼭 그런 방식이어야 하는 것은 아니잖아."

"그럼 자살이라도 해야 하니? 죽는 것보다는 낫잖아."

"그냥 내림굿 하면 안 돼?"

"근데 너무 어린 나이면 몸주가 장군이나 대신이 아닌 험하게 죽은 조상귀나 원한귀가 들어올 수도 있대. 어쨌든 내림굿을 하든 사주 천도를 해 누름굿을 하든 오뚝이 무당이 마음 열어야 하는데 꽁꽁 싸매 숨기니깐 답답한 거지."

여진 언니가 담배와 라이터를 책 뒤에 숨기고 방의 공기를 손으로 휘저었다. 나는 창문을 닫고 커튼을 내리고 밖으로 나왔다. 언니는 마당 한쪽에 둘둘 말려 있는 빨간 호스를 잡아당겨 마당에 물을 뿌렸다. 호스 끝을 누르자 물이 여러 갈래로 흩어졌다. 흩어지는 물을 불두화와 라일락나무 밑동에 뿌리고 꽃밭을 적셨다. 수국에 물이 떨어지자 탐스러운 수국 다발이 휘청거렸다.

수국은 착한 꽃이야. 특히 보라색 수국은 진심을 뜻해. 예원이는 자신이 수국이라고 했다. 불쑥 보라색 티셔츠를 입고 있던 수국공무원이 떠올랐다. 서울 한복판 8차선 대로 아래 지하 화원에서 백합으로 근조 화환을 장식하는 청년. 저녁부터 다음 날 새벽 두 시까지 스터디 카페에서 총무로 일하며 공무원 시험 준비를 한다고 했다. 도심 한복판에서 꽃향기 맡으며 하는 아르바이트 좀 낭만적인 거 같아요. 그래 보여? 여러 꽃이 뒤섞인 향을 맡으면 토할 거 같아. 특히 백합은 오래 맡으면 어지러워. 웃긴 사실 알려 줄까? 장례식장에서 수거해 온 근조 화환 틀이 꽃만 바뀌 결혼식장으로 가는 경우도 수두룩해. 그날 화단을 나오다 돌아봤을 때 그는 석조 계단 위로 올린 무릎에 얼굴을 파묻고 있었다. 반소매 셔츠 밖으로 드러난 팔이 식물 줄기처럼 가느다랬다. 그 모습이 이상하게 슬프게 여겨졌다. 예원아, 수국은 좀 슬픈 꽃인 거 같아.

예원이는 꽃으로 점치는 것을 좋아했다. 짝사랑 대상은 수시로 바뀌었다. 처음에는 꽃잎이 적은 꽃으로 점을 봤다. 항상 좋아한다, 를 먼저 시작했다. 예원이 집어 든 꽃의 잎은 대부분 다섯 장이어서 결과는 빨랬다. 한번은 내가 흰 수국 큰 송이를 꺾어 주었다. 예원은 마당에 동서남북을 정해 놓고 진지하게 수국에서 작은 꽃송이를 하나씩 땄다. 동쪽부터 하나씩 놓았다. 마지막 송이가 서쪽에 떨어지면 서쪽에서 애인이 올 거라고 했다. 수국 작은 송이는 대부분 꽃잎이 네 장이었다. 아주 가끔 잎이 다섯 장인 꽃이 나오면 예원은 얼른 꽃을 삼켰다. 그렇게 하면 사랑이 이뤄진다는 말을 들었다고 했다. 예원이 삼킨 수국 작은 꽃은 열 송이도 넘었지만, 사랑이 이루어졌는지는 알 수 없었다. 마당 동서남북으로 수국이 수북 쌓였다. 신장에서 나오던 율에게 걸려 호되게 야단맞았다.

예원은 지금 갇혀 있었다. 나는 아직 예원이를 만나보지 못했다. 처음에는 무당들이 한 얘기를 믿을 수 없었다. 세습 무당에게 신이 들어오는 경우는 드물었지만, 사례는 있었다. 할머니가 그런 경우였다. 할머니에게 들어온 몸주는 장군이며 꽃을 좋아하는 애기씨라고 했다.

내가 가면 오뚝이 무당은 그냥 돌아가라며 악에 받쳐 사납게 말했다. 예원의 방문에는 커다란 자물쇠가 채워져 있었다. 나는 둑 위로 올라가 예원의 방 창을 들여다보았지만 짙은 암막 커튼이 내려져 있었다. 이 골목 안에서 예원에 대한 소문은 낮고 묵직하게 들끓었다.

여진 언니가 호스를 돌돌 말아 놓고 향이 흘러내리는 때죽나무 아래에서 핸드폰으로 꽃을 찍고 있을 때 대문이 열렸다. 율은 목발을 겨드랑이에 끼운 채 한 손에는 비닐봉지를 들고 삐딱한 걸음으로 방까지 걸어갔다. 율은 방에 들어가자마자 커튼을 걷고 창문을 열었다. 목발을 문 옆에 세워 놓았다. 청색 스카프를 돌돌 말아 책상 위에 던져두었다. 스카프는 낡아 색이 바랬다. 베개 두 개를 겹쳐 놓고 그 위에 다리를 올리고 벽에 기대앉았다. 깁스에는 화난 고양이가 그려져 있다. 내가 펜으로 그리고 그 옆에 음주 사고 퇴치, 라 적어 놓았다. 율은 몸을 기울여 주머니에 손을 넣어 담배를 꺼냈다.

"할머니 카네이션 달아 드렸어?"

"응, 율은 내일 산신제 못 가겠네?"

"음반 하나 가져다줄 테야?"

"싫어. 이제 돈 필요 없어. 율이 할머니한테 직접 빌려."

"빌려주냐? 애지중지 아낄 줄만 알았지. 긴사설 듣기 싫다."

"예원이 말이야. 악귀가 들렸다는 말 맞아? 그거 위험한 거 아냐?"

"아니, 아직 모르지. 더 기다려 봐서 방편을 마련해야지."

"어…… 율. 저기, 엄마 정말 캐나다에 있을까?"

율이 미끄러진 베개를 똑바로 올리다가 멈칫했다. 나는 그가 멈칫한 순간을 놓치지 않고 보았다. 율은 재떨이를 가까이 당겨 놓고 담배에 불을 붙였다.

"엄마가 한국에 왔을지도 몰라. 지난번 보낸 편지도 되돌아왔다고 말했지? 율은 알고 있을 것 같아서."

율은 담배를 피우며 대나무가 어지럽게 그려진 녹색 커튼을 쳐다보았다.

"만약 한국에 들어왔다면 여길 올 거야."

"할머니가 워낙 싫어하니깐. 할머니는 엄마가 오면 확, 죽어 버릴 거랬어."

"그래도 소리 보고 싶어 올 거야."

"편지에 한 번도 보고 싶다고 한 적이 없어. 날 낳은 것을 후회하고 있을 거야."

"왜 그런 생각을 해. 이렇게 예쁜 소리를……."

율은 뒷말을 잇지 않고 담배를 재떨이에 비벼 끄고 벽에 기대 눈을 감았다.

"만약에 말이야. 엄마가 율에게 연락하면 나한테 말해 줘. 그건 약속할 수 있지?"

"그래, 약속해."

율은 눈을 감은 채 대답했다. 율의 대답을 듣고 나서야 나는 책장으로 다가가 꿈해몽사전 중 아무것이나 꺼내 읽어 보았다. 당신의 미래를 확실하게 점친다, 라 책 표지에 적혀 있었다. 율은 잠깐 눈을 떴다가 내가 책장 앞에 있다는 것을 확인하고 다시 눈을 감았다. 나는 율과 함께 있을 때는 윗목에 눕혀 놓은 책 근처에는 가지 않았다. 그쪽의 책들은 대부분 낡았고 물에 잠겼던 것들이라 책이 속을 게우는 것처럼 밖으로 튀어나와 있었다. 엄마의 편지와 사진이 끼워져 있는 책은 그 책들과 함께 윗목에 있다. 다른 꿈해몽사전을 꺼내 머리말을 읽었다. 꿈풀이로 인생을 바꿔 주고 대운을 잡게 해 준다. 나는 사람들의 미래를 예견하기 위해 혹은 대운을 잡게 해 주려고 꿈해몽사전을 만들 생각은 없다. 꿈을 통해 자신을 들여다보는 계기를 만들어 주고 싶었다. 책을 책장에 원래대로 꽂아 놓고 일어섰다.

"율. 나, 가."

베개 위에 다리를 올리고 있는 율의 다리를 타 넘었다. 율은 여전히 벽에 기댄 채 눈을 감고 있었다. 내가 방문을 열자 율이 말했다.

"소리, 저녁 먹고 가지."

"싫어, 율이나 실컷 먹어. 밥 생각 없거든. 거짓말쟁이."

나는 감은 눈을 뜨지도 않는, 어떤 부정의 말도 못 하는 율을 노려보다가 문을 닫고 나왔다. 날 낳은 걸 후회하니깐 날 율한테 맡겼지, 아니면 가난해도, 어디든 어떤 험한 곳이든 데리고 갔어야 하는 거 아닌가. 때죽나무에서 향이 똑똑 떨어졌다.

달항아리에는 아이디 빨간모자의 꿈이 하나 올라와

있었다. 꿈에, 거실에 있는 직사각형의 수족관에 옷을 벗고 들어갔는데 수족관 밖에 긴 생머리를 한 여자애가 자신을 바라보자 제 몸이 남자로 변했고 여자애가 보는 앞에서 남자들이 하는 자위행위를 했다는 얘기였다. 빨간모자는 자신의 성 정체성에 문제가 있는 것이 아닌지 의혹이 있었다. 현재 상황을 알면 도움이 될 텐데 중학생이라는 거 외에는 빨간모자에 대한 정보가 없었다. 꿈하나만으로 성 정체성을 판단하기에는 무리였다. 우리 반 아이들도 웹소설 중 BL(Boy's Love)을 특히 좋아하는 아이들이 많았다. 자신이 동성애자라고 착각하거나 동성애를 동경하는 아이도 있다. 그런 것을 팬픽 이반이라 불렀다. 이런 생각을 가진 여중생이라면 당연히 그런 꿈이 자주 꾸어질 것이 분명했다. 나는 일부러 에둘러 꿈뿐만 아니라 주변 환경이나 내면을 잘 살펴보라 해몽했다.

율에게 꿈해몽사전을 만들 계획을 말했을 때, 율은 재미있는 일을 한다며 응원해 줬다. 그리고 덧붙였다.

"대학엘 가면 좀 더 구체적인 공부와 작업을 하지 않을까."

율은 내가 우리 구전 설화나 민담, 신화를 정리하는 일을 하기를 바랐다. 우리나라 창세기 신화는 단군신화를 제외한 대부분이 기록이나 문헌이 아닌 무가를 통해 구전되었다. 율에게서 설화나 신화를 들으면 나는 이야기에 홀딱 반했다.

까마득한 옛날, 세상이 처음 열릴 때 하늘에 해도 둘이고 달도 둘이었다. 하늘 임금이며, 이승과 저승, 하늘 세상과 땅 세상을 통틀어 으뜸인 천지왕이 인간 땅에 내려와 총명 부인과 결혼해 대별왕과 소별왕이라는 아들 형제를 낳았다. 대별왕 소별왕이 각각 저승과 이승을 맡아 다스렸다. 그들이 활로 하늘의 해와 달을 하나씩 쏘아 떨어뜨렸다. 그때부터 인간의 땅에는 해와 달이 하나씩만 남게 되었다. 또, 처음에는 하늘과 땅이 맞붙어 있었는데 어느 날, 금이 생겼고 금이 점점 벌어지면서 하늘과 땅이 갈라졌다.

할머니 머리카락을 염색해 줄 때면 옛이야기 해 달라고 졸랐다. 할머니는 여러 신들을 다 소중하게 여겼는데 특히, 죽은 사람을 저승길로 이끌어 주는, 무당의 시조인 오구신 바리공주를 좋아했다. 우리 구전 신화는 잘 알려지지 않았다. 그리스 로마 신화, 유럽의 신화, 인도,

중국, 일본 신화까지 꿰차고 있는 사람들도 우리 신화라면 시시하게 여겼고 미신이라며 깊이 듣지 않았다.

우리 구전 신화는 상상력이 재미있고 인간적이었다. 늘 바쁘고, 전쟁하고, 거대한 서사를 가지고 있는, 큰일만 하는 그런 신이 아닌, 바로 이웃에서 인간을 도우며 살았다. 율의 말대로 구전 신화를 정리해 널리 알리는 것도 중요할 것 같았다. 나는 우리 신화를 쉽고 아름다운 문장으로 바꾸는 작업도 해 보고 싶었다. 하고 싶은 것이 모두 학업에는 도움이 안 되는 것들이었고 사람들 관심도 낮은 것들이라 생각하니 맥이 빠지긴 했다.

대문을 여는 소리가 매끈하게 들렸다. 할머니는 대문을 정말 신 다루듯 살살 다뤘다. 그래서인지 할머니가 대문을 열 때는 소름 돋는 쇳소리가 들리지 않았다. 마루로 나가니 할머니는 좀 허둥대며 방 안으로 들어갔다. 나는 할머니의 뒤를 따라 들어갔다.

"할머니 왜 이렇게 늦게 와? 술 했어?"

할머니는 곶감 시장통에 있는 경로당 할머니들과 노래방에 갔으며 노래방에서 트로트 메들리를 불렀고 신나게 춤을 췄다며 묻지도 않은 얘길 했다. 아마, 나에게 엄마 욕을 하고 나간 것이 미안해서일 것이었다.

"누가 물었어? 수상하네? 어느 할아버지랑 데이트라
도 한 거 아냐?"

"야가, 미쳤나?"

"아니면 말고. 내일 대관령 올라가려면 얼른 씻고 와.
받아쓰기 좀 해 보자."

할머니는 옷을 훌러덩 벗고 칠부 속바지와 브래지어
만 한 채 욕실로 갔다. 할머니가 벗어 놓은 옷가지를 펼
쳐서 옷장에 걸었다. 부엌으로 가 컵에 물을 반 컵 받아
카네이션을 담아 방으로 들어갔다. 수건을 목에 두른 할
머니는 작은 상을 펼쳐 놓고 공책을 꺼내 넘기고 있었다.
카네이션 담은 컵을 문갑 위에 놓아두었다. 상을 가운데
두고 할머니와 마주 보고 앉았다.

"할머니 칸에 잘 맞춰 쓰라고 했잖아. 여기 이 줄 안
보여?"

할머니에게 내준 숙제를 검사했다. 글씨는 삐뚤삐뚤
줄 아래위를 마음대로 활보하고 다녔다. 할머니는 한글
을 잘 못 썼다. 무가 문서는 인에 붙어 외웠지만 쓸 때는
받침을 마음대로 썼다. 사실, 읽는 것도 마음대로 읽었
다. 읽는다기보단 외우고 짐작해서 말했다. 작년부터 할

머니는 나에게 한글 쓰기를 배웠다. 마음 내킬 때, 심심할 때 하는 거라 한글 쓰기는 눈에 띄게 늘지 않았다. 숙제 검사를 한 뒤 받아쓰기를 했다.

"도라지, 진달래, 노래방, 비녀, 나비."

일단 쉬운 것부터 불러 공부에 재미를 만들어 줬다. 할머니는 진지한 표정으로 공책을 한 손으로 받치고 연필을 꾹꾹 눌러썼다.

"부엌."

어김없이 부억, 이라고 썼다. 할머니는 내 표정을 살피더니 억, 의 받침을 'ㅇ'으로 고쳤다.

"예쁘다."

애븐다, 라고 써서 나는 슬슬 화가 나기 시작했다.

"함박꽃. 함박꽃이라고. 꽃 그렇게 좋아하면서 받침을 매번 틀려?"

할머니는 한방꼿, 이라 썼다.

"유네스코, 카네이션."

"거 남의 말도 받아쓰기 잘해야 하나?"

"할머니, 사람들한테 단오가 유네스코에 올랐다고 말하고 다니잖아. 그러면서 유네스코도 못 써? 카네이션 달아 주면 뭐 하냐고. 할머니가 쓴 것 읽어 봐. 가내이샨

이야."

할머니는 야단을 맞는 아이처럼 혀를 쏘옥 내밀었다. 열 개의 받아쓰기 중 네 개만 제대로 썼다.

"아이고 되다. 아무래도 단오 끝날 때까지는 공부 못하겠다. 소리, 단오 끝나고 다시 하자."

"단오 끝나면 금진 풍어제 있고, 그다음엔 또 태백산 당골 다녀와야지. 그러다 올해도 한글 못 떼겠네."

"떽떽거리기는. 할미 낼 대관령 올라가야 하는데."

나는 〈내 나이가 어때서〉라는 유행가 가사를 세 번 쓰는 것을 숙제로 내주었다. 컴퓨터에서 미리 큰 글씨로 프린트해 놓은 가사를 줬다. 할머니는 가사를 보며 〈내 나이가 어때서〉를 부르고 난 뒤 반으로 접어 공책에 끼웠다. 연필을 필통에 넣고 공책과 함께 작은 종이 가방에 넣었다. 가방을 장롱 서랍 안쪽에 깊숙이 숨겼다. 집에 드나드는 누가 보기라도 할까 창피하다는 것이었다. 나는 장롱에서 이불을 꺼내 펼쳤다. 할머니는 경대 앞으로 가 머리에서 비녀와 뒤꽂이를 뺐다. 가제 손수건으로 비녀와 뒤꽂이를 꼼꼼히 닦아 경대 서랍에 넣고 머리를 빗질했다. 할머니는 머리 손질에 공을 들였다. 빗질하고 난 뒤 고무줄로 머리카락을 모아 묶었다. 할머니는 나이가 들수록 영혼이 더욱 자유로워져 머리카락이래도 단단히 묶어 두지 않으면 얼굴 윤곽이 허물어지듯 영혼도 조금씩 빠져나간다고 믿었다. 실제로 할머니가 머리카락을 바짝 당겨 올려 묶으면 아래로 처진 얼굴 윤곽이 살아나는 것도 같았다. 나는 할머니를 물끄러미 보다가 화가 수그러든 목소리로 말했다.

"팩 붙여 줘?"

"그럼, 예쁘지."

냉장고에서 팩 하나를 꺼내고 내친김에 꿀물도 한 잔 만들어 방으로 들어갔다. 할머니는 내가 내민 꿀물을 단숨에 마시곤 이불에 누웠다. 꼬르륵 꿀물 내려가는 소리가 들렸다. 할머니의 이마에 달라붙은 머리카락을 떼어내고 관자놀이를 지압해 주었다. 할머니는 눈을 감고 기분 좋은 주름을 만들며 미소 지었다.

"할머니."

"어, 왜?"

"나한테만 솔직하게 말해 봐. 할머니는 이런 날 엄마 안 보고 싶어?"

할머니의 반달 같던 눈썹 한쪽이 휘릭, 올라가며 번개를 만들었다.

"그년 생각도 말어. 그년이 죽었다 해 봐라. 내 눈 하나 깜짝하나."

나는 할머니 얼굴에 시트지를 약간 어긋나게 붙였다. 시트지가 입을 막아 버려 할머니는 더 이상 말을 할 수 없었다. 문을 닫기 전에 할머니 들으라고 혼잣말했다.

"칫, 방금 눈 한쪽 다 깜짝하더구만."

내 방으로 돌아와 꿈을 복사한 종이들을 간추려 파일에 끼워 놓고 서랍 안쪽에서 차 상자를 꺼냈다. 차 상자에서 엄마 사진을 꺼냈다. 교복을 입고 머리카락을 양갈래로 딴 엄마의 얼굴을 쳐다보았다. 호두나무잎 세 장을 베개 밑에 두었다.

○

　할머니는 새벽부터 목욕탕에 다녀왔다. 매달 자유
이용권을 끊어 놓고 다녔다. 나는 그것도 중독이고 낭비
라 잔소리했다. 할머니는 목욕비는 아깝지 않다고 했다.
굿으로 긴장한 근육을 매일 조금씩 풀어 줘야 한다고 했
다. 말이 나왔으니 말이지만 할머니는 낭비벽이 좀 심했
다. 내 생각에 돈벌이는 시원치 않은데 화려한 꽃무늬 옷
을 보거나 장신구를 발견하면 환장했다. 가진 돈이 없으
면 빌려서라도 반드시 사고야 말았다. 내 상식으론 돈을
빌려서 옷이나 장신구를 사는 건 있을 수 없는 일이었다.
나는 같은 물건이래도 마트와 편의점에서 하나 더 주는
행사일 때의 가격을 비교해 백 원이래도 따지는 편이었
다. 할머니는 재래시장에서도 값을 깎는 법이 없었고 제
일 기함하게 만드는 건 몇백 원 거스름돈은 됐소, 하고

안 받는다는 거였다. 도대체 뭘 믿고 저렇게 허투루 쓰는지 걱정이 되어 하루는 할머니 방 장롱을 작정하고 다 뒤져 보았다. 한복 속곳을 넣어 두는 장롱 안 서랍 깊숙한 데서 통장이 두 개 나왔다. 나는 침을 꼴깍 삼키며 통장을 열어 보았다. 하나는 전화로 사주 상담을 보는 사람들이 상담비를 입금하는 통장이었는데 잔액이 몇십만 원이고 다른 하나는 마이너스 통장이었다. 나는 걱정으로 기절할 것 같았다. 그때부터 잔소리를 두 배로 늘리고 물건을 못 사게 감시까지 해야 했다. 특히 텔레비전을 통해 홈쇼핑하는 방법을 가르쳐 준 걸 뼈저리게 후회했다.

이 년 전, 텔레비전을 보다가 홈쇼핑에서 판매하는 옥매트를 사고 싶어 해 구매 방법을 가르쳐 주었다. 그 후로 할머니는 양면 프라이팬, 찜솥, 스팀다리미, 청국장 제조기, 비비크림, 참숯 속옷까지 사들였다. 한번은 나 몰래 옷을 사 검은 비닐봉지에 넣어 문갑 안쪽에 처박아 두었다. 옷을 산 사실까지 잊어버리고 있다가 계절이 지난 뒤 청소하던 내가 발견한 적도 있었다. 게다가 감정적이어서 술값을 내면서라도 사람들을 꼬드겨 술판을 만들었고 막판에 꼭 노래방까지 가야 끝나곤 했다.

오늘은 대관령 산신제와 대관령 국사성황제가 있어 여진 언니네와 대부분 무당이 대관령으로 올라갔다. 여진 언니는 같이 가자고 했지만 나는 싫다고 했다. 언니는 그럼 오뚝이 무당도 대관령에 올라갈 거니까 예원이한테 좀 가 보라고 귀띔해 줬다. 작년에 예원이와 함께 산신제에 따라갔었다. 신목을 베는 것은 신기했지만 무엇보다 신비로운 순간은 딱 한 번 보는 것이 좋을 것 같았다. 두 번 보면 신비감이 떨어질 것 같았다. 여진 언니는 매년 봐도 신목 베기를 할 때면 신이 나무에 내려오지 않을까 걱정되어 가슴이 두근거린다고 했다. 그것으로 봐선 언니는 뼛속까지 무당의 피를 이어받은 것이 틀림없었다. 예원이는 산길을 오르면서도 한 손으로 핸드폰으로 누군가와 톡을 주고받았다. 강신무래도 오늘 이 골목 무당들은 대부분 대관령에 올라갔다.

"물론, 율은 방구석에서 도라지나 태우겠지만."

이건 할머니의 표현이었다. 할머니가 한복 위에 쾌자를 걸치고 여진 언니 집 앞에 대기하고 있는 봉고차를 타기 위해 나서자마자 나는 할머니 방으로 들어갔다. 문갑 옆 장식장에서 김옥심 LP판을 꺼냈다. LP판 뒤에 사인이 있는지 없는지 확인했다.

"일천구백팔십육 년 음력 시월 보름이었지."

할머니는 아주 오래된 사건도 일천구백몇 년, 이라는 식으로 연도를 정확히 외웠다. 김옥심 명창이 강릉에 온 적이 있었다. 제자와 함께 내려왔다가 제자는 그날로 올려 보냈다. 그녀 혼자 할머니 여인숙에서 사흘을 머물렀다. 그녀는 병으로 인해 예능계를 오래 떠나 있었다는 말도 안 되는 이유로 경기민요 전수 인간문화재 선정에서 탈락했고 대부분 후계자도 곁을 떠났다. 이튿째 밤에 그녀는 할머니에게 신수를 봐 달라고 했다. 할머니는 병색이 짙고, 외롭고 지쳐 있던 그녀에게 말년이 좋지 않고 명이 다했다고 차마 말할 수 없었다고 했다. 할머니는 그녀와 밤새 술잔을 돌리며 얘기를 하다 결국, 마지막에는 소리를 나누었다고 했다. 할머니는 소리를 나누었다는 대목에서 그이가 내 소리에 감탄했어, 라고 강조했다. 그 얘기는 하도 많이 들어서 할머니가 그 대목에 접어들 때면 내가 끼어들었다.

"오오오, 당신 소리도 참 좋으오. 이렇게 말했지?"

김옥심 명창은 집으로 돌아가 몇 개의 판을 할머니에게 보내 주었다.

"그리고 꼭 일 년 만인 이듬해 음력 십일월 이십오 일에 죽었어. 내 날짜까정 기억한다니까."

몇 개의 LP 뒤에는 윤정옥 무당에게 옥심, 이라는 서명이 붙어 있기는 했다. 그 서명을 볼 때면 나는 굉장히 쓸쓸해졌고 가슴 한편이 아렸다. 할머니에게 들은 그녀의 삶이 쓸쓸해서인지 목소리에서 묻어 나오는 슬픔 때문인지는 알 수 없었다. 어쩌면 그녀의 삶이 할머니와 비슷해서 더 슬프게 느껴지는지도 몰랐다. 할머니도 단오굿 예능 보유자 신청에서 늘 유보되었다. 사십 년 넘게 단오굿을 해 왔지만, 세습무 체계인 조건에서 직계 세습자가 없다는 것이 이유였다. 딸인 엄마가 굿을 배우지 않겠다고 집을 나가 할머니의 굿 세습은 끊긴 것이나 마찬가지였다. 굿 세습은 한 세대라도 건너뛰면 안 되었다. 그래서 할머니는 나에게 애초 굿을 가르치지 않았다. 어릴 적엔 맡길 곳이 없어 굿당에 데려갔지만 내가 장구라도 잡으면 필요 이상 화를 내며 빼앗았다. 율이 지난해 단오굿 예능 보유자 신청을 다시 해 보자고 했지만, 할머니가 말렸다. 세대에 걸쳐 세습하고 있는 무당들조차 대기하고 있었다. 할머니가 예능 보유자가 되면 무당들 사이가 나빠질 것이 뻔했다. 안 그래도 굿 때마다 석[1] 자리를 놓고

---

1   무당굿의 한 절차를 세는 명칭, 무당이 서는 자리라는 뜻.

얼굴 붉힌 적도 많았다. 판을 이것저것 빼 보다가 김옥심이 무당 옷을 입고 서 있는 정선 아리랑과 경기민요 판을 꺼냈다.

율은 LP판을 받아 들고 손으로 판을 쓸어내렸다. 내 기억으로는 율이 좋아하는 것이었다.

"율, 이따 일곱 시에 가지러 올 테니깐, 그때까지만 들어. 지난번처럼 할머니한테 걸리면 안 되니깐."

지난번에 할머니가 술에 취해 골목을 지나다 율의 방에서 흘러나오는 소리를 듣고 방문을 벌컥 열곤 얼굴을 붉히며 판을 가져갔다고 했다.

"알았어. 이제, 그만 가지?"

율이 턴테이블 뚜껑을 열어 판을 올려놓고 뒤돌아보았다. 깁스 끝은 검게 얼룩졌고 내가 그려 준 화난 고양이에도 꼬질꼬질 때가 묻어 있었다.

"율, 혹시, 나한테 뭔가 말해 줄 것 없어?"

"뭐?"

"뭐, 율의 첫사랑이든가 짝사랑 이야기든가."

"그런 거 없어."

"거짓말쟁이."

"아, 있어. 짝사랑하는 사람. 윤소리."

"우웩, 변태 같아. 누가 늙은 아저씨를, 어림없어."

"후훗 변태래. 걱정하지 마. 넌 내 딸이나 마찬가지니
깐."

그 대목에서 내 목에 뭔가 컥, 하고 걸렸다. 엄마의 편
지가 떠올랐다.

'소리, 오빠의 딸이라 생각하고 보살펴 줘.'

별안간 율의 얼굴도 경직되며 어떤 표정이 생겼다. 말
로 표현할 수 없는 감정이 들게 만드는 묘한 표정이었다.

"소리나 나 짝사랑하지 말고 네 또래 남자애들 찾아
봐."

"흥, 그런 걱정은 붙들어 매고 판에 기스나 내지 마."

나는 율이 피우려고 입에 물고 있는 도라지 담배를
뺐다. 담배를 반으로 똑, 잘라 재떨이에 버렸다. 방문을
닫으려 할 때, 율이 녹색 커튼을 꼼꼼히 치는 것이 보였
다. 방에는 금세 짙은 녹색 그림자가 드리워졌다. 김옥심
의 정선 아리랑은 깊은 숲속에 기대앉아 듣기에 안성맞
춤이었다. 내가 아는 모든 사람 중, 소리를 가장 사랑하
는 사람은 율이다.

넝쿨 찔레꽃과 흰 수국 앞에 쭈그리고 앉아 율의 방

에서 흘러나오는 정선 아리랑을 들었다. 율의 책에서 발견한 엄마의 편지를 읽기 전까지는 율에게 엄마에 대해 꼬치꼬치 캐물었다. 율은 언제나 눈을 가늘게 뜨고 천장을 보며 엄마를 떠올렸다. 엄마는 아주 어렸을 때부터 목이 틔었고 장구를 잘 잡았다고 했다. 초등학생일 때부터 굿 중간에 무대로 나가 소리를 했다. 야무진 손끝으로 좌중의 시선을 모았다. 사람들은 한두 곡으로 만족하지 못했다. 엄마는 네다섯 곡을 불러야 무대에서 내려올 수 있었다. 특히, 할머니들의 사랑을 받았다고 했다. 엄마는 할머니들에게 애교도 잘 부렸고 심술도 잘 부렸다. 할머니들 마음을 쥐었다 놨다 했으며 할머니들을 다룰 줄 알았다고 했다.

청파 여인숙으로 가는데 귀에 익은 휘파람 소리가 들렸다. 나는 고개를 돌리지 않고 앞만 보며 걸었다. 자전거 쳇소리가 들리며 이혁이 자전거를 바로 내 앞에 세웠다.

"야, 소리."

나는 대답 대신 그 애를 쏘아보았다.

"너 할머니한테 내 사주 물어봤어?"

"그렇게 궁금하면 니가 직접 복채 내고 물어보든지."

자전거를 피해 앞으로 걸어갔다. 이혁이 자전거에서 내려 자전거를 끌며 뒤따라왔다.

"이 몸은 공부하느라 바쁘잖아. 내일도 수학 경시 지역 예선이란 말이야."

"그건 내 알 바가 아니지."

집 앞에 다다라 대문을 밀었다. 늙은 대문신은 문을 열지 못하고 녹슨 소리만 냈다. 나는 대문을 발로 걷어 찼다. 어느새 곁으로 다가온 이혁이 내 팔을 잡았다.

"야. 뭐 없어?"

나는 무슨 소리냐는 뜻으로 이혁을 올려다보았다. 그러곤 대답 없이 대문 안으로 들어섰다. 이혁이 몸을 구부리고 자전거를 들어 올려 대문턱을 넘었다. 이혁은 대문 옆에 펄럭거리는 서낭기를 쳐다보다 나와 눈이 마주쳤다. 좀 부끄러웠다. 이 시대에 서낭기라니. 이혁이 고개를 돌리고 자전거를 세워 두었다. 마당 가운데 동그랗게 만들어 놓은 화단을 한 바퀴 돌았다.

"야, 여기가 윤소리 니가 사는 곳이구나."

이혁은 마루로 올라가려 했다.

"할머니 계시니?"

"안 계셔. 나가 줘."

"나 손님이야. 할머니 오실 때까지 기다리지 뭐."

"할머니 오늘 늦게 오셔."

"얼마나?"

"아주 늦을 거야. 대관령 산신제 가셨어."

산신제라는 말에 이혁이 입이 비틀려졌다. 속으로 비웃고 있을 것이 틀림없다. 대부분 사람은 단오는 알아도 단오 전에 치러지는 신주근양이라든가 산신제, 성황제 같은 것은 몰랐다. 단오제는 축제로 생각했지만 단오굿, 산신제, 성황제는 미신으로 여겼다. 나는 내 방으로 들어가 문을 닫았다. 문이 닫히다 말고 도로 열렸다. 문을 다시 닫기도 좀 그렇고 해서 내버려 두었다. 컴퓨터 앞에 앉아 열린 문틈으로 밖을 내다보았다. 이혁이 마루에 놓인 제라늄 화분 옆에 앉아 있었다. 컴퓨터를 켜고 달항아리에 들어갔다. 처음 달항아리를 개설했을 때 자주 오다가 요즘에 뜸해진 닉네임 진주의 꿈이 오랜만에 올라와 있었다. 시린달, 수국공무원도 해몽을 부탁했다. 나는 글이 올려진 순서대로 클릭하고 창을 하나 더 열어 컴퓨터에 저장해 놓은 상징 방을 클릭했다.

진주의 꿈은 블랙핑크 제니와 함께 옛날에 살던 집

으로 찾아가 돼지고기를 먹은 거였다. 제니와 친한 친구 혹은 자매가 된 느낌이었다고 했다. 며칠 전, 민정도 차은우와 식사하는 꿈을 꿨다고 했다. 내가 드나드는 사이트에 들어가 봐도 요즘 사람들은 연예인이 등장하는 꿈을 많이들 꾸었다. 사이트를 돌아다니며 예전에 살던 집을 찾아가는 상황에 대한 풀이를 찾았다. 나는 새 창에 열어 놓은 상징 방을 오가며 풀이를 적었다. 시린달의 꿈을 클릭하려는데 마루에 앉은 이혁이 헛기침했다.

"야, 윤소리. 오늘 내 생일이야."

문득, 이혁이 사주를 적어 준 종이가 생각났다. 종이는 바로 구겨 어딘가에 버려서 생일은 기억도 나지 않았다. 크흠, 이혁이 또 헛기침했다.

"윤소리, 너한테 내 생일 선물로 밥 살 기회를 줄게."

"나 밥 생각 없거든."

나는 컴퓨터 자판을 소리 나게 쳤다. 돼지고기를 먹는 꿈은 유행성 질환이나 질병에 걸려 병원 출입이 잦아지게 되거나 복통, 감기, 질병 들이 발생하게 됨을 의미합니다. 식사와 운동을 조절하시고 건강에 유의하세요.

"같이 갈래? 내가 살게."

율 이외의 남자와 밥을 먹은 적이 한 번도 없었다. 그런데 배가 고팠다. 이혁을 보내고 예원에게 가기 전에 김밥천국에 들를까 생각 중이었다. 해몽을 카페에 올렸다. 순간 좋은 생각이 퍼뜩 떠올랐다.

"전이혁. 난 지금 갈 곳이 있지만 내 부탁을 들어주면 같이 가 줄 수는 있어."

"내 생일인데 왜 네가 부탁하냐? ……흐음. 무슨 부탁인데?"

"대답 먼저 해."

나는 컴퓨터를 끄고 의자에 앉아 기다렸다.

"들어 보고 가능하면 들어줄게."

"그렇게 어려운 것은 아니야."

나는 이혁이 자전거를 대문 밖으로 내가는 것을 거들어 주었다.

"뭐 먹고 싶은 거 있어?"

이혁이 자전거에 올라탔다. 내 걸음 속도에 맞춰 바퀴가 지그재그로 움직이도록 핸들을 틀었다. 율의 방 밑을 지날 때 노랫소리가 들렸다. 나는 고개를 왼쪽으로 숙이며 집중했다. 골목을 나가 김밥천국을 손으로 가리켰다. 이혁이 더 비싼 것도 괜찮은데, 라고 말하며 어깨를 으쓱하더니 자전거를 세우고 안으로 들어갔다. 이혁이 나에게 시키라고 했다. 나는 치즈돈가스, 쫄면, 치즈김밥을 시켰다. 이혁은 자기 몫으로 생선가스를 시켰다.

"너 아깐 생각 없다더니 많이 먹는구나. 내 생일 선물 치고 돈 좀 보탤 수 없냐?"

"천 원 정도는 보태 줄 수 있어."

"기막혀. 내 사주 보고 생일 기억해 선물 준비하라 준 건데. 천 원이래도 꼭 보태라. 근데 부탁은 뭐야?"

"너 꿈꾸니?"

"꿈?"

"응, 네가 꾼 꿈을 공책에 적어 줘. 꿈에서 깼을 때의 기분이나 생각을 적어 주면 더욱 고맙고."

"어렵네. 뭔가를 적는다는 것은 괴로운데."

"생각나는 대로만 적으면 되는데 그게 뭐 어렵니?"

아줌마가 소리 왔네, 하고 알은체하며 치즈김밥과 단무지, 김치를 먼저 가져다주었다. 이혁은 내가 김밥에 젓가락을 가져가면 같이 젓가락을 가져다 댔다. 젓가락끼리 공중에서 여러 번 부딪쳤다. 계산할 때 나는 지갑에서 천 원을 꺼내 이혁에게 줬다. 이혁이 천 원짜리 지폐를 받아 들고 생일 선물로 돈 천 원 받아도 기분이 좋을 수 있구나, 라며 지갑 안쪽에 넣고 다른 돈을 꺼내 계산

했다. 이혁은 제과점에 가서 팥빙수를 먹자고 했다. 나는 갈 곳이 있다고 대답했다. 이혁은 김밥천국 옆 편의점으로 들어갔다. 바나나 우유를 두 개 사 와 나에게 하나를 주었다. 나는 우유를 받아 손에 들고 골목을 향했다. 이혁도 우유를 자전거 바구니에 넣고 자전거를 끌고 골목으로 따라 들어왔다.

"그럼 부탁해. 난 이쪽으로 가야 해."

나는 바다 쪽 방향으로 걸었다. 이혁은 자전거 안장에 올라탔지만 계속 따라왔다.

"그만 가 봐."

"내 맘이야."

"꿈 적어 주기로 한 약속 지키고."

나는 예원의 집 앞에서 걸음을 멈췄다.

"너."

이혁이도 자전거를 멈추고 한쪽 발로 땅을 디디고 섰다. 다른 발로 페달을 반대로 돌려 자전거에서 쇳소리가 들렸다.

"나 좋아하니? 나 좋아하지 마."

내 말에 이혁의 자전거 페달 돌아가는 소리가 딱, 멈췄다. 뒤를 돌아봤다. 이혁이 자전거 핸들을 잡고 그 자리에 멈춰 섰다.

"착각하지 마. 재수 없어."

"어, 그럼 다행이고. 미안, 나 좀 그래, 안녕."

나는 예원이네 집 대문 안쪽에 재빨리 손을 넣어 문을 열었다. 예원이는 꽃을 좋아했지만, 마당에는 꽃이 없었다. 작은 화분 하나도 없었다. 오뚝이 무당이 꽃을 가꿀 겨를이 없다고 했다. 오뚝이 무당은 굿이 없을 때는 횟집 주방에서 일했다. 나는 유리문을 열고 마루로 올라섰다. 예원이 방문 앞에 커다란 자물쇠가 걸려 있었다.

"예원아. 나야, 소리."

대답이 없었다. 나는 오뚝이 무당의 방과 신방을 열어 보았다. 아무도 없었다. 다시 예원이 방 앞에 서서 문을 두드렸다.

"가 버려. 왜 왔어?"

예원의 차분한 목소리가 들렸다. 나는 문에 귀를 가져다 댔다.

"나라니깐. 소리."

"그런데? 뭐 어쩌라고? 내가 귀신 들린 거 구경하러 왔어?"

"걱정돼 왔지. 너 보고 싶기도 하고."

"후진 위로 따윈 필요 없어. 머리 박박 민 꼴 보고 비웃고 싶어?"

예원은 며칠 전 새벽 가위로 제 머리를 아무렇게나 잘랐다고 했다. 쇼트커트 할 수도 없을 정도로 잘랐는데 머리가 가렵다고 스스로 면도기로 여기저길 밀었다. 어쩔 수 없이 여진 언니가 전체적으로 밀어 줬다고 했다.

"왜 그리 꼬였어?"

"니가 뭘 알아? 엄마 덕에 무업 계승을 안 해도 되는 니가 뭘 알고 지껄여?"

"난 몰라. 그렇지만 너 걱정되고 보고 싶어 온 거야."

"너랑 말 섞기 싫어."

"말하기 싫으면 하지 마. 그냥, 여기 앉아 있다가 갈게."

나는 문에 등을 기대고 앉았다. 방 안쪽에서는 아무소리도 들리지 않았다. 예원이와는 같은 초등학교였다. 예원이는 학교 성적도 좋았고 무가를 잘 외웠고 소리도 잘했다. 생글생글 잘 웃었고 눈이 크고 코도 높았고 얼굴 윤곽이 또렷했다. 무엇보다 목청이 좋다고들 한마디씩 보탰다. 민요를 구성지게 부르다 트로트 메들리를 부르면 듣던 사람들은 다들 자리에서 일어나 춤을 췄다.

오뚝이 무당은 여진 언니를 대놓고 미워했다. 여진 언니
는 굿 예능 보유자 후손이니 예원이가 아무리 소리가 좋
아도 후에 단오굿 예능 보유자는 여진 언니가 될 거였다.
단오제가 유네스코 인류 구전 무형유산 걸작으로 등재
되면서부터 일본, 프랑스, 미국 등 외국에서 특히 굿 공
연 의뢰가 많았다. 공연 갈 때마다 오뚝이 무당은 전수
조교 자격으로 따라가려고 했다. 오뚝이 무당은 욕심이
많았다. 굿 때마다 석 자리를 놓고 말이 많았다. 작년부
터 예원이는 무가 공부도 안 하고 굿도 안 배우겠다고 해
오뚝이 무당한테 걸핏하면 야단맞았고 가끔 두들겨 맞
기도 했다.

"예원아."

대답이 없었다.

"있잖아. 그래도 네 엄마는 널 버리지 않았잖아. 가난
해도, 굿당에 쓰러져 잠들어도 데리고 다녔잖아. 난 그
게…… 많이 부럽더라."

"……."

나는 자리에서 일어나 손을 내밀어 방문을 한 번 쓰
다듬었다.

"갈게. 또 올게."

폭이 좁은 마당을 가로질러 대문 앞까지 갔을 때 예원의 방문에 무언가 닿는 소리가 들렸다.

"소리, 네 엄마……."

나는 걸음을 멈췄다. 다시 예원의 방 쪽으로 걸어갔다.

"가까이 있어. 막 보여. 커다란 캐리어를 끌고 가다 바다를 바라보네. 분홍색 꽃무늬 원피스에 우윳빛 스웨터를 걸쳤…… 앗!"

"왜, 왜 그래?"

"머리가……아파. 그만 가 줘."

"어, 어."

맥박이 거칠게 뛰었다. 나는 대문 밖으로 나가자마자 담벼락에 기대섰다. 다리가 후들거려 걸을 수 없었다. 붉은 노을이 번진 하늘을 올려다보는데 자꾸 눈물이 흘러내렸다. 예상이 맞았다. 한국으로 돌아온 거였다. 그리움, 원망, 피붙이의 애틋함. 이런 모든 감각이 붉은 구름처럼 뒤엉켰다. 옷소매를 당겨 눈가를 문지르고 천천히 걸었다.

석천 철학관을 지나 율의 방 앞에 다다르자 버릇처럼 오른쪽으로 고개가 기울어졌다. 소리 없이 고요했다.

나는 좀 더 고개를 기울였다. 치직 음반 긁히는 소리가
났다. 단소와 장구 반주에 이어 윤이 흐르는 소리가 들
렸다.

동지섣달 쌓인 눈은 봄바람 불면은 다 녹건만
이 내 가슴 쌓인 수심은 하절이 와도 아니 녹네
언제나 님을 만나서 쌓인 수심을 풀어 볼까

하필 저딴 소리나 듣고 있다. 윤의 방 외벽 아래에 후
룩 쓰러져 무릎을 접고 앉아 무릎 위에 팔을 올리고 얼
굴을 묻었다. 엄마가 한국에 왔다. 어쩌면 이곳으로 왔을
지도 몰랐다. 바다를 보고 있다고 했으니. 윤에게……

그리워 애달퍼해도 부디 오지 마옵소서
만나면 아픈 가슴은 상사화보다 더하오니
나 혼자 기다리면서 남은 일생을 보내리라

윤은 정말 저럴 수 있을까. 남은 일생을 혼자 기다리
면서. 윤에게 엄마가 여기 와 있다고 말하면 찾아다니겠
지. 그 전에 할머니를 설득해야 하나. 아니. 윤에게 먼저

알려 줘야 한다. 나는 다리에 쥐가 날 정도로 쭈그리고 앉았다가 벽을 짚고 일어나 천천히 걸었다.

바람이 물소리인가 물소리 바람인가.

안녕하세요, 녹색구름 님. 지난 주말에는 친구들과 나들이 가지 않고 집에 있었어요. 그날 아침에 일어났는데 몸이 안 좋았어요. 이번 주는 아르바이트도 쉬고 계속 누워 있었어요. 자다가 가위에 눌려서 일어나고 싶은데 몸이 말을 듣지 않아 한참을 애먹었어요. 꿈도 수십 개를 넘게 꾸었는데 대부분 기억이 나질 않아요. 오늘 아침 선명하게 생각나는 꿈을 적어 보아요.

어떤 남자와 마을에 갔어요. 마을로 들어가는 통로를 지나는데 장벽을 뚫는 것 같은 느낌과 동시에 마을 안에 들어갔어요. 하늘에는 이십 개 남짓 달이 떠 있어요. 남자가 손에 들고 있던 돌을 던지자 하늘에서 달이 하나씩 떨어졌어요. 이십 개가 넘는 달이 모두 떨어졌고 결국, 하늘은 텅 비었어요.

달은 어머니, 여성, 애인, 지도자, 명예, 출산, 생명력,

임신, 풍요의 상징이다. 달이 갑자기 떨어지는 꿈은 부모님이나 배우자의 신상에 심각한 일이 일어날 예시로 해석할 수 있다. 사고나 중병 또는 사망의 징조일 수 있다. 가족 중 한 사람이 아니라 사회적인 지도자의 몰락이나 사망을 암시할 수도 있고, 본인의 일이나 사업체의 파산, 실직 등을 예고하는 꿈일 수도 있다. 대체로 좋지 않은 변화나 사고를 암시하는 흉몽이라고 나와 있다.

나는 시린달에게 해몽을 그대로 적지 않고 심리적인 불안감이 꿈으로 나타났다고 적었다.

수국공무원은 해몽 방에 관리자만 볼 수 있도록 비공개로 해몽이 아닌 글을 남겼다.

녹색구름, 그날은 잘 돌아갔는지 조금 걱정했어. 다름이 아니라 혹시 꿈을 다 읽어 봤는지 궁금해서. 아니, 사실은 세 번째 공책이 바뀌었어. 내가 일기도 같은 공책에 써서 헷갈렸어. 주소를 알려 주면 바뀐 공책을 택배로 보낼게. 고등학생을 평일에 서울 다녀가게 하는 건 좀 아닌 것 같아서. 거기 있는 일기장은 읽지 말고 버려 줘. 아니, 가능하면 태워 줘.

나는 공책이 모두 꿈이라 여겼기에 복사한 후 페이지를 써 놓을 때 날짜만 대략 훑어보았다. 주소를 비공개 댓글에 남겨 놓았다. 그리고 역시 주소를 주면 일기장을 보내 주겠다고 남겨 놓았다.

꿈을 복사한 종이를 꺼냈다. 세 번째 공책을 복사한 62페이지가 수국공무원의 일기라는 거였다. 읽지 말고 버려 달라고 했다. 꿈과 일기를 흐트러짐 없이 정자체로 반듯하게 쓴 게 신기했다. 일기를 읽어 보려니 죄책감이 들었다. 인정받을 수 없는 도덕성을 지키는 것보다 호기심이 더 강력했다. 보라색이 잘 어울리던 남자에 대한 호감도 있었다. 무엇보다 꿈과 일기는 어떤 차이가 있을지 궁금했다.

사장이 전화로 꽃 배달을 주문 받았다. 빨간 장미 삼백 송이, 바구니, 삼백 일 기념, 카드에 쓸 사랑의 말을 받아 적은 종이와 주소와 입금확인증을 포장대에 놓았다. 나는 이런 주문을 받아 꽃바구니를 만들 때면 울렁거렸다. 사람을 만난 날을 헤아리는 사람들. 공교롭게도 같은 숫자 삼백이었다. 다르다면 이들은 과거 삼백 일이고 나에게는 미래 삼

백 일이다.

핸드폰 진동이 울렸다. 작은 울림에 화들짝 놀라 읽고 있던 일기를 내려놓았다. 톡을 보내온 사람은 민정이었다.

'소리, 급해, 조언이 필요해.'

'무슨 일이야?'

'톡으로 보내기엔 좀 긴 사연이 있는데.'

나는 민정과의 핸드폰 톡 창을 열어 놓은 채 꿈을 복사한 종이를 집어 들었다. 첫 번째 공책 복사본에서 꿈을 기록한 날짜 앞에 번호를 써 놓은 후 꿈을 한 개씩 가위로 잘라냈다. 대부분 꿈 내용은 짧았지만 어떤 건 왼쪽 공책 밑과 오른쪽 공책 위에 걸려 꿈이 적혀 있었다. 오려낸 꿈을 스카치테이프로 연결했다. 7번 꿈은 'ㅎ'파일, 8번 꿈을 읽고 'ㅂ'파일에 넣으려 할 때, 핸드폰이 진동했다.

'통화할래?'

'나 데이터 없는데.'

'너 집 아니야? 집에 와이파이가 없어?'

'공유기 설치 안 했어.'

'아씨, 윤소리. 와이파이 좀 설치하지.'

내일 학교에서 만나 얘기하자는 답을 보내려는데 핸드폰이 진동했다. 기다리지 못한 민정이 전화했다.

"너 좀, 에이. 왜 집에 와이파이가 없어."

"……."

"그게 얼마나 된다고, 간단히 통화하자. 이혁이 내일, 경시 지역 예선 시험이래. 그 핑계로 응원 톡을 보내려는데 어때?"

민정이는 다짜고짜 이혁이 얘기를 했다. 나는 데이터가 없는 것도 맞지만 전화 통화를 선호하지 않았다. 어색했고 친구와 전화로 대화한 경험이 없어 긴장했고 저절로 경직되었다. 민정은 이혁에 대해 자신의 감정을 솔직하게 말했다. 나는 오늘 이혁이 생일이었고 그 애가 밥을 사 줬다는 걸 말해야 하는지 고민했다. 처음 사주 적어 준 거부터 말해야 하나. 이혁과 별 사이 아닌데 생일날 함께 밥 먹었다는 것도 이상할 것 같았다. 이혁에게 별 감정 없이 객관적으로 봐도 그의 행동은 이상했다. 그런데 민정의 시선으로 그 일을 알게 된다면. 아니, 내 말에 이혁이 재수 없다고 했고 이혁은 친구도 안 사귀고 학교에서 말도 안 하니깐.

"내가 하나씩 읽어 볼게, 골라 줘."

그러다 말해야 할 순간을 놓쳤다. 민정은 네 개의 문장을 미리 종이에 써 봤다며 하나씩 읽어 주었다. 문자 내용이 귀에 들어오지 않았다. 나는 수국공무원의 꿈을 오려낸 종이 테두리를 손가락으로 문질러 날카로운 가위 자국을 무디게 만들었다. 시험장 벽에다 이집트 벽화를 그리는 꿈이었다.

"어떤 게 좋아?"

민정이 읽어 준 네 개의 문자 모두 내용을 제대로 못 들었다.

"마지막 것이 제일 무난한 것 같아."

"너도 그렇지? 나도 그런 것 같아. 알았어, 안녕. 월요일에 봐."

민정의 전화를 끊고 나니 맥이 빠졌다. 나는 예원의 핸드폰으로 전화했다. 예상대로 고객의 요청으로 착신 금지되었다는 안내 음성이 나왔다. 나는 문자 메시지 창을 열었다. 예원아. 목이 메었다. 더 이상 쓸 말을 찾지 못했다. 엄마에 대해 보이는 걸 더 묻고 싶었지만 물어볼 수 없었다.

○

할머니는 팥죽을 먹었다. 숱 없는 긴 머리카락을 풀어 헤치고 밥상 앞에 앉은 모습이 딱 귀신 형상이었다. 수저조차 들 힘이 없는지 놋수저 끝을 간신히 잡고 가장자리 죽을 떠 호호 불었다. 나는 할머니 눈치를 살피며 엄마 얘기를 꺼낼 적당한 때를 기다렸다. 그렇게 좋아하는 목욕탕에도 가지 못했다. 목욕탕에 가려 했는데 손님이 찾아왔다. 할머니는 나이를 가늠할 수 없는 중년 여자 손님과 함께 신방으로 들어갔다. 나는 신방 문에 귀를 바짝 댔다.

여자는 꿈에 얼굴도 모르는 할아버지가 자신을 데리고 어떤 산으로 올라가며 욕을 했다고 했다. 억센 풀들이 산길에 웃자라 발목에 휘감겼다고 했다. 산을 다 오르자 편평한 대지가 나왔고 내려다보니 저수지가 보였

다고 했다. 노인이 삽으로 땅을 파다가 삽을 건네주어서
자신이 땅을 팠다고 했다.

　나는 신방 미닫이문을 조금 밀었다.

　"진혈처 명당이네."

　할머니는 선산이 있냐고 물었다. 여자는 있다고 대
답했다. 할머니는 신당에 초를 밝혔다. 향을 피우고 절을
올렸다. 두 손을 모으고 입을 달싹거렸다. 할머니는 특이
한 꿈이면 정신을 집중해 기도한 뒤, 풀이를 해 주었다.
할머니 몸속에 있는 몸주의 힘을 빌린다는 것이었다. 내
가 의심하고 고민하는 부분이 그 부분이었다. 몸주의 힘
을 빌린다는 것이 이해되질 않았다. 할머니는 한참을 중
얼거리다 조상 중 비명횡사를 당한 남자가 있다고 말했
다.

　"나이가 찼으나 혼인 전에 죽어 자식도 없었고 제사
도 안 지내 주었네."

　그 조상이 여자에게 꿈을 넣었다는 것이었다. 할머니
는 조상이 넣어 주는 꿈은 절대로 허투루 넘겨선 안 된
다고 했다. 조상귀로 변하는 경우가 허다하다고 했다. 여
자는 고개를 갸우뚱했다.

　"집안에 살아 계신 어른 없어?"

여자는 고령인 시고모님 한 분이 살아 계신다고 말했다. 할머니는 그이에게 가 집안 내력을 물어보라고 했다. 가까운 조상 중에 그런 사람이 있으면 다시 찾아오라고 말했다.

"자네 꿈에 나타난 건 자네 자식도 만지고 있네. 결혼할 나이 채운 아들 있지? 아들 일이 자꾸 꼬이지? 여자가 도망가거나 애태우지?"

그제야 여자는 할머니 앞으로 다가앉으며 고개를 끄덕였다.

"안 그래도 상견례 한 뒤, 여자애가 이유 없이 결혼을 물리자고 했어요. 우리 애랑 칠 년을 사귀었는데. 애는 상심이 커 병원에 다니고 있어요."

"인연이 아니었던 거지. 어디 다치거나 큰 어려움은 없을 거야. 잘 풀리게 하려고 나타난 거니깐."

할머니는 집안의 선산에 비록 유골은 없더라도 빈 묘라도 만들어 주고 앞으론 제사도 지내라고 했다.

"저기 굿 같은 것도 해야 하나요? 애들 아버지가 굿이라면 질색하는데."

"남편이랑 같이 집안 어른 찾아뵙고 물어봐. 일단 묘 세우고 제사 지내 줘. 제삿날은 받아서 하고. 굿은 다음에 하면 좋고 안 해도 별 탈은 없을 거야. 그 조상 자네 꿈에 나타난 것은 해코지하려는 것이 아니니깐."

여자는 불안한 듯 자리에서 일어서질 않았다.

"올해 넘기지 말고 일 처리해. 정 걱정되면 아들 사주 불러 줘. 다음에 아들 부적이나 하나 받으러 와."

그 말을 듣고 여자는 가방에서 오만 원짜리 지폐를 몇 장 꺼내 내밀었다. 할머니는 돈을 받아 상 위에 놓인 복채 사발에 넣었다. 여자가 가자마자 할머니는 목욕탕에 가려고 입었던 옷을 벗어 던졌다. 나에게 팥죽을 사오라고 했다. 나는 할머니에게 어떻게 남의 집 조상 문제까지 알 수가 있는지 물었다. 할머니는 장군님이 알려 줬다는 대답만 했다. 할머니 대답은 나에겐 커다란 벽이었다. 그런 점에서 할머니의 해몽은 내 해몽에 비해 훨씬 더 주술적이고 막무가내였다. 문제는 해몽을 요청하는 사람들이 맹목적으로 믿고 만족한다는 것이었다.

"그니깐, 할머니 장군님이 어떻게 가르쳐 주는데?"

"그게 왜 그리 궁금하나? 언능 팥죽이나 한 사발 사오라고."

"팥죽 사 올 테니. 제발 좀 얘기해 봐, 응? 응? 어떻게 그 여자한테 아들이 있는지 가르쳐 주냐고."

할머니는 담배 한 개비를 꺼내 불을 붙였다.

"처음 신내림을 받았을 때는 거 뭐냐, 테레비를 보는
것처럼 화면이 저절로 보이더라. 한번은 횡계에서 온 여
자가 아들이 대입 시험 본다고 말하자마자 법관 의복을
입고 재판하는 아들 모습이 휘릭 보였어. 아들 생긴 태
는 황태처럼 가느다랗고 낯빛이 누랬어. 그래 말했더니,
그이가 아들 생김새는 비슷하나 서울대학교 경영과에
응시했다더군. 영 실망하며 돌아갔는데 일 년 지났나. 아
들이 반수 해 법대를 들어갔다며 다시 찾아왔어. 그 아
들 졸업하던 해에 사법고시도 제꺽 합격했다지. 그때는
그렇게 누가 말 한마디 꺼내면 장군님이 장면을 휘리릭
보여 줬어. 내가 뭔 말을 내뱉는지도 모르고 막 말문이
터졌어."

예원이다. 현재 예원이 상태가 딱 저랬다.

"할머니 이제 방금도 산이랑 노인이 보였어?"

"아니. 영 맑음이 세월에 닳고 닳았는지 할미가 기도
를 게을리했는지 이젠 영상으로는 아예 안 보이고 목소
리로만 들려. 그것도 아주 집중해야 들려. 이제 속 시원
하나?"

할머니가 새롭게 보였다. 머리카락은 풀어 헤쳐져 있

고 화장도 안 했지만, 문신으로 눈은 사나워 보였다. 주름 없는 이마와 각진 광대뼈에 뾰족한 턱선. 강력한 기가 흘러넘치는 얼굴이었다. 내가 할머니를 빤히 쳐다보는 것이 무안한지 할머니는 이불을 뒤집어쓰고 자리에 누웠다.

아침부터 꿈풀이를 위해 장군님을 불러내느라 진이 빠져 목욕탕에 못 가겠다고 했다. 내 생각은 달랐다. 어제 무리해서 그런 것 같았다. 할머니는 대관령 산신제나 성황제에서 굿을 주관하는 것이 아니기 때문에 안 가도 그만인데 몸 생각을 않고 매년 올라갔다. 나는 곶감 시장통에 있는 죽집으로 갔다. 할머니는 입맛이 없거나 아플 때는 팥죽을 제일 귀한 약으로 생각했다.

머릿속이 복잡해졌다. 할머니 말에 의하면 첫 신기가 내렸을 때 영상처럼 보이고 말문이 터진다는 거였다. 예원이 말이 맞았다. 엄마를 봤다는 거네. 커다란 캐리어를 끌고 바다를 향해 서 있는 모습을.

할머니한테 예원에게 들은 엄마 얘기를 꺼내고 율을 통해 엄마를 찾아본다. 할머니만 받아들이면 되는 거였다. 신 무서운 걸 모르는 년. 할머니가 엄마한테 그렇게 욕할 때면 나는 속으로 할머니의 신을 비웃었다. 신이 있다면 할머니는 왜 이렇게 가난하게 사는 건데.

사실 나 또한 할머니의 몸주라고 말하는 신을 신으로 받아들이지 않았다. 미신으로 여겼다. 혹은 하늘에 있는 달과 별처럼, 각자 쳐다보는 사람 마음대로 상상한다고 생각했다. 사람들은 하늘의 달에 대고 소원을 빌지만 정말 달이 소원을 들어줄 것이라 믿는 사람은 없었다. 그런데 예원을 떠올리자 좀 무섭게 여겨졌다. 영상으로 혹은 목소리로 뭔가를 알려 준다는 것을 도대체 어떻게 받아들여야 할까. 나는 뜨거운 팥죽 봉지를 들고 대문 앞에 서서 서낭기를 올려다보았다. 여린 바람에도 유독 소리를 내며 펄럭거리는 기에서 붉은 기운이 뚝뚝 떨어지는 것 같았다.

할머니는 동치미 국물을 마시곤 기운이 나는지 팥죽을 떠 호호 부는데 팥 국물이 튀어 올랐다. 미처 식지 않은 죽을 입에 넣고 고개를 양쪽으로 기울이며 입안에서 팥죽을 식혀 삼켰다. 이마에 더운 김이 서려 머리카락이 찰싹 달라붙었다. 할머니는 손목에 둘러놓았던 고무줄을 끄집어 머리카락을 둘둘 말아 올렸다. 팥죽을 다 먹은 뒤에 남은 동치미 국물을 마시고 경대를 잡아당겼다. 내가 밥상을 들고 나갈 때, 할머니가 기운 없는 목소리로 말했다.

"누가 발 좀 주물러 주면 시원할 것 같은데."

나는 상을 부엌에 내놓고 할머니 방으로 들어갔다. 할머니는 벌써 반듯하게 누웠다. 할머니 발 근처로 가 양말을 벗겼다. 할머니 발은 강단졌다. 살이 없지만, 주름도 없었다. 종아리는 근육이 형성되어 단단했다. 엄지발가락과 발뒤꿈치는 닳고 닳아 까칠해졌다. 발바닥은 바짝 말린 육포처럼 꾸들꾸들했다. 목욕탕에서 돌로 비볐어도 굳은살이 사라지기 전 다시 산에 올라 굳은살이 겹겹이 생겼다. 나는 발가락 사이에 손가락을 넣었다 힘을 줘 위로 뺐다. 발가락에서 우두둑, 뼈 소리가 났다.

"그러게, 이제 산신제에는 가지 말라니깐."

"에구, 나보다 더 늙은 할마씨들도 와 기도하고 그런다. 산에 올라 기운도 받고 굿도 해야지, 나한텐 그게 보약이야. 다리 다쳐 깁스를 해도 올라갈 거다. 누구처럼 간당거리며 놀지 않지, 암."

"거기서 왜 율이 나와? 못 가는 율도 답답할 텐데. 일부러 다쳤나?"

"화랭이 아무나 하나. 신을 잘 모셔야지. 집 안에 누워서 신을 모시나?"

"신이 있다면, 진짜로 신이 있다면 율의 사정 헤아려 주겠지."

"따박따박 말대꾸는 흐르는 물이지."

나는 꾹꾹 누르던 손에 힘을 풀고 발을 쓰다듬었다. 내 손에서 묘한 기운을 읽었는지 할머니가 간지러운 듯 발끝에 힘을 주며 흐흐 웃었다.

"말해. 할 얘기 씹어 삼키지 말고."

"예원이 말이야. 정말 신기 있는 거 같아."

"그런 거 같드만. 몸주가 귀한 신이 들어와야 할 텐데. 엄한 잡귀가 들어오지 말고."

"할머니. 어제 예원이한테 갔는데."

"거긴 뭣하러 갔나."

"우리 엄마를 봤대. 한국에 아니 여기 온 거 같아. 바닷가를……."

할머니가 상체를 벌떡 일으키는 바람에 나는 몸을 뒤로 물렸다.

"그년이 어딜 와? 오냐, 오기만 해라 새카맣게 타들어 간 내 창자를 꺼내 보일 테니."

"할머니 십칠 년이나 지났는데 이제 엄마 용서하고

135

같이 살자."

"천년이 지나 봐라. 내 맘이 변하나. 그리고 그년이 용서를 빌지도 않았는데 뭘 용서해."

"그러려고 온 거지."

"양심이 있으면 제 발론 못 오지. 굿판을 그래 망쳐 놓고 어부 댓 명 잡아먹은 년이 뭔 낯짝으로 오나."

"폭풍에 난파된 게 왜 엄마 잘못이야, 억지 좀 그만 부려."

"그만, 소리도 시끄러워, 내 앞에서 싹 나가."

할머니가 저렇게 사납게 노려보며 소릴 지르면 오금이 저렸다. 나는 할머니 방문을 일부러 소리 나게 쾅 닫았다.

할머니는 삼십 년 넘게 청천진에서 별신굿 중 굿 여러 석을 도맡아 했다. 청천진의 모든 선박은 풍파 없이 늘 만선으로 풍어였고 바다에서 다친 어부도 없었다.

십칠 년 전, 용왕굿 도중 배에서 뛰어내린 엄마 뒤를 율이 따라 내렸다. 풍랑에 휩쓸린 두 사람을 건져내느라 두세 시간 굿을 중단했다. 다행히 해양 구조대가 곧장 왔다. 구조대는 쩍 달라붙어 하얗게 언 둘을 구조해 병원으로 데려갔다.

무당과 선주의 심란한 의논 끝에 주무의 무가 구연을 시작으로 이어서 굿을 했다. 싸라기눈이 폭설로 변했다. 굿이 끝날 즈음에는 한 치 앞도 보이질 않았다. 온 세상이 하얗게 얼어붙었다. 선착장 대형 천막 아래 차려진 굿청으로 돌아왔을 때야 할머니는 참았던 숨을 내뱉었다. 무당들은 아무 말 안 했지만, 할머니는 명치끝이 콱 막혔다. 남은 나흘 동안 불안감을 누르며 맡은 굿거리를 끝냈다.

청파 여인숙에 가자마자 신방으로 들어가 기도부터 했다. 그래도 사라지지 않는 불안감을 누르며 엄마 방을 열었다. 사흘간 병원에 있다 퇴원한 엄마는 방을 죄다 헤집어 놓고 사라졌다. 무업 세습을 거부하며 할머니 속을 뒤집고 가출한 전적이 있었기에 지나가는 바람처럼 허공에 대고 냅다 욕만 해댔다. 할머니 심지 깊은 곳에서 치솟아 올라오는 불안은 다른 것이었다.

그해 여름 장마와 가을 폭풍이 몰아칠 때마다 누가 시키지도 않았는데 할머니는 신방에 초를 켜 두고 청천진 바다의 안녕을 손바닥이 닳고 무릎이 반질거리도록 빌고 빌었다. 기어이 할머니의 불안은 적중했다. 동짓달이 끝나는 날, 청천 2호가 뒤집혔다. 다섯 명의 어부가 죽었고 두 명은 시신조차 찾을 수 없었다. 청천호 선주는 오구굿을 의뢰했다. 참순이 무당과 율이 찾아와 굿 석을 놓고 의논하던 중 할머니는 오구굿에 참여하지 않겠다는 의사를 밝혔다. 굿 제의를 거절한 것은 난생처음 있는 일이었다. 그 후에도 할머니는 삼 년에 한 번씩 하는 청천진 별신굿에는 참여하지 않았다. 대신 다른 굿판에는 몸살에 걸려도 악착같이 참여했다. 그리고 십칠 년이란 세월이 흘렀다.

할머니는 여전히 청천호 난파 사건이 굿을 망친 엄마 때문이라 믿었다. 할머니는 나에게 무업을 이을 수 없다고 했다. 나는 어렸을 때부터 굿당에 가도 무가 공부를 하지 않아도 되었다. 세습무 집안에 태어난 여진 언니와 예원이는 어릴 때부터 굿 현장에 앉아 있어야 했고, 무가를 외워야 했다. 할머니는 엄밀히 따지면 강신무였다. 신내림을 거부해 남편과 아들을 한꺼번에 교통사고로 잃은 후에야 할머니는 신을 받아들였다. 혈통 위주 세습무들과 다른 점은 강신한 몸주신에 대한 확신으로 신단도 따로 모셔 놓았다. 또 점사가 용해 신수점을 봐 주기도 했고 개인 굿도 소소하게 맡았다. 세습무로 굿을 처음부터 다시 배울 수 있었던 것은 할아버지 덕분이었다.

할아버지는 삼대에 걸친 세습무 집안 출신이었다. 열 살 때부터 홀어머니와 굿당에 다녔다. 열다섯 살에 홀어머니마저 죽었다. 그래도 그는 굿판을 떠나지 않고 장구와 쇠를 잡았다. 꽃을 피우는 것부터 시작해 작은 허드렛일을 도맡아 하며 차곡차곡 일을 배웠다. 굿당에서 할아버지와 할머니는 만났고 무당들의 주선으로 어찌어찌해 인사는 했으나 총각 화랭이였던 할아버지는 색시처럼 얌전했다. 할머니가 꼬드겨 고백을 받아냈다고 했다. 솜씨 좋고 신명 많은 양중과 소리 좋고 여러 신을 받은 할머니는 금세 사람들 입소문을 타기 시작했다. 큰 굿거리를 맡게 되었고, 부부가 함께 별신굿 주무를 맡아 굿거리를 대여섯 석은 기본이고 열 석도 맡아 했다. 지변동산에 큰 당집을 지어 놓았고 사람들은 예약해야 할머니를 만날 수 있었다. 다른 지역에서도 사람들이 몰려들었다.

엄마가 태어난 이듬해, 할머니 몸에는 꽃 좋아하는 애기씨가 들어왔고 할머니는 여러 몸주를 거느리느라 힘에 겨웠다. 그때, 할아버지가 위암인 것을 알게 되었다. 할아버지는 삼 년 동안 위암을 다독거리며 살았다. 할아버지는 얼굴빛이 백지장 같았고, 약으로 파삭거리는 몸이 촛불처럼 흔들거렸어도 마지막까지 굿청을 떠나지 않았다. 할아버지와 했던 금진항에서의 마지막 별신굿에 대해 할머니는 종종 얘기했다. 할아버지는 마지막 굿이 될 것이라는 걸 예견했다. 온몸에서 빛이 흘러나왔다고 했다. 얼굴은 화장한 할머니보다 더 흰빛이었다. 할머니와 무당들이 말렸지만, 할아버지는 평소와 다름없이 신명을 다해 굿을 했다.

신문 기자들과 굿에 관심이 있는 학자들은 할아버지의 마지막 굿을 기록하기 위해 연신 카메라 플래시를 터트렸다. 그럴 때마다 할아버지의 얼굴은 엑스레이 기계 앞에 놓인 것처럼 뼈가 드러날 정도로 창백해졌다. 세 시간에 걸쳐 심청굿을 하면서 서로의 눈에서 시선을 떼지 않았다. 할아버지는 마지막 대목까지 힘 있게 장구를 잡았고 추임새를 넣었다. 굿청에 모여든 사람들에게 축원을 마친 할머니는 말을 멈추고 바로 앞에 앉은 양중을 바라보았다.

"이래 소리 잘하고 고운 색시를 두고 먼저 갑니데이."

할아버지가 그렇게 말할 때 할머니는 속으로 소금 한 바가지를 만들어낼 만큼 눈물을 흘렸다고 했다. 마지막으로 별신굿을 무사히 끝낸 다음 날 저녁 할아버지는 자는 듯 꿈꾸는 듯 돌아가셨다고 했다. 외짝으로 있는 무당에게는 마을 별신굿 주무를 맡기지 않았다. 한두 석이라도 굿을 할 수 있으면 초등학생인 엄마를 데리고 굿판에 갔다. 굿판에서 얼쑤 이쁘다, 잘한다, 하며 장구 쳐 줄 남편이 없어 할머니의 신명은 점점 떨어졌다. 엄마는 세습무 집안인 할아버지, 그리고 강신무이지만 세습무 집안으로 시집간 할머니로 인해 무녀의 길을 걸어야 할 운명이었다. 할머니는 할아버지에 관한 것은 정확한 년도, 날짜까지 기억해 말해 주었다. 그러다 내가 엄마의 유년 시절을 물어보면 욕부터 했다. 할머니가 굿판에 있으며 부러운 것은 대가족이 함께 어울려 굿을 하는 것이라고 했다. 영감과 아들이 맞춰 주는 가락에 딸과 나란히 서서 소리를 하는 무당이 제일 부러웠다고 했다. 그 말끝에 화를 냈고 엄마에 대한 악담만 퍼부었다.

"에구구, 종아리가 찌르르하네."

할머니는 몸을 엎드리며 앓는 소리를 냈다. 자주색 실크 속바지를 걷어 올리고 종아리를 주물렀다. 할머니는 흐흐, 하며 신음했다. 단단한 종아리는 살은 없고 뼈와 근육만 적당히 어우러졌다. 젊은 사람들 다리 근육

같았다.

"할머니 나 며칠 전에 예지몽 꿨어."

"다 쓸데없는 개꿈이지."

"아냐, 정말 신기해. 들어 볼래?"

"손품 팔아 할미 다리 좀 만졌다 이거지?"

나는 무당이 되어서 다른 사람 꿈속으로 들어간 꿈 얘기를 했다. 특히, 무복을 입고 있었던 것과 다른 사람의 꿈속에 들어간 것을 강조했다. 할머니는 가만 얘기를 듣다가 웃었다.

"개꿈이야. 아직도 날아다니는 꿈 꾸나. 소리 더 클라나 보다. 이젠 안 커도 되겠구만."

"날아다니는 게 중요한 게 아니라 무복이랑 쾌자를 입었거든. 혹시 나도 신내림 받는 거 아냐?"

"신이 아무나에게 가는 줄 아나? 그리고 소리는 큰 공부를 하는 사람이 될 거야."

나는 할머니가 저런 말을 할 때마다 조금 찔렸다. 할머니는 무당들에게 소리 공부 잘해, 나중에 큰 공부 할 거야, 하며 자랑했다. 중학교 때 내 성적표를 받아 본 적도 없으면서 할머니는 뭘 믿고 그리 말하는지. 나는 할머니를 실망하게 할 수 없어 학교 성적이 중간이라고 사실

대로 말하지 않았지만 늘 죄책감이 들었다. 종아리를 주무르는 손에 나도 모르게 힘을 줬다. 할머니가 비명을 질렀다.

"그러게 대관령에 올라가지 말래두. 태백산 당골에 가는 것만으로도 벅찰 텐데."

나는 괜히 할머니한테 소리를 질렀다.

"작년에 대관령 따라가 신기했다메? 대관령 서낭신을 잘 모시고 내려오는 게 중요하지. 내 눈으로 직접 신목에 신이 내리는 걸 봐야지. 거기에 내가 빠지면 쓰나."

"야만적이야. 코미디가 따로 없어."

작년 대관령을 오르며 예원이는 냉소하며 빈정거렸다. 나는 처음으로 참석했기에 모든 것이 신비롭게 보였다. 야만적이라기보단 예술적인 퍼포먼스, 슬픈 비극의 한 장면 같았다. 신목을 베기 위해 대관령 옛길을 따라 숲으로 들어갔다. 옥색 제례복을 입은 제관들이 숲으로 들어가 이리저리 다니며 나무를 짚었다. 한 제관이 갑자기 소리를 지르며 단풍나무를 손에 움켜쥐었다. 대관령 서낭신은 단풍나무로 내려왔다. 기다렸다는 듯이 동시에 카메라 기자들이 들이닥쳐 플래시를 터트렸다. 나무를 감싸 쥔 제관의 손이 떨렸다. 이어 돌풍에 휩쓸리는 듯 제관의 몸까지 거세게 떨렸다. 믿고 싶진 않았지만, 연극이라기엔 무서울 정도로 내 몸까지 이입되었고 전율했다. 숲속의 무수히 많은 나무 중 하나였던 단풍나무는 그 순간, 우주와 인간을 연결해 주는 신목이 되었다. 나는 나무 하나를 신격화하는 장면을 목격한 것이다. 우울했다. 맹목적으로 나무에 매달리는 그들은 마치 집단으로 원시로 돌아가는 것 같았다. 사람들이 인정해 주지 않는 무속을 무당들은 뼛속 깊이까지 믿고 진지하게 대하는 것이 슬펐다. 무당과 시민들이 신목을 오방색 예단으로 치장했다. 대관령 옛길을 따라 내려왔다. 길은 사람들이 다니지 않아 나뭇잎이 쌓여 양탄자처럼 푹신푹신했다. 옆으로는 노란 피나물꽃이 흩뿌려져 있었다. 가파르진 않았지만 편평하지 않은 산길이었다. 젊은 나도 힘이 들었는데 여든두 살 할머니에겐 정말 무리였다.

"할머니 내년부터 정말 가지 마, 알았지?"

"알았어. 할미 생각해 주는 사람은 소리밖에 없네."

할머니는 고분고분 잘도 대답했다. 그러고는 내년 산신제에 또 갈 것이 분명했다. 단단했던 종아리가 흐물흐물해져도 할머니는 그만하라는 법이 없다. 나는 할머니

허벅지 안쪽을 살짝 꼬집었다. 할머니는 아프다고 호들갑을 떨었다. 한 손으로 어깨를 누르며 냉장고에서 마스크 팩 하나를 꺼내 오니 할머니는 양손을 위로 올리고 낮게 코를 골며 잠들었다. 눈썹과 아이라인에 검게 문신을 해 얼굴은 마치 화장한 것 같았다. 할머니 얼굴에 마스크 시트를 붙여 주었다. 시트지에는 눈 부위가 동그랗게 뚫렸다. 할머니에게 케어가 필요한 부분은 눈 부분과 주름 많은 목이었다. 나는 손으로 시트지를 문질러 손에 묻은 액체를 눈두덩과 눈 주변, 주름이 자글거리는 목덜미에 톡톡 두들겼다. 할머니는 꿀 같은 잠에 빠졌는지 깨질 않았다. 내 곁에 할머니라도 있어서 다행이었다. 할머니 머리맡에 앉아 코 고는 소리를 들었다. 아무리 들어도 지겹지 않다는 점에서 남대천 물 흐르는 소리와 아주 조금 닮았다.

저녁을 먹고 난 후 할머니 핸드폰으로 핫스팟을 연결해 놓고 인터넷 강의를 들었다. 어차피 할머니는 데이터를 쓸 일이 없기에 남아돌았다. 그래서 인터넷 강의를 들을 때는 할머니 핸드폰으로, 잠깐씩 달항아리에 들어가거나 자료를 찾을 때는 내 핸드폰의 데이터를 사용했다.

수국공무원은 내 댓글에 다시 비공개 댓글을 달아
놓았다. 꿈 기록 공책을 택배로 보냈고 자신의 일기장을
소각했는지 물었다. 만약 아직 소각하지 않았다면 절대
읽지 말고 분리수거가 아닌 쓰레기봉투에 넣어 버려 달
라며 버린 증거로 사진을 한 장 찍어 보내 달라고 했다.

나는 귀찮아 쓰레기봉투에 넣으려다 생각을 바꿔 신
방으로 가 라이터와 연꽃을 붙여 놓은 흰 초를 가지고
마당으로 나왔다. 마당 가운데 수돗가에서 만약을 대비
해 양은 대야에 물을 받았다. 일기장 첫 페이지를 펼쳐
사진을 찍은 후 공책에서 스프링을 뺐다. 촛불에 불을
붙인 후, 낱장 일기를 짚이는 대로 들어 소지 올리듯 세
로로 말아 촛불에 대고 불을 붙였다. 화르륵 불이 붙은
종이를 돌려 고루 태웠다. 손에 불의 열기가 오르면 종
이를 흙 위에 내려놓았다. 사진을 찍을 겨를 없이 종이가
타들어 검은 재로 변했다.

두꺼운 표지 앞뒤를 세로로 맞대 세우고 그 아래에
일기를 적은 종이를 둘둘 말아 놓았다. 양초를 기울여
종이에 대자 불이 확 일었다. 활활 불붙은 종이가 타며

냄새와 연기가 피어올랐다. 나는 핸드폰으로 재빨리 사진을 찍었다. 핸드폰을 내려놓고 물을 받아 놓은 양은 대야를 손으로 잡고 있었으나 불꽃이 튀어 오르거나 바람에 불씨가 날아가는 일은 없었다. 연기가 캄캄한 밤하늘로 길게 올라갔다. 두꺼운 표지는 미처 타들어 가기 전에 불이 꺼졌다. 나는 재를 털어내고 검은 레이스처럼 구불거리는 표지 끝을 들고 양초에 대고 다시 불붙였다. 검은 종이에 파란 불꽃이 일렁이다 하얀 재로 떨어졌다.

흙 위로 흩뿌려진 재를 손으로 쓸어 모아 놓고 사진을 찍은 후 두 손으로 재를 퍼 수국 아래 뿌린 후 흙을 뒤섞어 놓았다. 수국공무원의 일기는 검고 하얀 재로 변해 수국의 양분이 되었다.

3부

○

수업 시작종이 울리기도 전에 담임이 교실로 들어왔다. 아이들은 담임이 교실로 들어와도 교실을 돌아다녔다. 담임이 분필로 칠판을 두드리며 모두 자리에 앉으라고 했다. 아이들은 아직 종 안 울렸다고 투덜거리면서 자리에 앉았다.

"전이혁, 일어나 봐."

이혁이 귀에 꽂고 있던 이어폰을 빼며 자리에서 일어났다.

"방금 교육청에서 연락이 왔는데 수학 경시대회 지역 예선에서 이혁이 금상을 수상했어. 일등이란 말이야. 모두 박수로 축하해 줘."

여학생들은 환호성을 지르며 손뼉 쳤고 책상을 두드렸다. 남학생들은 아니꼽다는 식으로 손바닥을 어긋나게 쳤다. 유치했다. 담임이나 남학생들이나 제자리에 우쭐해 서 있는 이혁이나 뒤로 돌아보고 빙긋 웃는 여자애들 모두 유치했다. 담임의 유치함은 거기서 끝나지 않았다. 중간고사 수학 시험지를 들추며 만점 맞은 아이들을 호명했다. 다섯 명이나 되었다. 다른 반에 비해 만점이 많다고 했다. 곧이어 60점 이하 학생들은 호명하진 않았지만 아홉 명이라며 수포자 대열에서 빠져나오라고 격려 아닌 격려를 했다. 60점 이하가 많아 반 수학 평균이 내려갔다고 했다. 나는 두 무리에 포함되어 있지 않지만, 만점 받은 학생 이름을 부르는 것은 유치하다는 생각이 들었다. 담임은 수학 시간 틈틈이 성적 얘기를 했다. 담임 과목이 수학인데 다른 반에 비해 수학 평균이 낮다는 것이 자존심 상한다는 것이었다. 만점 받은 다섯 명을 제외한 모두에게 기말고사 때까지 하루에 수학 문제 열 개씩 풀어 제출하라는 숙제를 내고 교실을 나갔다.

점심시간인데 민정이 일어날 생각을 안 했다. 나는 자리에서 일어나며 민정에게 식당에 가자고 말했다. 그 애는 고개를 돌리지 않고 너 먼저 가, 라고 대답했다. 얼떨결에 교실에서 나왔지만, 식당으로 가며 함께 갈 친구가 없다는 것을 깨달았다. 생각해 보니 쉬는 시간이면 항상 몸을 돌려 나에게 말을 걸던 민정이 오전 내내 고개도 돌리지 않았다.

나는 식판을 받아 빈자리에 앉았다. 내 옆자리에 여자아이들 세 명이 앉았다. 연지는 나와 대각선으로 건너편에 앉아 의자를 소리 나게 끌어당겼다. 너희, S고 얘기 들었어? 한국사 시간에 미혼인 쌤한테 유부남이랑 바람 났다고 막 퍼부었대. 대박, 미친 거 아냐? 그래 소문 쫙 깔렸어. 신들렸대. 나 걔 알아. 나랑 같은 초등학교 나왔어. 걔 엄마가 점쟁이야. 아냐, 무당이랬어. 무당이나 점쟁이나 다 빙의된 거 아냐? 몰라, 지랑 친한 여자애들 미래를 다 봐 줬대. 누구는 간호사 되고, 누구는 드라마 작가, 누구는 미국 유학 갈 거라 말했대. 와아, 소름, 나도 물어보고 싶어.

연지가 나를 쳐다보았지만 나는 꿋꿋하게 밥을 먹었다. 밥 먹는 시간이 이렇게 긴 줄 몰랐다. 나는 국물에 만 밥을 꾸역꾸역 먹고 식판을 들고 일어났다. 무당들 너무 무서워. 미친, 귀신 들렸으면 얌전히 집구석에 처박혀 있을 것이지 왜 쌤 인생 망쳐. 그 쌤, 충격받아 실신해 병원에 실려 갔대. 나는 뒤를 돌아 연지를 쏘아보았다. 그 애는 나를 한번 쳐다보곤 뭐, 하는 입술 모양을 만들어 보이고는 고개를 돌렸다.

　매점에 들러 커피 우유와 도넛을 사서 교실로 들어
갔다. 민정이는 교실 앞쪽에서 아이들과 떠들며 웃고 있
었다. 내 자리에 앉아 도넛과 커피 우유가 담긴 비닐봉지
를 가방 안에 넣어 두었다. 남은 점심시간 동안 할 일이
없어진 나는 당황했다. 무엇을 해야 할지를 몰랐다. 민정
이가 있는 쪽 아이들이 갑자기 크게 소리 내며 웃었다.
대부분은 친한 친구들 끼리끼리 모여 큰 소리로 떠들었
다. 유독 내 귀에는 민정이 쪽 아이들 목소리만 크게 들
렸다. 민정이 머리를 좌우로 잘게 떨며 가느다랗게 콧소
리를 냈다. 넌 팔다리가 길쭉하고 얼굴이 주먹만 하니 모
델이 되겠네. 으음, 모델로 대성하겠어. 캬아아, 정말 무당
같아. 넌 의사 마누라 되겠어, 의사 될 놈 잘 꼬셔 봐. 나
도, 나도 봐 줘. 민정에게 손바닥을 내민 아이가 내 쪽을
보며 킥킥거리며 웃었다. 민정이 쪽 아이들이 예원이 흉
내를 내고 있던 거였다. 순간 내 귓불이 달아올랐다. 무
례하게 구는 건 저 애들인데 왜 내가 부끄럽고 창피한 것
인지.

　교실을 둘러보았다. 떠들지 않고 제 자리에 앉아 있
는 몇 명의 아이들은 둘 셋 모여 동영상을 보거나 핸드

152

폰으로 톡을 보냈다. 대부분 핸드폰으로 무언가를 하거나 게임을 했다. 나는 점심시간에 다른 아이들이 어떻게 시간을 보내는지 생각해 본 적이 없었다. 혼자였던 중학생 때는 남는 시간에 학교 도서관에서 시간을 보냈다. 민정과 함께였던 시간에는 늘 쉬는 시간과 점심시간이 짧게 느껴졌다. 점심시간이 이렇게 길게 느껴진 적이 없었다. 이혁은 귀에 이어폰을 꽂은 채로 엎드려 눈을 감고 있었다. 수학 문제를 열 개 다 풀어도 점심시간이 끝나지 않았다.

5교시 수업이 시작되었고 사회 선생님이 들어와 출석부를 펼칠 때 나는 민정의 어깨를 치고 쪽지를 줬다. 민정은 귀찮은 듯 쪽지를 받았다. 나한테 뭔가 화났니, 라는 질문에 민정은 본인이 더 잘 알겠지, 라는 답장을 적어 보냈다. 사회 시간 내내 민정의 뒤통수를 쳐다보았다. 민정은 노란 달이 매달린 끈으로 머리카락을 한데 묶어 놓았다. 수업이 끝날 즈음 민정이 쪽지를 넘겼다.

'종례 끝나고 체육관 옆 벤치에서 보자.'

은행잎은 연초록색을 띤 채 팔랑거렸다. 나는 종례 후 곧장 이리로 와 기다렸다. 가방 안에서 점심시간 민정에게 주려고 샀던 커피 우유를 꺼냈다. 민정이 산책로를 걸어왔다. 민정은 혼자가 아니라 세은이라는 아이와 함께였다. 민정이는 체육관 앞에서 세은에게 책가방을 맡겼다. 세은이는 민정의 가방을 받아 들고 체육관 계단에 앉았다. 민정은 내 옆에 앉으며 핸드폰을 꺼내 패턴을 그려 잠금을 해제했다.

"먼저 할 얘기 있으면 해 봐."

민정은 핸드폰을 터치해 누군가에 톡을 보냈다. 버튼을 누를 때마다 기계음이 들렸다.

"나는 모르겠어."

민정이는 핸드폰에서 눈을 떼지 않고 말했다.

"너, 지난 토요일 뭐 했어?"

"집에 있었어. 참, 친구네 집에도 잠깐 갔었고."

민정의 핸드폰에서 카톡이 왔다는 알림 소리가 들렸다.

"거짓말쟁이. 너 그날 전이혁 만났잖아. 소풍날에도 이혁이 만났다며? 이혁이랑 같이 호호 웃으며 다니는 것 여러 번 봤다는 애가 있어."

민정이는 체육관 계단에 앉아 있는 세은이 쪽을 바라보았다. 세은은 아예 이쪽을 향해 고개를 내밀고 앉았다.

"내가 참을 수 없는 건 그날 내가 너한테 전화해 이혁에게 보낼 문자까지 읽어 줬다는 거야. 넌 속으로 비웃고있었을 거야, 난 그 상황이 재수 없어."

"그렇지 않아. 난 그때, 수국공무원 꿈을 분류하고 있어서 정신이 없었어."

"또 엉터리 꿈 타령이지, 너한테 친구가 없는 이유를 알았어. 무당 할머니 때문이 아니야. 뒤에서 꼬리나 흔드는 여우 같은 너, 재수 없어."

민정이는 말하는 도중에도 어디론가 카톡을 보냈다. 민정이 의자에서 일어났을 때 나도 따라 일어섰다.

"한 가지 물어보자. 혹시, S고 예원이라는 애 네 친구니?"

나는 민정의 얼굴만 쳐다보았다. 예원이 얘기를 꺼낼 줄은 몰랐다. 동시에 교실에서 민정이 무당 흉내 내던 것이 떠올랐다.

"그 귀신 들린 니 친구가 이혁이 의사 된대? 넌 의사부인 되고? 훗."

민정이 몸을 돌렸다. 그 애의 긴 머리 타래가 내 얼굴을 획 쳤다.

"재수 없어. 구질구질한 애들이 끼리끼리 노네."

민정이 체육관 앞으로 가자 세은이 민정의 가방을 들고 일어났다. 세은이 나를 돌아보고 민정과 함께 교문을 향해 걸어갔다. 나는 의자에 앉았다. 손에 들고 있었던 미지근해진 커피 우유를 마셨다. 커피 우유의 끝맛은 너무 달았다. 토하고 싶었다. 커피 우유든 눈물이든.

숲 같기도 했고 들판 같기도 했다. 아이들이 동그랗게 원을 그린 채 앉아 노래를 불렀다. 누군가 일어나 원 가운데로 들어가 노래를 부르며 춤을 췄다. 노래와 춤이 끝났을 때 한 아이가 손을 들어 누군가를 지목했다. 나였다. 옆자리에 앉은 아이들이 나를 일으켜 세웠다. 나는 원 가운데로 떠밀려 나갔다. 내가 뭔가를 말하자 누구인지 나를 향해 욕을 했다. 동그랗게 앉아 있던 아이들이 일제히 병을 집어 들었다. 병을 바닥에 쳐 깼다. 동시에 깨진 병을 들어 나를 향해 던졌다. 나는 그 자리에 선 채 병 조각과 파편이 내 몸에 꽂히는 것을 바라보았다. 병 조각조각이 내 얼굴과 몸에 꽂혔지만, 피가 나지 않았다.

동쪽 창문을 두드리는 소리가 들렸다. 잠결에 일어나

창문을 열었다. 비가 내리고 있었다. 어둠 속에서 젖은 나뭇가지들이 반짝거렸다. 핸드폰으로 시간을 확인했다. 새벽 네 시 사 분. 다시 이불 속으로 들어갔지만 꿈이 선명하게 되살아났다. 심리적인 꿈이 분명했다. 꿈에 숲속에서 춤을 추는 장면이 보였다. 대관령 산신제에서 신목 베기 장면을 떠올렸던 것이 꿈에 간접적으로 나타났을 것이었다. 깨진 병 조각이 내 몸에 날아와 박혔을 때, 꿈속에서 나는 시원함을 느꼈다. 병 조각이 몸에 박혔을 때, 피가 흘렀던가. 꿈에 피를 보면 오히려 좋은데. 잠이 올 것 같지 않았다.

컴퓨터를 켰다. 달항아리에는 새로운 글이 없었다. 그동안 내가 쓴 해몽을 읽어 보았다. 지독하게 나쁜 꿈에는 일부러 에둘러 해몽한 게 티가 났다. 민정의 인스타그램에 들어갔다. 민정이와 세은이 얼굴 사이 크고 탐스러운 목련 한 송이 놓고 찍은 사진이 보인다. 역시, 꽃은 꽃끼리 벌레는 벌레끼리, 킥.

민정의 목소리가 들렸다. 킥. 민정은 말끝에 킥, 헥, 헉, 학이라는 단어를 붙였다. 그 습관이 톡톡 쏘는 재밌는 화법이라 여겼는데 킥, 이란 단어가 가슴을 아프게 찔렀다. 점심시간에 민정이 신들린 무당 흉내 내던 모습이 떠올랐다. 캬아아, 정말 무당 같아. 넌 의사 마누라 되겠어, 의사 될 놈 잘 꼬셔 봐. 얼굴이 달아올라 화끈거렸다. 그래서 깨진 병 조각이 얼굴에 들러붙는 꿈을 꾼 거였다.

율이 말했다. 김옥심의 소리를 두고 누군가 말했다고 했다. 울고 싶은데 눈물이 안 나올 때, 김옥심 명창의 소리를 들으면 저절로 눈물이 쏟아진다고. 유튜브 검색창에 김옥심을 쳤다. 여러 채널을 둘러보다 간신히 음악을 들을 수 있는 곳을 찾았다. 아리랑이 있었다. 1964년 영국 옥스퍼드 대학에 있던 민속학자 존 리비가 한국에 디지털 녹음기를 들고 와 직접 녹음해 간 곡으로 '존 리비 컬렉션'에 포함되어 있다는 해설을 읽었다. 장구에는 이정열, 단소에는 명창 이정배라고 적혀 있었다. 아리랑을 틀어 놓고 침대에 누웠다. 이 아리랑은 할머니의 LP 음반에도 없는 곡이었다.

김옥심의 소리를 들을 때면 어김없이 그의 삶이 할머니의 삶과 겹쳤다. 오늘은 예원의 구수한 목소리가 뒤섞여 들리는 것 같았다. 정식으로 낸 음반이 아니라 녹음기에 녹음된 것이어서인지 잡음이 섞여 바로 곁에서 부르는 것처럼 들렸다. 빗물과 뒤섞여 불어난 남대천 흐르는 소리와 뒤섞였다. 얇은 홑이불에 감긴 내가 물과 함께 흘러 바다로 떠내려가는 것 같았다.

아리랑, 아리랑, 아라리요.

○

　교복 치마가 비에 젖었다. 어제 치마와 블라우스를
빨아 옷걸이에 걸어 내 방에 두었다. 그런데 밤에 내 방
에 들어온 할머니가 치마가 마르지 않을 것 같아 마당
건조대에 널어 두었다고 했다. 비가 그치고 강한 햇살이
마당 가득 떨어졌지만, 치맛단에 빗물이 치렁치렁 매달
렸다. 나는 새벽에 비가 내린 것을 알았지만 마당에서 치
마가 비에 젖고 있을 줄은 꿈에도 생각 못 했다. 할머니
는 미안해하며 수건으로 치마를 감싸서 짰다. 나는 다
리미를 꺼내 치마를 다렸다. 다리미가 치마에 닿자 치직,
소리를 내며 연기가 피어올랐다. 치마 겉만 대충 다리고
입었다. 치마의 물기를 다 빼려다가는 지각할 것 같았다.
허리와 배에 닿는 부분이 축축했다. 가방을 들고 대문을
나서는데 할머니가 가제 손수건을 가지고 나와 치마 안

쪽 배에 대 주었다.

버스 안은 한산해서 나는 뒷문 쪽에 혼자 서 있을 수 있었다. 수건에 물이 스며들어 허리께가 묵직했다. 버스에서 내려 손수건을 꺼냈다. 걸음을 걸을 때 맨살에 젖은 치마 허릿단이 닿아 간지러웠다. 그늘진 교실에 앉자 하체가 차가워졌다. 영어 선생님이 곧바로 들어와 수업이 시작되었다. 다행히 제일 뒷자리에 짝 없이 있어 휴지로 치마 속 물기를 닦아낼 수 있었다. 교복에 휴지 보풀이 달라붙었다. 민정은 뒤돌아보지 않았다. 영어 수업이 끝나자마자 체육복 바지로 갈아입으려다 관두었다. 교복 치마에서 물기가 조금씩 마르는 것이 피부로 느껴졌다. 이상하게 물기가 몸에 익숙해지자 마음이 차분해졌다. 축축한 느낌이 싫지 않았다. 몸에 닿지 않은 치마 밑자락은 빠닥빠닥 말라 갔다.

4교시가 끝났을 때, 세은이 민정이 자리로 와 섰다. 그 애는 리본 타이를 고쳐 매며 내 옆자리에 앉은 이혁 쪽을 흘긋 쳐다보았다. 오늘 점심 메뉴 대박, 프라이드치킨이야. 빨랑 가자, 야, 전이혁. 식당에 같이 갈래? 이혁은 이어폰을 끼운 채 턱을 괴고 칠판을 보고 있었다. 세은이 몸을 돌려 손을 이혁의 얼굴 앞에 대고 흔들었다. 나는 수학 숙제를 할 생각으로 문제집과 연습장을 챙겨 일어나 교실 뒷문으로 나왔다. 급식실로 가는 복도에는 아이들 웅성거리는 소리를 뚫고 튀긴 기름 냄새가 번졌다. 프라이드치킨을 좋아했다. 그러나 혼자 식판에 담긴 치킨을 먹으며 비웃음 담긴 시선을 받으니 그냥 매점에서 우유와 빵을 사 먹기로 했다. 다행히 매점은 텅 비었다. 나는 느긋하게 메이플 시나몬 와플을 주문했다.

우유와 와플을 들고 체육관 쪽으로 갔다. 햇살이 직각으로 떨어졌다. 의자 등받이에 기대 교복 치마를 쫙 폈다. 우유를 한 모금 마신 후 와플을 먹었다. 와플에서 시나몬 향이 아닌 치킨 냄새가 나는 것 같았다. 치킨 맛을 떠올리며 먹는 시나몬 와플은 빽빽했다. 남은 우유를 한꺼번에 마신 후 엉덩이 끝을 의자에 대고 다리를 쭉 뻗었다. 의자를 손으로 잡은 채, 하늘을 올려다보았다. 축축한 허리께로 햇살이 떨어지자 미지근한 온기를 느낄 수 있었다. 수학 문제집에서 복소수 문제를 연습장에 옮겨 적었다. 복소수 식의 값을 구하는 문제에서 거듭제곱이 2017이었다. 문제집은 중고 서점에서 샀다. 아마 이 문제는 2017년을 겨냥해 출제했을 거였다. 나는 2017 숫자 대신 2021로 바꿔서 풀었다. 결과는 똑같이 1이었다.

숫자를 다시 2023으로 바꿔 −1이라 답을 썼다. 1이라는 숫자에 마이너스가 붙었는데 마치 내 감정의 상태처럼 여겨졌다. 괜찮았다. 이제 이 년만 더 버티면 다시 1이 되는 거였다.

교실에선 튀긴 기름 냄새가 났다. 자리에 앉을 때 민정이 힐끗 뒤돌아보았다. 민정이는 옆자리 짝꿍에게 S고 예원이라는 아이를 아는지 물어봤다. 민정 짝이 자신과 같은 중학교였다고 대답하니 예쁘냐고 물었다.

"예쁘긴 통통녀야. 걔 사진 보여 줄까?"

민정과 민정 짝이 핸드폰을 들여다보며 킥킥거릴 때 미술 선생님이 들어왔다. 선생님은 지난 시간에 이어 수행평가를 완성해 이번 주까지 개별적으로 제출하라고 했다. 수행평가는 자기 방 만들기였다. 지난 시간에 하드보드지로 직사각형 방을 만들어 놓았고 두 개의 창과 침대를 만들어 놓았다. 방을 만드는 것보다 내 방 창에서 보이는 풍경이 더 멋진데 그것을 표현할 방법이 없었다. 책상을 만들어 책상다리 밑을 접어 목공 풀로 바닥에 붙였다. 컴퓨터 모니터와 좌판을 만든 후, 작은 정사각형 종이에 좌판 부호 하나씩을 만들었다. 둥근 받침대에 올린 컴퓨터 모니터가 삐뚜름하게 세워졌다.

무당들은 타고난 손재주가 있었다. 할머니도 그렇고, 꽃을 피우는 율도 꽃을 매만지는 예원이도 여진 언니도 손재주가 뛰어났다. 유독 나만 손재주가 없었다. 민정과 민정 짝이 하는 말소리가 들렸다.

"얼굴도 후지고 몸도 짱인데 어떻게 유튜브를 찍을 생각을 할까?"

"그러니깐. 걔 인스타그램에 유튜브 채널 오픈한다고 써 놨더라. 악플 백 개 달렸어."

"귀신에 홀리면 창피한 것도 없나 봐?"

나는 얼굴과 귀가 확확 달아올랐다. 한 갈래로 묶은 민정의 머리채를 휘어잡고 뒤흔들고 싶었다.

민정의 목소리를 애써 듣지 않으려 하며 컴퓨터 자판을 붙였다. 창밖 풍경을 표현할 방법이 떠올랐다. 컴퓨터 모니터 화면에 남대천을 그려 넣는 것. 모니터에 붙일 직사각형 종이를 잘라냈다. 오늘은 집에 갔다가 예원한 테 가야겠다. 유튜브 채널을 만들지 말라고 설득해야 하나. 그건 예원이가 선택한 건데 내가 왈가왈부할 수 있는 문제인가. 예원에게 가기 전에 율과 상의를 하는 게 좋을 듯싶었다.

골목 모퉁이를 도니 할머니가 대문을 걸어 잠그고 있었다. 걸어 봤자 문틈으로 손을 집어넣어 열 수 있었다. 율의 집 앞에서 할머니는 걸음을 멈추고 나를 올려다보았다. 내 손에 들려진 미술 수행평가를 보곤 과장되게 잘 만들었다고 칭찬했다. 이렇게 골목에서 만나면 할머니는 여느 할머니와 다를 바 없었다. 꽃무늬가 화려한 옷과 짙은 화장으로 인해 좀 멋을 부리는 축에 속하겠지만.

"어디 가?"

"응, 중앙 시장. 저녁 전에 오지 싶은데. 배고프나?"

"한복 맞추러 가는구나?"

할머니는 다른 핑곗거리를 생각해내려다 이내 실패한 표정을 짓고 쌔액 웃었다.

"싼 걸로 해. 매년 새로 해 입어야 좋아?"

"서낭님 부부 혼례에 참가하는데 옷 한 벌 못 해 입을 정도로 할미 궁색하지 않아."

"다녀와."

더 긴 잔소리를 예상했던지 할머니는 내 얼굴을 살폈다. 나는 할머니를 지나쳐 걸었다.

"소리, 뭔 일 있었나?"

나는 걸음을 멈추고 뒤를 돌아다보았다.

"수학 시험 못 봐 야단맞아서 그래."

"공부가 뭔 대수라고. 걱정하지 마. 할미는 소리가 이렇게 잘 큰 것 신령님께 감사드려."

"같이 따라가 잔소리해 줘?"

"그건 고만 됐고 들어가."

할머니는 발걸음을 재게 놀려 석천 철학관 쪽으로 걸어갔다. 분명, 예원에게 어떤 신이 들어왔는지 들었을 텐데 할머니는 나한테 한마디도 하지 않았다. 오히려 내가 예원 얘기를 꺼낼까 봐 피했다. 대문 틈으로 손을 집어넣고 문을 열었다. 마당 화단 앞에 서서 새로 피어난 꽃들을 쳐다보았다. 마음이 가라앉았다. 방으로 들어가 침대에 걸터앉아 남대천으로 향해 난 창문을 열었다. 멍하니 앉아 노란빛으로 물든 둑과 하늘을 올려다보았다. 예원은 엄마가 바다를 바라보고 있다고 말했다. 마음 같아선 안목, 송정, 강문, 경포, 사천, 주문진 바다를 찾아다니고 싶었다. 엄마를 알아볼 수 있을까. 그런데 예원이는 어떻게 엄마라 단정 지었을까.

대문을 걸어 잠그고 율의 방으로 갔다. 율은 국악방

송을 틀어 놓고 등노래굿에 사용할 팔각탑 등을 만들고 있었다. 율은 고개를 들어 나를 확인하고 다시 대나무로 팔각탑의 뼈대를 만들었다. 나는 율 옆에 말없이 앉았다. 라디오에선 본조 아리랑이 흘러나오고 있었다. 나는 오려 놓은 노란색 종이를 들어 대나무 자를 이용해 꽃잎을 부풀렸다. 꽃잎을 부풀리며 곁눈질로 율의 얼굴을 보았다. 뾰족한 턱, 무언가 집중할 때 저절로 벌어지는 입, 가늘고 작지만 날카로운 눈. 율의 키는 나보다 작았고 몸도 왜소했지만 헤아릴 수 없이 많은 흙을 품고 있는 커다란 산처럼 느껴졌다. 말없이 담배를 피우고 있을 때는 독을 뿜어내고 있는 뱀 같았다. 나를 쳐다보며 웃어 줄 때는 모든 물을 받아들이는 바다 같았다.

라디오에서 본조 아리랑이 끝나고 기쁨의 아리랑이 흘러나왔다. 율이 고개를 들어 나와 눈을 마주쳤다. 나는 고개를 숙이고 바쁘게 손을 놀렸다. 부풀려 놓은 다섯 장의 종이를 겹친 다음에 가운데 부분을 대나무 살로 위에서 아래를 뚫어서 고정했다. 부풀린 꽃잎 밑에 녹색 꽃받침을 꽂고 그 바로 밑에 두꺼운 흰색 종이를 끼웠다. 꽃잎과 꽃받침이 흘러내리지 않도록 손가락 굵기 한 지를 둘둘 말아 올렸다. 대나무 살의 나머지 부분을 전

정 가위로 잘라냈다.

노란 국화꽃 한 송이를 피워냈다. 국화는 팔각탑을 장식하는 데에 썼다. 대나무 살을 연결하던 율이 라디오 볼륨을 줄이고 내 얼굴을 빤히 쳐다보았다.

"뭐, 왜?"

"응?"

"왜 쳐다보냐고."

"예뻐서 그러지."

"치이."

율과 같은 어른이 곁에 있다는 것만으로 위로가 되었다. 이 골목에서 나이 든 무당들이 할머니에게 신점을 보기 위해 찾아온다면 젊은 청년과 무당 자식들은 중요한 앞날을 두고 율과 상의했고 조언을 들었다. 오뚝이 무당도 예원의 일을 의논하기 위해 율을 찾아왔다고 여진 언니가 말했다. 그래서 율이 뭐라 대답했어? 내 질문에 여진 언니가 뭘 새삼스럽게 묻냐는 듯 나를 쳐다봤다.

"이런들 저런들 율은 그것도 좋고 이것도 좋네요, 했지."

오뚝이 무당은 어떻게든 대학에 가야 하니 방편으로 누름굿을 하고 학교를 보내려는데 예원은 학교엔 죽

어도 안 가겠다고 했다. 율이 누름굿을 방편으로 시간을
벌어 학교를 보내는 것도 좋고 학교에 병가 휴학을 내고
일 년 쉬든가 대안 학교로 전학하는 방법도 있고, 예원
이 똑똑하고 성실하게 자기 관리 잘하니 검정고시를 봐
서 고등학교 과정을 마쳐 오히려 더 빨리 대학 수학능력
시험을 치를 수도 있다고 오뚝이 무당에게 말했다고 했
다.

"아니지. 오뚝이 무당이야 대학 보낼 생각에 학교 보
내려고 윽박질렀을 텐데 율이 대학 가는 방법이 더 있단
걸 알려 줬잖아."

율은 에둘러 오뚝이 무당을 설득했다. 예원의 꿈은
초등학교 선생님이었다. 무당들은 예원이 공부 머리가
있고 애상이 있어 뭘 해도 똑 부러지게 한다고 했다. 실
제로 중학교 때는 따로 학원이나 사교육을 받지 않고 인
터넷 강의만 들었는데 늘 전교 석차가 한 자릿수였다.

대나무 살을 연결하던 율이 라디오 볼륨을 줄이고
고개를 옆으로 한껏 기울이고 내 얼굴을 보았다.

"입에 꿀은 안 묻었네? 어쩐 일로 꽃 피우는 걸 도와
주고? 무슨 부탁할 거 있어?"

"그냥, 꽃을 피우니 마음이 차분해지네."

"꿀 먹어 벙어리 된 줄 알았더니. 왜, 마음이 끓어올랐어? 예원이 때문에?"

"탑에 노란 국화는 몇 개 올려?"

"탑에 올릴 꽃 다 만들어 주게? 노란 국화 세 송이, 진분홍 연꽃 세 송이, 청색⋯."

"그만, 여섯 송이만. 그럼 마음이 남대천 바닥처럼 가라앉을 것 같아."

"그래."

나는 라디오 볼륨을 줄이다 껐다. 달깍. 율은 고개를 들어 나와 라디오를 번갈아 보곤 희미하게 웃으며 팔각탑을 연결한 대나무에 붓으로 풀칠을 한 후, 흰 종이를 붙였다. 나는 노란 국화잎을 부풀렸다.

"율."

"어, 왜?"

"예원이 신들린 거 맞지."

"그런 거 같더라."

"며칠 전에 예원이한테 갔었거든. 엄마가 보인대. 커다란 캐리어를 끌고 바다를 보고 있대."

"⋯⋯."

"율, 내가, 찾아가 보고 싶지만……."

나는 참고 누르던 감정이 복받쳐 올라와 저절로 목소리가 갈라졌다가 물에 잠긴 듯 먹먹해졌다.

"율이, 다리가 괜찮으면 오토바이 타고, 아니 나랑 같이 찾으러 가 줘. 할머니는 아직 화났지만, 밖에서 만나면 되잖아, 어?"

"어, 그래. 소리야, 그렇게. 여기저기 알아보고 틈틈이 바다에도 나가 볼게. 이제 좀 괜찮아졌지."

"어, 어."

율이 다시 라디오를 켰다. 고요했던 방 안에 거문고와 아쟁 소리가 들렸다. 율은 이 둘의 병주보다 거문고 산조를 더 좋아했다. 특히, 신쾌동류를 좋아했다. 나는 아쟁 소리를 들을 때면 저절로 가슴에 손이 갔다. 가슴이 쥐어뜯기는 것처럼 아팠다. 애달픈 소리였다. 나는 라디오를 껐다. 율이 쳐다보았다.

"아쟁은 너무 징징거리는 거 같지 않아?"

"소리, 말해 봐, 무슨 일이 더 있어?"

나는 진분홍 연꽃잎을 만지면서 말했다.

"엄마, 말이야. 예뻤어?"

율이 피식 웃으며 붓으로 석탑 바탕 종이에 풀칠한

후, 삼각형과 사각형으로 잘라 놓은 색종이를 탑에 붙였다. 대답을 바랐던 것이 아니었기에 나도 연꽃 받침을 만들고 마무리했다. 연꽃 세 송이를 모두 피웠다. 일어나는데 율이 올려다보며 말했다.

"소리, 씩씩하지?"

나는 율의 귀에 꽂힌 담배를 뺐다. 풀을 담아 놓은 사발에 담배를 푹 담그곤 방문을 열고 나왔다.

하대 많이 받았지요, 그 시절을 어떻게 다 말합니까. 지가 뒤늦게 막둥이 딸을 낳았는데 그땐 작게 굿판을 벌여도 경찰이 귀신처럼 찾아왔어요. 그래 버선발로 도망쳐 나왔는데 굿청 아래 눕혀 놓은 아 생각에 다시 찾아갔더랬어요. 경찰이 굿청을 다 뒤엎어 놨는데 다섯 살 딸애가 구겨진 종이꽃을 하나둘씩 차곡차곡 그러모아 놨더라고요. 할머니가 굿 중간에 무녀들의 한을 말할 때면 앉아 있던 무녀들은 옷고름으로 눈을 찍었다. 할머니와 율, 여진 언니, 참순이 무당, 오뚝이 무당. 종교로 인정받지 못하는, 신이 아닌 신을 섬기는 자들로 사회에서 업신여겨졌고 천시와 멸시를 받았다. 나는 처음으로 무당들이 섬기는 신이라는 존재를 강력하게 원망했다. 본인의 의지가 아닌 무업 전승 체계와 혈통이 지긋지긋해졌다.

그 아픔을 다 안고서도 굿을 이끌어 가는 모습이 속상했다. 그들에게 사소한 내 문제로 엄살 부리고 싶은 생각은 없었다. 차분하게 대응하면 모두 지나갈 것이었다.

대문을 나서니 물 흐르는 소리가 들려왔다. 둑 위로 올랐다가 다시 내려가 물가에 바짝 다가앉았다. 세은과 나란히 노을이 지는 교정을 걸어가다 뒤를 힐끔 돌아보며 입 끝을 올리며 웃던 민정의 모습이 떠올랐다. 나는 웅크리고 앉아 물에 손을 집어넣고 물을 휘저었다. 한 방향으로 고요히 흐르던 물은 내 손에 반응해 여러 갈래로 번졌다. 물결은 곧 흐르는 물과 만나 지워졌다. 이곳은 나의 외로움을 확인하는 공간이었다. 아주 오래전부터 외로움은 거울 속에서는 찾을 수 없는 가장 사실적인 나의 얼굴이었다. 그러나 나의 외로움을 위로받기 위해 누구든 끌어들이고 싶지는 않았다.

○

청파 여인숙에 있는 손님방 일곱 개가 모두 찼다. 이
번에는 멀리서 오는 무녀들이 아예 여진 언니 집에 짐을
풀었다. 청파 여인숙 손님은 모두 난장의 상인들이었다.
매년 단골인 이불 장수가 제일 먼저 왔고, 그릇 장수, 칼
도마를 파는 사람, 바퀴벌레약을 파는 사람, 옥도장을 새
겨 주며 염주를 파는 사람, 화분 장수도 왔다. 마지막에
드럼통을 가져다 놓고 돼지 바비큐를 만들어 파는 부부
가 방을 차지했다. 이불 장수는 올해도 오자마자 할머니
에게 손님방 이불을 바꾸라고 권했다. 할머니는 올해는
그냥 넘기고 내년에 바꿀 의향이 있다며 그의 말을 잘랐
다. 작년 단오가 끝났을 때, 이불 장수가 비가 와서 젖은
이불을 헐값에 넘긴다고 했을 때도 할머니는 그렇게 말
했다.

바비큐를 파는 아줌마가 저녁때 바비큐 두 접시를 가져다주었다. 할머니는 나에게 옥수수 막걸리를 받아 오라고 했지만 나는 싫다고 했다. 할머니가 옥수수 막걸리를 받아왔다. 할머니는 마당 한쪽에 세워 놓았던 평상을 마당 중앙 화단 옆에 끌어다 놓고 나에게 나오라 했다. 마침 쉬러 들어온 화분 장수에게 할머니는 막걸리를 권했다. 그는 마당 한쪽에 있는 부엌에서 라면을 끓여 왔다. 마루에 있던 단오제 안내 책자를 가져와 밑에 깔고 라면 냄비를 그 위에 올렸다. 할머니는 호들갑을 떨며 냄비를 들어내고 책자를 뺐다. 화분 장수가 단오 터에 넘치는 책자인데 뭐 그리 애지중지하냐고 말했다. 책은 다 중요해, 라고 말하며 할머니는 책자를 들어 손으로 닦았다.

할머니는 문서와 책을 중요하게 여겼다. 할머니는 책을 많이 읽는 사람을 제일 훌륭한 사람으로 쳤다. 할머니는 율이 말수가 없어 의뭉스럽고 행동이 느리다고 핀잔을 주었지만 율에게 늘 존대했다. 무가를 구연하다 할머니가 마음대로 뭔가를 덧붙였으면서도 책에 찾아보니 그럽디다, 라고 어물쩍 넘어가며 율의 눈치를 살폈다.

"보살님 살이 낀 거 풀면 좋아지남요?"

"무턱대고 좋아질 순 없지."

"마누라가 도화살인지 역마살이 꼈는지 내가 집만
비우면 애들끼리 냅두고 바깥으로 돌거든요."

"살풀이는 우산 같은 거야. 비가 올 때 우산이 있으
면 일단 마음이 든든하지. 또, 비에 덜 젖고. 그런데 강풍
과 큰비에는 우산도 소용없어. 그래도 우산 없는 것보다
는 있는 게 마음이 덜 젖겠지."

화분 장수는 고개만 끄덕였다. 굿이나 부적을 우산
에 비유한 것은 율의 말이었다. 할머니는 오는 손님마다
그렇게 얘기했다. 어떤 때는 굿당에서 율이 옆에 있어도
그 말을 했다. 할머니는 사람들을 둘러보며 화단 옆 수도
에서 세수했는지 물었다. 화분 장수가 자신은 공동욕실
에서만 씻었다고 대답했다. 할머니는 오늘 아침 누군가
화단에 비눗물을 쏟은 것 같다고 말했다. 화분 장수가
한두 번 마신 비눗물로 꽃이 죽지는 않는다는 위로를 했
지만, 할머니는 오히려 더 화를 냈다. 할머니는 알지 못
하는 상대에 대해 욕을 해 가며 범인 취급을 했다.

결국, 화분 장수가 좋은 비료를 주겠다는 약속을 하
자 화가 좀 풀렸는지 막걸리를 따라 주었다. 화분 장수
가 라면을 다 먹고 막걸리 세 사발을 마신 후, 먼저 일어

났다. 할머니는 그의 등에 대고 꽃을 다루는 사람이니 비상식적인 행동을 하진 않았겠지, 라고 덧붙였다. 할머니는 남은 막걸리를 다 마셨다. 바비큐 남은 몇 점이 식어 기름이 돌돌 말렸다. 치우는 거는 소리가 해, 하며 할머니는 방으로 들어갔다. 나는 평상 위를 정리한 뒤 할머니 방으로 갔다.

할머니는 엎드려 무가 사설을 적어 놓은 것을 읽고 있었다. 내가 다가가자 너덜너덜한 종이를 간추려 보자기에 싼 후 장롱 안에 숨겼다.

할머니는 술기운에 글씨가 흐릿하게 보인다는 핑계를 댔다. 내가 읽어 보고 맞춤법이 틀렸다고 참견할까 미리 피하는 거였다. 베개에 머리를 받치고 둘둘 만 이불 위에 다리를 올리고 누웠다. 내가 발 마사지를 한 뒤 종아리 근육을 풀기 시작하자 할머니는 잠들면 아홉 시에 깨워 달라고 했다. 나는 건성으로 알았다고 대답하고 다른 쪽 발을 잡고 엄지로 지압했다. 할머니는 단오 터에서 누군가 부르는 노랫가락을 따라 부르다 이내 코를 골기 시작했다. 숨을 내쉴 때마다 옥수수 막걸리 냄새가 덩달아 따라 나왔다.

아홉 시부터 전야제 불꽃놀이가 시작되었다. 작년에

는 비가 와 구경하는 사람들이 별로 없었다. 여진 언니와 우산을 쓰고 불꽃놀이 중인 단오 터 가까이 갔었다. 불꽃이 바로 머리 위에서 떨어져 우리는 불똥이 우산에 떨어지지 않도록 피해 다녔다. 폭죽이 터질 때마다 엄청난 굉음이 나서 귀를 막아야 했다. 생각해 보니 작년에 예원에게 불꽃놀이 가자고 찾아갔을 때 예원이는 백팩을 두 개나 들고 밖으로 나가는 중이었다. 단오 동안 단오 터에서 제일 먼 곳에 있는 독서실에서 공부할 거라고 했다. 다섯 개나 틀렸어, 라고 짜증 섞인 목소리로 낮게 말했다. 무슨 과목을? 나는 예원이 공부 잘하는 걸로 알았기에 내심 놀라 물었다. 뭐래? 전 과목. 나와 여진 언니가 입을 벌리고 놀라는 동안 예원은 야무지게 웃고는 먼저 대문을 나섰다.

어제도 예원의 방문 앞에 앉아 있다가 왔다. 오뚝이 무당은 나를 보곤 못마땅한 표정으로 인사를 받았다. 방문을 열어 달라는 말에 대답도 없었다. 예원은 밥과 세수, 용변, 모두를 방에서 해결한다고 했다. 예원의 방에서도 폭죽 터지는 소리가 들릴 것이었다.

남대천을 향한 창을 열고 침대에 걸터앉았다. 둑 위를 지나다니는 사람들이 시야를 가려 불꽃을 구경하기에는 좋은 장소 같지 않았다. 민정과 단오 기간에 꼭 할 것 두 가지 계획을 세웠다. 하나는 불꽃놀이 사진을 찍는 것, 다른 하나는 함께 서커스를 관람하는 거였다. 민정은 사진을 찍기 위해 아빠 카메라를 빌려 들고 단오 터에 와 있을지도 몰랐다. 불꽃놀이가 시작될 예정이라는 안내 방송이 들렸다.

율은 전화도 받지 않고 여러 번 문자를 보냈는데 읽지도 않았다. 나는 율의 전화 연결음이 안내 멘트로 이어질 때까지 침을 삼키며 긴장했다. 혹, 엄마를 만났을까. 음식점에 있거나 술을 마시고 있을 거라는 간절한 바람은 그가 혼자 오토바이를 타고 해변 도로를 천천히 달리는 모습까지 상상하게 했다. 결국 포기하고 여진 언니에게 불꽃놀이 어디서 볼 거냐는 문자를 보냈다. 언니는 불꽃놀이 볼 기분이 아니라는 답 문자를 보내왔다. 지금 어디냐는 내 질문에 언니를 위해 축원이나 해 달라는 답이 왔다. 여진 언니와 몇 번 문자를 주고받다 보니 엄청난 소리와 함께 첫 번째 폭죽이 하늘로 올라갔다. 하늘에서 불꽃이 흩어졌다. 둑 위에서 서성거리는 사람들이 불꽃을 가렸다. 방에서 나가 대문을 잡고 천천히 열었다.

둑 위에서는 하늘 위로 올라간 폭죽이 터져 불꽃이

사그라지는 것까지 잘 보였다. 색색의 불꽃이 다양한 무늬를 만들며 터졌다. 폭죽이 터질 때마다 사람들의 함성이 들려왔다. 움직이는 사람, 둑 위에 서 있는 사람, 난전에서 물건을 파는 사람 모두 불꽃이 터질 때마다 일제히 한곳을 올려다보았다. 노란 불꽃이 흩어지면 옆 사람의 이마가 노랗게 물들었다.

남대천 물 위에는 각자 소원을 담은 연등이 흘러갔다. 작은 불꽃을 흔들며 연등은 바다와 만나는 안목까지 흘러갈 것이었다. 시멘트로 다져 놓은 둑 아래로 내려가 앉았다. 손을 뻗어 물을 적셨다. 여진 언니는 굿당에 있으면 몸에서 열이 올라온다고 했다. 언니는 굿 막간에 물 가까이 내려가 손에 물을 끼얹었고 목에 두르는 손수건도 물에 적셨다. 굿이 끝난 밤에는 저고리와 치맛자락이 젖는 줄도 모르고 물을 끼얹었다. 비에 젖은 교복 치마를 입었을 때 여진 언니가 떠올랐다. 언니는 젖은 천이 몸에 감기면 마음을 차분하게 해 준다는 것을 알고 있었던 거다.

물 가까이 앉아 있으면 여러 가지 소리가 들렸다. 흰 천막이 씌워진 아무도 없는 굿당에서 장구, 꽹과리 소리가 들려오고 엿장수가 부르는 품바 노랫소리도 들려왔다. 난전에서 값을 흥정하는 소리, 호객 행위를 하는 소리, 어느 주점에서 들려오는 노랫소리. 그 모든 소리가 물에 엉키고 휘감겨 흘러갔다. 할머니는 꼬박 오십 년을 이 천변에서 굿을 했다. 내년 아니 십 년이 지난 후에 여진 언니는 이 천변에서 굿을 하고 있을까. 아마 그럴 것이다. 예원이는 어떻게 될지 잘 모르겠다. 의지가 강한 예원이는 선생님이 되기 위해 최선을 다해 노력할 거다. 그런데 오뚝이 무당 또한 절대 포기하지 않을 거였다. 오뚝이 무당은 예원이 무업을 잇지 않으면 비명횡사하는 사주를 받고 태어났다고 했다. 예원이 지긋지긋해하는 부분이 그런 거였다. 맹신. 특히 오뚝이 무당은 율과 비슷한 나이로 젊은 무당 축에 속한 편인데도 대관령 산신에 맹목적으로 정성을 다했다. 예원과 여진 언니가 나란히 굿당에 앉아 있을 때 나도 곁에 앉겠다고 떼를 쓴 적이 있다고 했다. 어렸던 나는 그녀들이 색이 화려하고 하늘하늘한 한복을 입고 나란히 앉아 있는 게 부러웠던 것 같다. 몇 년 후, 나는 어떤 생각을 하며 이곳에 앉아 있을까. 예측할 수 없는 미래가 더디고 느리게 오는 것 같아 초조했다.

불꽃놀이가 끝나자 갑자기 많은 인파가 몰려나왔다.

나는 사람들을 피해 얼른 청파 여인숙으로 들어갔다. 할머니 방문을 여니 할머니는 옥수수 막걸리 냄새로 어수선한 방에서 코를 골며 잠들어 있었다. 코 고는 소리가 격하게 들렸다. 할머니를 옆으로 돌아눕혔다. 코 고는 소리가 멈췄다. 방문을 조금 열어 두고 내 방으로 가 컴퓨터를 켜고 카페, 달항아리로 들어갔다. 오늘 하루 카페 방문자는 서른 명이 넘었다. 며칠 전 정식 회원이 된 닉네임 유라가 처음으로 해몽을 부탁했다.

안녕하세요. 등업 고마워요. 엊그제 왔다가 그냥 해몽을 읽다 갔어요. 녹색구름, 어떤 분인지 모르겠으나 무료로 해몽해 준다는 것은 고마운 일이네요. 해몽을 꼭 받고 싶은 특이한 꿈을 꾸었을 때는 정말 궁금하거든요. 유료 사이트는 터무니없이 비싸고. 암튼, 즐겨찾기에 추가해 놓았어요. 해몽 부탁드려요.

저는 기차가 지나가는 꿈을 많이 꿉니다. 흰 연기를 뿜어내며 달려오는 검고 거대한 증기 기관차가 내 바로 앞을 휙 지나가는 꿈을 꾼 적도 있어요. 검은 화물차에 석탄을 가득 실은 기차가 콜타르를 뚝뚝 떨어뜨리며 지나가는 꿈도 꿨고요. 어제는 어렸을 때 봤던 검은색과 주황색으로 된 무궁화호 기차를 향해 달려가던 내가 기차에 치여 죽는 꿈을 꿨어요. 너무나 놀라 깼는데 이거 나쁜 꿈인가요?

기차에 관한 꿈은 대체로 흉몽으로 알고 있지만 길몽으로 보는 해몽이 더 많다. 기차의 상징은 작품, 승진, 사업 상승, 명예를 얻고 합격, 어려운 관문 통과 등 만족스러운 결과를 얻는다고 나와 있다. 특히 기차에 치여 죽는 꿈은 오랫동안 공들인 논문이나 시험이 통과되고, 언론이나 출판사를 통해 작품의 성취를 이룬다는 의미였다. 다만 기차에서 도중에 하차하는 꿈, 기차 철교를 걸어서 지나가는 꿈, 기차의 내부를 들여다보는 꿈은 흉몽에 속했다. 추진하는 일에서 예상하지 못한 장애를 만나거나 분수에 맞지 않는 일을 시작하여 불안감에 떨 경우에 이런 꿈을 꾼다고 한다. 그 외에는 대부분 길몽의 상징이었다.

나는 길몽이며, 지금까지 공들여 온 일이나 학업 등에서 좋은 결과나 성적을 얻을 것 같다는 내용을 길게 썼다. 그리고 처음 해몽하는 회원에게 늘 적는 문구를 첨

가했다. 무의식인 꿈을 해석하고 연구하는 중인 저는 통계적인 상징을 우선으로 적지만 모든 꿈에 적용되는 것은 아니니 맹목적으로 믿지는 말고 유연한 태도로 달항아리를 들어왔으면 좋겠고 좋은 인연을 오래 유지하고 싶으니 서로 예의를 갖추자고 적었다.

수국공무원의 꿈을 열 개 정도 컴퓨터에 옮겨 적고 해몽했다. 침대에 눕기 전 율에게 전화했지만 역시나 받지 않았다. 차 상자에서 호두나무잎 세 장을 꺼내 베개 밑에 넣고 누웠지만 잠이 오질 않았다. 나는 분홍 원피스에 우윳빛 스웨터를 걸친 엄마가 율과 나란히 오토바이를 타는 꿈을 만들어 줬다. 새파란 하늘에 흰 구름이 선명한 바다다. 내가 꾸는 꿈에서 그들은 환하게 웃었다.

○

내 방이 빨간 케첩으로 뒤범벅되어 있었다. 종례 전,
청소 시간을 이용해 수행평가를 제출하려고 사물함을
열었을 때 케첩 냄새가 났다. 침대와 창문, 컴퓨터 모니
터 화면의 남대천, 의자 위에서 흘러내리던 케첩이 꾸들
꾸들 말라붙어 있었다. 사물함에서 꺼낸 내 방을 들고
서 있는 나를 보고 남자애들이 코를 잡고 손사래를 쳤
다. 여자애들이 더 무섭다니깐. 나는 케첩으로 범벅이 된
내 방을 들고 교무실로 갔다.

미술 선생님에게 내 방을 보여 줬을 때, 선생님은 인
상을 찌푸렸다. 간수 못 한 내 책임에 대해 말했다. 선생
님은 그 상태로는 점수를 줄 수 없다고 했다. 사흘 시간
을 줄 테니 다시 만들어 제출하라고 무심하게 말했다. 교
무실에서 나와 창고 뒤로 갔다. 같은 반 남학생 두 명이

창고 뒤에서 몰래 담배를 피우고 있다 화들짝 놀랐다. 쓰레기 분리수거함 중, 종이류 통에 내 방을 놓았다. 걸어 나오다 되돌아가 내 방을 다시 꺼내 들고 남학생들에게 다가갔다.

"여기서 담배 피우면 안 되잖아. 선생님께 안 이를 테니 라이터 좀 빌려줘."

"뭐래. 너도 펴?"

남학생은 놀라면서도 라이터를 줬다. 나는 방 귀퉁이에 불을 붙였다.

"와씨. 놀랐어. 쟤 방에 불내네."

불붙은 내 방이 화르륵 타들어 가는 것을 쪼그리고 앉아서 바라보았다. 내 사물함을 열고 케첩을 짜 넣었을 손을 떠올려 보았다. 그 손이 누구의 손인지 자꾸 짐작하게 되니 더 괴로웠다. 청소 시간이 남았지만, 교실로 돌아갔다.

내 책상에 낙서가 되어 있었다. 지긋지긋했다. 커다란 칼 위에 한복을 입은 사람이 있었다. 피가 떨어지는 칼을 들고 있는 아이도 있었다. 한두 명이 아닌 여러 명이 그리고 썼는지 낙서의 방향은 제각각이었다.

'최연소 귀신 들린 애' '그 애 옆에 꿈 해몽해 주는 애'

'그 애 옆에 무당 할머니' '책 빙의? 아니 귀신 빙의' '남주는 어디에?' '이거 완전 웹소설이네.' '이거 학폭 아냐?' '응, 아니야.' '롤링 페이퍼야.' '나, 너 좋아.' '우리 사귀자.'

알록달록한 네임펜에 예쁜 글씨체로 쓰인 낙서는 정말 롤링 페이퍼 같다. 나는 핸드폰으로 책상 상판을 사진 찍었다. 찰칵찰칵, 소리에 몇 명의 아이가 뒤를 돌아보았다. 내 자리에 앉아 무표정하게 교실을 둘러보았다. 사복으로 옷을 갈아입은 남자애들 몇 명, 웃고 떠드는 여자애들. 누구 하나 내 사물함과 책상에 관심 없어 보였다. 마치 방은 내가 망쳐 놓았고 책상의 낙서도 내가 몰래 해 놓은 것처럼. 책상 위에 수국공무원의 꿈 복사지 몇 장을 꺼내 펼쳐 놓았다. 눈에 들어오지 않았지만 꿈을 읽었다. 사 분단 앞쪽에 모인 아이들이 영신제에 대해 말했다. 단오가 유네스코 인류 구전 및 무형유산 걸작으로 선정된 후부터 학교에서는 단오에 관한 숙제를 내주었다. 교실의 수많은 소음 중 유독 그쪽 소리만 들려왔다. 민정은 오늘 결석한 하인이 자리인 사 분단 앞자리로 옮겨 갔다. 과학실험실을 청소하고 종례 시간에 맞춰 교실로 돌아온 이혁이 민정의 자리가 빈 것을 보고 나를 보았다. 담임은 오늘부터 단오 끝날 때까지 선생님들이

번갈아 단오장 순찰을 나갈 거라 했다. 밤 여덟 시 이후
에는 단오장 근처를 돌아다니지 말고 일찍 귀가하라는
말을 거듭했다. 담임이 교무수첩을 챙기자마자 나는 가
방을 들고 일어났다. 곧바로 학교 앞 버스 정류장으로 갔
다. 기다리고 있는 버스에 올라타 운전석 뒷자리에 앉았
다.

교실에 남은 아이들이 내 책상을 쳐다보며 웃는 모
습이 눈에 선했다. 낙서가 된 내 책상은 텅 빈 교실에서,
어두워진 교실에서도 낙서가 된 채 남겨져 있을 것이었
다. 버스는 장난치며 천천히 걸어오는 아이들을 기다렸
다. 아이들은 버스에 타자마자 뒷자리로 몰려갔다. 다행
히 민정과 반 아이들이 오기 전에 버스가 출발했다. 버
스는 도심으로 갈수록 막혔다. 나는 중간에서 내려 걸었
다. 시내에 유일하게 남은 선율 레코드사에 들어가니 아
저씨가 알아보았다.

"학생이구나? 주문한 시디 왔어."

아저씨는 나흘 전 주문했던 시디를 꺼내 주었다. 이
승희 해금풍류2 남창가사 CD 음반과 황진아 한갑득류
거문고 산조 음반이었다. 율을 위한 거였다. 이걸 받으며
휘어지게 웃을 율은 엄마에 관해 알아낸 것을 이실직고

할 수밖에 없을 테다.

라디오에서 이승희 해금풍류2 음반 중 우조언락을 듣는 순간 율을 떠올렸다. 남창 가사는 여창이 부르는 것보단 귀에 익숙하지 않았지만 창 없이 해금 연주여서 귀에 와닿았다. 현과 관 사이를 넘나드는 해금은 가슴을 쥐어뜯는 듯한 아쟁에 비하면 뭐랄까, 절제된 감정을 표현한 선율이었다. 청량감이 드는 초저녁의 숲 같달까. 나흘 전 이곳에 와서 LP 음반을 찾았다. 주인아저씨는 이제 한국에서 레코드판을 제작하지 않는다고 했다. 요즘 누가 음반으로 듣냐며 마지막 남아 있던 서라벌 음향도 오래전 문을 닫았다며 아쉬워했다. 하는 수 없이 나는 시디를 주문했다.

"이런 음반 찾는 사람도 있구나. 나도 한번 들어 봤는데 희한하게 끌리더라. 팔릴지는 모르겠지만 몇 개 더 주문해 놨어. 학생 국악부야?"

"아뇨."

나는 시디를 받아 가방 안에 넣고 나왔다. 곶감 시장에 다다르자 사람들이 많아졌다. 바비큐 굽는 냄새와 감자전 냄새가 뒤섞여 났다. 차량을 통제하는 경찰들을 지나쳐 골목으로 들어섰다. 골목에도 행인들이 줄을 지었다. 둑 위에는 화분, 옷, 그릇 가게 난전이 펼쳐졌다. 석천 철학관을 지나 율의 방 앞에 섰다. 나는 발꿈치를 들고 열린 창으로 고개를 들이밀고 안쪽을 살폈다. 율은 보이지 않았다. 청파 여인숙 바로 옆 둑 위에는 옷을 파는 난전이 들어섰다. 임시로 만든 줄 위에 알록달록 매달려 펄럭이는 옷에 묻혀 붉은 서낭기가 힘없이 가라앉았다. 열린 대문을 밀고 들어갔다. 여인숙 손님 두 명이 마당 한쪽에 세워 두었던 평상을 화단 옆에 놓고 앉아 술을 마시고 있었다. 여인숙 다른 손님들은 장에 나갔을 시각인데 초저녁부터 술이라니. 나는 그들을 본체만체하고 얼른 내 방으로 들어갔다. 그들은 단오 터에서 들리는 소리보다 더 크게 말하기 위해 악을 쓰는 것처럼 보였다. 창문을 열면 둑 위에 걸어 둔 옷가지들이 보였고 단오 터에서 들리는 안내 방송이 고스란히 내 방으로 쏟아져 들어왔다. 창문을 닫고 방문을 걸어 잠그고 옷을 갈아입는데 밖에서 누군가 내 방문을 쳤다.

"학생. 이봐, 학생."

"왜요?"

나는 방문을 열지 않고 대답했다.

"문 열어 봐. 뭐가 왔대."

옷을 갈아입고 방문을 여니 택배 배달원이 택배 상자를 들고 서 있었다.

"핸드폰으로 아무리 전화해도 안 받아서."

택배 배달원은 종이를 내밀며 사인을 하라고 했다. 할머니 이름이었다. 상자는 사과 상자 크기였고 무거웠다. 일단 옷은 아니었다. 할머니는 홈쇼핑에서 옷은 안 산다고 했다. 옷은 입어 보고 감촉을 느끼며 사야 한다고 주장했다. 말은 그렇게 했지만 지난겨울 홈쇼핑에서 맞춤 보정 속옷을 샀다. 턱없이 고가인 속옷 값에 내가 입을 벌리자 할머니는 허리 교정이 된다는 특수속옷이랬다. 할머니는 그 나이의 다른 할머니들에 비해 허리가 나무 도마처럼 편평했다. 허리 교정은 다 핑계였다.

할머니 방으로 들어가 상자를 펼쳤다. 상자 안에는 다리 마사지 기계가 들어 있었다. 요즘 다리 마사지를 해 달라고 했던 이유가 다 있었다. 나는 상자를 펼쳐 놓은 채 방 한가운데에 놓아두고 나왔다. 마루로 나오자 손님 중 한 명이 물었다.

"학생, 어디 고등학교 다녀?"

나는 대답하지 않았다.

내 방에서 가방만 꺼내 들었다. 방문을 걸어 잠갔다.

내가 움직이는 것을 말없이 쳐다보는 두 남자의 시선이 느껴졌다. 소름 끼쳤다. 종아리까지 소름이 돋아났다. 율의 집까지 걸어가며 멀리서 들리는 엿장수 가락을 들었다. 생사륜, 삶과 죽음 사이를 도는 바퀴, 다른 곳에선 볼 수 없는 동춘서커스 5회차 시작 십 분 전, 빨리빨리 오세요. 일곱 살 사내아이를 보호하고 있습니다. 주문진에서 온 민준 엄마, 본부석으로 와 주십시오, 라는 방송이 들렸다. 가까이에서 허리띠, 오천 원, 만 원 하는 소리를 들었다. 단오 터에서 듣고 싶지 않은 소리가 저절로 들려왔다. 내가 단오 때 괴로운 것은 딱 하나, 저 소리였다. 오천 원, 만 원, 물건들 값을 부르는 소리, 사람을 찾는다는 소리, 밤이면 어딘가 노래방 시설을 갖춘 주점에서 끊임없이 술에 취한 사람들이 부르는 음정과 박자가 어긋난 노랫소리.

율은 마당 가득한 꽃과 꽃나무에 물을 주고 있었다. 그럴 줄 알았다. 단오 첫날 오랜만에 만난 무당들은 굿당을 정리하고 예약해 둔 식당으로 몰려갔다. 율은 늘 혼자 돌아와 장구를 신장에 들여놓고 막걸리를 부었을 거였다. 나는 평마루에 걸터앉았다. 때죽나무꽃과 향이 마음을 가라앉혀 주었다. 라일락은 봉오리가 열리면서 물에 탄 듯 엷어진 보라색으로 옷을 갈아입었다. 마당에 시멘트를 덮어 놓고 가운데에만 동그랗게 화단을 꾸며 놓은 할머니 마당과는 달리 율의 마당은 전체가 화단이다. 굵게 자란 꽃나무들이 군데군데 있고 나무와 나무 사이에는 자잘한 꽃을 뿌려 놓았다. 넝쿨찔레꽃, 흰수국, 개망초, 석가 탄신일 즈음에 절정으로 부풀어 올랐던 불두화. 나는 내 키보다 작은 불두화 앞에 섰다. 꽃잎 끝이 갈색으로 변하며 말려 올라갔다. 무성화인 불두화는 향이 없어 벌과 나비가 몰려들지 않았다. 율의 마당에 피는 꽃들은 대부분 흰색이었다. 흰 꽃들을 들여다보고 있으면 학교에서 일어났던 일들이 아득히 멀게 느껴졌다.

율은 절룩거리며 담 쪽으로 걸어가 물을 주었다. 담 밑에는 흰 장미와 나팔꽃이 있었다. 아직 나팔꽃이 필 시기는 아니지만 흰 장미가 봉오리를 내밀면 아, 좀 있으면 저 옆에 나팔꽃이 피겠구나, 알아차렸다. 마당 흙을 그대로 두고 군데군데 마름모꼴 돌을 놓아 비가 오면 발끝을 들고 마당을 걸어야 했다. 율은 물조리개에 물을 받아 이름 모를 작은 꽃에 꼼꼼히 물을 주었다. 율이 마당을 정리한 뒤 천천히 방 안으로 들어갔다. 나도 쓸쓸했

던 마음은 불두화 그림자에 던져 두고 율을 따라 들어
갔다.

율의 방에는 마당과 달리 알록달록한 종이꽃이 가득
했다. 제석꽃, 칠성제비꽃, 군웅꽃, 만도산꽃. 율이 굿청
을 장식하기 위해 피워 놓은 꽃들이 나란히 줄 맞춰 있
었다. 팔각탑에 올린 내가 피운 노란 국화와 진분홍 연꽃
이 유독 눈에 띄었다. 방 안은 굿청을 장식할 꽃과 탑, 초
롱등으로 앉을 자리도 없었다.

나는 등 몇 개를 책상 위에 올려놓고 앉았다. 율은 방
에 들어가자마자 담뱃갑을 찾았다.

"일찍 왔네? 여진 언니는?"

율의 담배 한 개비를 꺼냈다. 펜으로 담배에 건강 생
각 금연, 이라고 적고 갑 안에 집어넣고 다른 담배를 꺼
냈다.

"모처럼 만난 울진 애기 무당들이랑 어디론가 갔어."

"율. 어제 내가 전화 백 번 했는데 안 받더라?"

담배에 펜으로 고양이를 작게 그리고 건강 생각, 이
라고 적었다. 담배를 갑에 집어넣으려는데 율이 담배를
가져가 보곤 웃었다.

"그랬어?"

"칫, 통화 목록 안 봤어? 문자도 보냈는데."

"봤어, 굿청 장식하느라 바빴지."

"굿청 장식? 그 다리로?"

나는 갑자기 기분이 확, 나빠졌다. 당연히 엄마를 만났으리라 여겼다. 아니면 적어도 엄마를 찾아다녔다던가. 나는 고양이 얼굴과 한쪽 수염만 그린 담배를 펜과 함께 던져 두었다.

"요즘 애들이 찬찬하지 못해서 내가 봐 줘야……."

"그래? 난 혹시, 엄마 만났나 했지. 엄마 찾을 생각은 아예 없었구나."

나는 가방을 홱, 들고 발딱 일어섰다.

"팔팔 끓고 있는 팥처럼 굴지 말고. 놀다 가. 심심해."

"내가 심심풀이 땅콩이야?"

"끓고 있는 팥이라니깐."

율은 재미있어 죽겠다는 듯 담뱃갑에서 낙서하지 않은 담배를 찾아 피워 물었다. 나는 못 본 척하고 둑이 보이는 창문을 닫고 커튼을 내렸다. 마당으로 통하는 방문을 열었다. 율은 담배 연기를 천천히 깊게 빨아들였다. 살 없는 양 볼이 맞닿을 것 같았다. 연기를 내뱉을 때는 눈을 거의 감았다. 원래 작은 눈이 실핀처럼 가늘어졌다.

"율, 엄마 친구나 어디 갈 만한 곳 알아봤어?"

"어, 찾아가 봤지만 다들 입 다문 조개처럼 굴지."

"할머니가 좀 편히 말해 주면 엄마 귀에 들어갈 텐데. 맞아, 율. 나한테 알려 주는 건 어때? 내가 직접 물어볼게."

"흐음. 내일 굿당에 와 봐. 삼척에서 오는 꽃님이 무당 알지? 딸이 연정이라고, 둘이 친했어."

"아, …… 알겠어. 그리고 율, 나. 블루투스 헤드셋 하나 사 줘."

"그게 뭔데?"

"일반 헤드셋보다는 비싼 건데 폰과 연결해서 전화 통화도 가능해. 어디서든 음악도 듣고 인강도 들을 수 있거든. 비싼 거 말고 적당한 거로."

"그래."

너무 쉽게 사 준다고 하니깐 오히려 미안해졌다. 지금 가지고 다니는 핸드폰도 율이 사 주었다. 할머니는 공짜로 핸드폰 준다는 말만 듣고 가게에 들어갔다가 결국은 돈을 내야 하는 것을 알고 도로 나왔다. 그 말을 들었는지 율이 그날로 바로 스마트폰을 사 들고 내 방문을 두들겼다.

"지금 사러 갈까? 절뚝거릴 텐데. 창피하지 않겠어?"

율은 재떨이에 담배를 비볐다.

"왜 창피해?"

율은 피식 소리 나게 웃었다. 살도 없는 볼에 주름 같은 보조개가 피었다. 율이 자리에서 일어나려 할 때 나는 율의 소매를 잡았다. 가방에서 시디를 꺼내 율에게 주었다. 율은 시디를 꺼내 보곤 입주름을 만들면서 씨익 웃었다.

"이거 알지?"

"그럼 라디오에서 들어 봤지."

"좋아?"

"소리만큼 좋지. 근데, 뭐야? 헤드셋 사 달라고 선물 공세야?"

"안 사 준다고 해도 주려고 했어. 그러니깐 나중에 줬잖아."

"안 사 준다고 했는데, 이걸 주면, 받은 내가 미안해 다시 사 줄 걸 계산한 건 아니고?"

"율이 사 줄 거라 예상했어."

"너 뭘 믿고 그렇게 까불어?"

"엄마 닮은 내 미모를 믿고 까분다. 왜?"

율은 허파를 부여잡고 우스운 척했다. 율이 그렇게 오버하는 것을 보면 마음이 더 아팠다. 예원이 사건 이후, 이 골목 사람들은 엄마의 사건까지 들춰내며 무업 계승에 대해 말이 많았다. 게다가 내가 엄마 얘기를 꺼낸 후부터 율은 눈에 띄게 수척해졌다.

컴퓨터를 켜고 다운 받아 놓은 아리랑을 핸드폰에 옮겼다. 이어폰을 귀에 꽂았다. 귓속으로 바로 들려오는 아리랑을 듣는 것이 좋았다. 특히 해외 동포 아리랑에서 할머니들이 말하는 가녀린 음성이 고스란히 들렸다. 사할린 본조 아리랑을 부르던 할머니의 애절한 노랫소리는 저절로 울음이 울컥 쏟아지게 했다. 아리랑은 2012년 유네스코 인류무형문화유산 대표목록으로 등재되었다. 그래서 오래되고 희귀한 아리랑에 관한 음원 파일을 찾을 수 있었다. 내가 모아 놓은 아리랑은 쉰두 개였다. 사람들은 아리랑, 하면 대표적인 아리랑 한 곡만 떠올렸다. 할머니에게 아리랑은 노래뿐 아니라 생활의 모든 것이었다고 했다. 아리랑 달력, 아리랑 라디오, 아리랑 잡지, 담배, 통 담배, 라이터, 이쑤시개, 엽서, 재떨이, 스카프, 영화… 어디서든 아리랑을 손으로 만지고 보고 들을 수 있었다. 일본으로 건너간 아리랑도 있고, 만주 사할린으로 건너간 아리랑도 있다. 미국, 프랑스, 유럽 등 세계로 건너간 아리랑은 조금씩 사연이 보태지고 변화되었지만 결국은 바다처럼 아리랑으로 모두 만났다. 아리랑은 바다 같은 거였다.

"우리 강아지, 저녁은 먹었어?"

내 방문이 벌컥 열리며 할머니의 목소리가 들렸다. 할머니의 목청은 워낙 커 이어폰을 꽂고 있어도 들렸다. 할머니가 가져다 놓은 떡을 먹은 것이 전부였지만 나는 먹었다고 대답했다. 할머니는 다른 지역에서 온 무당들이 모두 참순이 무당네로 갔다고 했다. 알고 있는 사실을 할머니는 또 얘기했다. 나는 그 집은 손님에게 방을 내주지 않으니 늘 방이 남아돌잖아, 라고 대답했다. 꽃님이는 이리로 올 줄 알았지, 라고 말하며 할머니는 옷을 벗어 마루에 던져두고 화장실로 들어갔다.

"할머니 방에 택배 와 있어."

할머니가 내 눈치를 보며 풀어 헤친 머리에 빗질하며 방으로 들어갔다. 나도 뒤따라 들어가며 얼마 주고 샀냐고 물었다. 할머니는 별로 안 비싸고 나한테 매일 발 마사지를 해 달라고 하는 것이 미안해서 하나 질렀다고 대답했다.

"그렇게 하나하나가 도대체 몇 개야? 지난번 허리 마사지 기계도 사서 얼마나 썼어?"

"그건 사용하는 방법이 귀찮아서. 요거는 매일 써야지. 다리 많이 아프니깐."

할머니는 말끝을 흐리면서 애교스럽게 웃으며 내 눈치를 봤다. 빗을 경대에 올려놓고 택배 상자에서 기계를 꺼냈다. 사용설명서를 한참 들여다보았다. 내가 다가가 사용설명서를 대충 읽고 전기 코드를 꽂았다. 할머니에게 누우라고 하고 다리를 올려 주고 다리를 감싸는 밴드를 꽉 조인 후 전원을 켰다. 드르륵, 하는 기계음이 들리기도 전에 할머니는 아이고, 시원하다, 연거푸 말했다. 사용설명서를 꼼꼼히 읽는데 할머니 코 고는 소리가 들려왔다. 마사지 기계 전원을 껐다. 코를 골고 있는 할머니를 옆으로 돌려 눕혔다. 이불을 덮어 주고 방 불을 끄고 나왔다.

컴퓨터에서 꿈의 상징을 모아 놓은 폴더를 클릭한 후 수국공무원의 꿈을 복사해 분류해 놓은 파일을 꺼냈다. 시험에 관한 꿈이 제일 많았다. 일단 시험에 해당하는 꿈들을 점검해 보기로 했다. 다른 상징이 없는지 살펴보고 해몽을 읽어 보았다. 갑자기 술 냄새가 나는 듯했다. 남대천을 향한 창으로 고개를 돌렸다. 여진 언니가 얼굴을 창 안으로 넣고 있었다. 창으로 다가갔다. 술 냄새가 확, 났다.

"언니, 술 마셨어?"

언니는 검지를 입으로 가져가며 대문 소리 안 나게 열어 보라고 했다. 할머니가 일어나 언니가 술 마신 사실을 알면 욕부터 할 것이 분명했다. 물론, 할머니는 단오 기간에도 술을 끊지 못했지만. 나는 대문을 잡고 천천히 위로 끌어 올리며 열었다. 언니는 양 손바닥으로 허공을 치는 흉내를 내며 내 방으로 들어갔다. 방에 들어가서는 내 침대에 벌렁 누웠다.

"집에 안 가?"

"안 가. 그런 집구석. 여기도 오기 싫지만 갈 곳이 없었어."

"내일도 굿당 가야 하는데 괜찮겠어?"

"제례 끝나기 전에 가면 되잖아. 불 꺼 줘. 눈 아파."

나는 불을 끄고 꿈을 모아 파일에 끼운 뒤 서랍에 넣었다.

"나쁜 기집애, 이리 와서 언니 좀 안아 줘 봐."

나는 컴퓨터를 끄고 언니 옆에 누웠다. 침대가 좁아 둘이 나무젓가락처럼 딱 달라붙을 수밖에 없었다. 어렸을 때는 곧잘 둘이 잤는데 오랜만인 것 같았다.

"너, 어제 불꽃 터지는 것 보며 언니 축원 좀 했어?"

"어, 근데 어디 있었어?"

언니는 한숨을 내쉬다 갑자기 일어나 방문을 걸어 잠그곤 가방을 뒤적거렸다. 창을 열고 담배에 불을 붙였다.

"나, 어제 선을 봤어."

"우웩. 나이가 몇 살이라고, 벌써."

"부산 기장 화랭이인데. 그쪽 별신굿 세습 집안이야. 오빠 동생, 하며 지내라는데 말이 그렇지. 선이나 다름없어."

"이십일 세기에 어떻게 그런 촌스러운 선이 있어?"

말은 그렇게 했지만 그런 촌스러운 선이 결국, 결혼으로 이어진다는 것쯤은 나도 알고 있었다. 세습무들은 무가끼리 결혼하는 특수 혼을 통해 혈통을 지켜 왔다. 여진 언니 엄마인 참순이 무당은 속초 세습무 집안이었다. 열아홉 살에 단오굿 주무였던 집안에 시집왔다. 여진 언니가 초등학교 들어갈 때, 남편이 폐병으로 죽었다. 참순이 무당은 홀시어머니 밑에서 어린 시동생 셋을 키우며 살았다. 막내 시동생이 율이었다. 여진 언니의 다른 삼촌들도 세습무 집안 무당과 결혼했다. 여자 집안으로 가 그쪽에서 굿을 하다가 단오 때면 부부가 함께 이곳으로 왔다. 내 짐작에도 여진 언니는 기장 화랭이와 결혼하게 될 것 같았다. 세습무는 어릴 때부터 굿을 익히고 무가를 외워야 했다. 무당의 길을 걸어가야 하기에 일반인들과 연애도 쉽지 않았다. 결혼하면 상대방도, 본인도 힘들 것은 뻔했다. 낯선 곳으로 가 평범한 연애를 해 결혼하는 사람도 있었지만 대부분 돌아왔다. 배신을 당하거나 고통을 받아 바닥까지 내려갔다가 결국 굿당으로, 그들의 신에게로 돌아왔다. 엄마만 빼고.

"그쪽도 불편한 기색이었어. 그런데 어른들이 가고 난 뒤 어땠는지 알아?"

"나야 당연히 모르지."

"얘기 많이 했어. 어렸을 때부터 힘들었던 것, 학교에서 당했던 것, 연애에 실패했던 것, 굿에 대한 부담감, 신에 대한 불신까지 많이 통하더라. 그래서 더 슬펐어. 짚신도 짝이 있고 못난이들 끼리끼리 통한다는 말 같잖아."

"언니가 왜 짚신이고 못난이야. 얼마나 예쁜데."

언니는 담배를 다 피우고도 창밖에 얼굴을 내밀고 서 있었다. 나는 책상 서랍에서 차 상자를 꺼냈다. 호두나무잎을 꺼내 언니 베개 밑에 넣어 주었다. 언니는 내 행동을 보더니 아직도 믿냐, 하며 피식 웃었지만, 잎을 빼지 않고 베개를 베고 누웠다. 우리는 잠들지 않았지만, 말없이 각자 어둠을 응시했다.

"그 똑똑한 예원이 어떻게 하냐? 안쓰러워서."

"거부하고 대학 가면 안 되나?"

"의지로 해결할 수 있는 문제가 아니거든. 내 경우와 또 다르지."

예원이의 계획은 교육 대학에 가 선생님이 되는 거였다. 어렸을 때 꿈은 건축가였다. 손끝이 야무졌던 예원이는 만들기를 잘했다. 율의 방에는 종이가 지천으로 남아돌았다. 종이 인형을 가지고 놀 때부터 예원이는 골판지와 한지를 이용해 방과 가구를 만들었다. 초등학생일 때는 도화지에 설계도를 그려 집을 만들기도 했다. 나는 만든 집과 설계도를 비교해 보았다. 정확하게 제 위치에 있었다. 예원이 가장 공을 들인 것은 비밀의 방이었다. 추리 소설에 나오는 책장 뒤에 있는 비밀의 방에 집착했다. 전쟁이 발발하거나 지구 멸망이 오면 그 방에서 숨어 살 거라 했다. 지하에 유통기간이 긴 통조림과 건조식품 등 비상식량을 둘 거라 했다. 건축가가 되면 내게도 비밀의 방이 있는 집을 지어 주기로 약속했다. 나는 남대천에 수상 가옥을 지어 달라고 했다. 지금, 예원이는 비밀의 방이 아닌, 제 방에 갇혀 있었다. 나는 내 방에 지하 통로를 만들어 예원의 방으로 들어가는 상상을 했다.

여진 언니가 규칙적인 숨소리를 내며 잠들었다. 헤드셋을 쓰고 침대에 누웠다. 열어 둔 창으로 달이 걸려들었다. 김옥심의 노랫가락을 틀었다.

그리워 애달퍼해도 부디 오지 마옵소서
만나면 아픈 가슴은 상사화보다 더하오니
나 혼자 기다리면서 남은 일생을 보내리라

바람이 물소리인가 물소리 바람인가

○

학교 가려고 골목을 걸어 나갈 때, 예원이네 집에서 여진 언니가 나왔다. 언니는 나를 보고 깜짝 놀랐다. 나는 석천 철학관 앞에서 그녀를 기다렸다. 언니는 일부러 천천히 걸어와 내 앞에 서서 고개를 숙였다.

"무슨 일이야?"

"학교 가니? 얼른 가."

언니의 얼굴이 새파랗게 질려 있었고 커다란 눈에 물이 찰찰 흘러넘칠 것 같았다.

"무슨 일이야, 말해 봐."

"예원이가."

언니가 울었다.

"예원이가 제초제를 마셨대."

예원이 복통을 호소해 오뚝이 무당이 병원에 데려

가기 위해 방문을 열었다. 오뚝이 무당이 택시를 부르고 대문 쪽으로 나갈 때 좁은 마당을 나온 예원이 신발장 옆에 놓인 갈색 병을 들어 삼켰다. 예원이네는 화단이나 화분이 없었다. 제초제를 삼키는 순간, 오뚝이 무당이 달려들었다. 바로 긴급 구조대에 신고해 병원으로 갔지만 입술이 괴사되었고 목과 기도가 타들어 갔다. 위를 세척했지만 아직 깨어나지 않았다. 여진 언니는 말과 울음이 뒤섞였다. 나는 병원을 물었다. 언니는 어차피 지금 가 봐야 면회도 안 되니 그냥 학교에 가라고 했다.

율의 방으로 들어가 열려 있는 창문을 닫고 녹색 커튼을 꼼꼼히 쳤다. 방 안에 진녹색 어둠이 짙어졌다. 단오 터에서 시끄럽게 들리던 난장의 흥정 소리와 안내 방송 소리가 작아졌지만, 더 또렷하게 들렸다. 할머니와 무당들, 여진 언니와 율 모두 굿당에 있다. 방을 가득 채웠던 종이꽃과 등이 빠지자 방은 숲속 공터처럼 넓었다. 블루투스 이어폰을 귀에 꽂았다. 장구 반주 하나 없이 가녀린 목소리가 들려왔다.
중환자실에서 위기는 넘겼지만, 예원이는 목소리를 잃었다. 오뚝이 무당은 맡은 굿을 다른 무당에게 넘겼다.

나는 여진 언니에게 예원이는 소리를 영영 못 할 테니 일단 무업 계승에서 빠지고 누름굿을 하게 되는 건지 물어보았다. 여진 언니는 오뚝이 무당이 넋을 놓고 있어서 물어보진 못했지만 그럴 확률이 높다고 했다.

문구점에서 사 온 하드보드지를 꺼냈다. 방을 새로 만들어 예원에게 보여 주고 싶었다. 수행평가 점수는 받겠지만 케첩으로 범벅이 된 채 불에 탄 내 방이 기억에서 사라지진 않을 거였다. 나는 등교해서 교실에 가면 제일 먼저 A4용지 두 장을 책상 위에 스카치테이프로 붙여 놓았다. 어김없이 다음 날이면 종이가 떨어져 있었다. 민정은 자리를 아예 옮겨 내 앞자리는 비었다. 이혁도 수업 시간 대부분 과학 실험실에서 혼자 자습했다. 이달 말에 있을 도 경시대회 준비를 위해 학교 측에서 배려했다. 앞과 옆, 두 자리가 비어 나는 꼼짝없이 수업 시간에 딴짓은 못 했다. 선생님들은 빈자리에 관해 묻고 이혁이 자리라는 말에 고개를 끄덕였다. 가끔 학교 측의 특별 배려를 불평하는 선생님도 있었지만 크게 문제 삼지 않았다.

학교생활은 단순해졌다. 수업 시간에는 머릿속으로 딴생각했고 쉬는 시간에는 귀에 이어폰을 꽂고 낙서가 되어 있는 책상 위에 엎드려 수국공무원의 꿈을 읽었다. 점심시간에는 다른 아이들보다 늦게 식당에 갔고 체육관 앞 의자에서 점심시간이 끝날 때까지 아리랑을 들었다. 혼자 시간을 보내니 시간이 더 많아졌다. 외롭진 않았다. 오히려 나는 아리랑과 더욱 가까워졌다.

짙은 녹음이 드리워진 율의 방은 아리랑을 혼자 듣기에 적당했다.

"아리랑이라는 거 알고, 아리아리랑 그거는요, 노인들이요, 꾹꾹 찌르면서, 그런 거 하지 말라 그럽디다, 아리랑 아리랑 아라라리요. 아리랑 고개로 넘어간다."

해외 동포 아리랑의 음반 첫 곡은 그렇게 시작되었다. 사할린으로 넘어간 그들에게 아리랑은 울며 넘던 피눈물의 아리랑 고개였고, 한번 가면 소식 없는 탄식의 고개였다. 나에게 아리랑은 나를 버리고 떠난 이를 원망하는 것이었다. 외로움을 함께 견뎌 주는 친구였다, 그리움이었다. 아리랑은 꿈이었다. 나에게 아리랑은 엄마였다.

윗목으로 갔다. 책 위에 담뱃갑이 놓여 있다. 갑을 들어 안쪽에서 담배를 하나 꺼내 보았다. 내가 낙서한 담배 세 개비가 들어 있었다. 내 낙서가 아까워 못 피우고 남겨 놓았을 율을 떠올렸다. 동시에 내 책상의 낙서를 떠올렸다. 그래, 그깟 낙서에 휘둘리지 말자. 희미하게 웃었다. 담뱃갑을 원래 자리에 두었다. 아코디언처럼 펼쳐진 책들을 하나하나 옆으로 옮겼다. 사막 사진이 있었던 사진집을 옮기고, 검은 피부의 아이들이 바다로 뛰어드는 사진이 있는 『황홀한 쿠바』라는 책을 옮기고 『철학 학교』, 『오디세이아』, 『금강경』, 『가람 기행』 등 몇 권의 책을 옮겼다. 익숙한 책이 나왔다. 배 속을 드러낸 다른 책들에 비해 『나만의 방』이라는 책은 물이 스며든 흔적이 없었다. 아마 물이 차오르기 전에 율이 이 책을 따로 보관했을 것이다. 책갈피를 넘기다 멈췄다.

사진 두 장과 편지가 나왔다. 한 장은 엄마였다. 남색 원피스를 입고 허리까지 내려오는 파마머리에 챙이 넓은 흰 모자를 손에 들고 있었다. 엄마는 부드러운 표정으로 웃고 있었다. 다른 사진은 율과 엄마가 함께 찍은 사진이었다. 율의 오토바이 앞에 둘이 나란히 서 있었다. 율은 선글라스를 쓰지 않았고 입만 보일 정도로 환하게 웃고 있었다. 엄마는 챙이 넓은 흰 모자를 쓰고 한 손으로 모자가 날아가지 않게 잡고 있었다. 바람이 부는지 머리카락이 한쪽으로 길게 뻗쳤다. 율의 거울에 붙어 있는 선글라스를 쓴 독사진과 같은 배경이었다. 나는 너무 많이 읽어 달달 외우는 엄마의 편지를 다시 읽었다.

물의 아이. 호수와 바다 사이에 있는 마을에서 태어났으며

달에 물의 기운이 가장 많이 차 있는 음력 유월 보름 태생이며

태어날 때 손바닥에 물의 흐름을 잡고 태어났다.

물을 떠나 살 수 없고, 어디서나 몸속에 물의 기운이 감돌 것이다.

기억나? 오빠가 해 준 말이잖아. 나는 유독 물에 관한 꿈이 많았지.

늘 오빠가 해몽해 줬어. 그 해몽이, 목소리가 참 따뜻했어.

내 앞길이 막막할 때마다 강변에 갔어.

습기로 축축한 손바닥을 문지르며 물의 흐름을 살폈어.

그러고 있으면 악몽 같은 시간과 운명이

흐르는 물처럼 내 주변을 떠나 흘러가는 듯했어. 그러나 그 순간만이야.

이곳에선 절대로 벗어날 수 없을 것 같아.

오빠의 충고대로 그를 떠나기로 했어.

오빠를 받아들일 수 없는 것이 제일 미안해.

소리, 오빠의 딸이라 생각하고 보살펴 줘.

편지와 사진 한 장을 다시 책갈피에 넣어 두었다. 엄마의 독사진을 들여다보았다. 자신의 운명을 바꿔 보자고 떠난 여자였다. 출생 신고도 하지 않은 나를 데리고 다니며 어떤 운명 속에 휘말려 들었을까. 아무것도 모르는 어린아이니까 데리고 다니다가 힘에 부쳐 내 의지와는 무관하게 나를 이곳에 던져두고 갔다. 나는 웃고 있는 여자의 얼굴을 만졌다. 얼마나 많이 이 얼굴을 만졌는지 몰랐다. 웃는 모습이 더 원망스러웠다. 나는 어째서 이 여자의 마지막 모습도 기억할 수 없을까. 귀에서 처연하고 느리게 소리가 흘러나왔다. 김옥심의 아리랑이었다.

아리랑 아리랑 아라리요 아리랑 고개로 넘어간다
나를 버리고 가시는 님은 십 리도 못 가서 발병 난다

힘 있는 장구 소리와 희미한 단소 소리가 들렸다. 구슬에 가느다란 실을 꿰어 반대편에서 천천히 내뽑는 것처럼 신경이 곤두섰다. 가슴이 미어졌다. 곡이 끝나자 다시 들었다. 거칠고도 구슬픈 목소리였다. 나도 모르는 사이 손등 위로 눈물이 떨어졌다. 눈물이 녹색으로 보였다. 정말이지 율의 녹색 커튼은 너무 탐났다. 순간 방 안이 환해졌다는 느낌을 받은 동시에 고개를 돌렸다. 여진 언니가 방문 손잡이를 잡고 뭐라고 말했다. 나는 사진을 가방 안에 넣었다.

"여기서 뭐 하냐고."

여진 언니는 방으로 들어오자마자 시집들이 꽂힌 책장으로 가 손을 뒤로 넣어 담배와 라이터를 꺼냈다. 커튼을 걷고 창문을 열었다. 방 안에 녹색이 사라지고 둑 위 난장에서 와자지껄한 사람들 소리가 들렸다.

"너, 울었니?"

목이 메어 소리가 안 나왔다. 나는 간신히 고개를 저었다. 여진 언니는 창문 옆 책장에 비스듬히 기대선 채 담배를 피웠다.『자기만의 방』이라는 책을 원래 자리에 내려놓고 다른 책들도 옮겨 놓았다.

"울고 싶을 때 우는 것도 좋아."

언니는 창밖으로 손만 내밀어 담뱃재를 털곤 내 곁으로 가까이 다가와 얼굴을 들이밀었다.

"나 이번 굿 끝나면 서울 갈 거야."

내가 눈을 동그랗게 뜨자 언니는 창가로 가 손을 내밀고 재를 털었다. 창 옆에 선 채 팔짱을 끼고 담배 연기를 깊게 빨아들였다.

"엄마와 율한테 절대 말하지 마. 핸드폰도 바꿀 거야."

"굿은? 금진 풍어제 때 굿 맡잖아. 예원이 일로 어수선한데."

"무업 계승 따위 우리 대에서 끝나야 해. 여전히 천대받고 존중해 주지도 않아. 그걸 왜 해? 무당들부터 변해야 해."

"그래도 말없이 가는 건."

"달항아리 방명록에 내 번호 적어 놓을게. 저장하지 말고 외워."

"율한테는 말하지. 걱정할 텐데."

"율은 엄마를 못 당해. 당장 풍어제 때 나더러 축원굿과 산신령굿을 하래. 가을에 일본 공연도 있거든. 날 데리고 가려고 찾아내려 들 거야. 비밀 지켜. 안 그러면 너한테도 연락 안 해."

여진 언니는 담배와 라이터를 시집 뒤에 두고 작은

손가방에서 향수를 꺼내 귀 뒤와 머리카락에 뿌렸다.

"예원이 걱정은 하지 마. 걘 똑똑한 애니깐 묘책을 세우고 일어날 거야. 그리고 너, 울고 싶을 때는 울어. 대신 울고 난 뒤에는 왜 울었는지 잊어버려. 알았지?"

언니는 내 짧은 머리카락을 귀 뒤로 넘겨 주었다. 굉장히 어른스러운 표정을 짓고 방을 나갔다. 언니가 나간 후에도 한참이나 방 안에서 담배 냄새가 났다. 창을 열어 둔 채로 방문을 닫고 나왔다. 둑 위로 향하는 계단을 올라가니 사람들 행렬로 발 디딜 틈이 없었다.

바다 쪽을 향해 걸어갔다. 귀에서 흘러나오는 사할린 본조 아리랑 사이로 호객 행위를 하는 엿장수 노랫소리가 들렸다. 인적이 드물어졌고 단오 터에서 멀어지고 있었다. 어렸을 때, 여진 언니와 함께 남대천 물이 바다로 닿는 곳까지 걸어가 보고 처음으로 이 길을 걷는 것이었다. 새로운 다리가 생겼고 못 보던 아파트도 보였다. 운동 기구를 들여놓은 공원도 보였다. 둑 아래 계단에서 올라오는 사람은 모두 단오 터 쪽으로 갔다. 뒤에서 자전거 종소리가 들렸다. 나는 자전거가 지나갈 수 있도록 길 옆으로 비켜섰다. 자전거는 지나가지 않고 내 뒤에서 종을 울려댔다. 누군가 내 어깨를 쳤다. 고개를 돌려 보니 이혁이었다. 이혁은 자전거를 세우고 내 귀를 보더니 고개를 끄덕였다.

"아까부터 계속 불렀는데."

나는 대답할 필요가 없었기에 말없이 가던 길을 걷기 시작했다.

"어딜 가? 단오 터는 저쪽인데."

앞에서 유모차에 반려견을 태우고 오는 여자가 있어 우리는 나란히 서서 길을 비켜 주었다. 여자가 지나간 뒤 나는 다시 바다 쪽을 향해 걸어갔다.

"태워 줄까?"

이혁이 자전거 뒷자리를 손짓했다.

"안 탈래."

"그래, 그럼."

이혁은 휘파람 불며 자전거를 타고 앞질러 갔다. 자전거가 만들어낸 바람에 푸른 계열 체크무늬 셔츠가 옆으로 펼쳐졌다. 펼쳐진 셔츠가 점점 작아지다 마침내 시야에서 사라졌다.

바다 가까이 지금은 폐쇄된 공항으로 가는 길에 공항대교가 있다. 다리 아래서부터 남대천 폭이 넓어졌다.

안목 해변으로 가기 위한 차들이 줄지어 서 있다. 차들이 정차하고 있는 인도 없는 길을 따라 걸었다. 남대천이 바다와 닿는 안목에 도착했다. 항에서 바다를 향해 난 해안 도로에 카페촌이 형성되었다. 한겨울에도 주말이면 사람들로 북적거렸다. 안목, 송정, 강문, 경포, 사천, 연곡, 주문진. 각 바다에는 이름이 정해져 있는데 어디, 무엇을 기준으로 바다를 나누었는지 몰랐다. 사람이 많았지만 단오장 인파에 비하면 시선으로 낱낱이 훑을 수 있었다. 나는 천천히 모래사장, 사람들, 특히 혼자 있는 사람을 찾아 두리번거렸다. 분홍색 꽃무늬 원피스를 입고 캐리어를 끌고 가는 엄마의 뒷모습이 눈앞에 선했지만, 실체는 보이지 않았다. 안목을 지나 송정 해변으로 걸었다. 송정 해변의 솔밭길은 사유지여서 카페 없이 모래사장만 있었다. 그래서 인적이 드물었다. 나는 솔밭에 서서 소나무 사이로 보이는 바다와 모래사장을 바라보았다.

"와아, 이런 멋진 곳도 알고 있네?"

이혁이 어느 결에 내 곁으로 와 섰다.

"너, 뭐니?"

"너한테 볼일 있어. 되게 중요한 것 같은데."

이혁은 어깨에 메고 있던 크로스백에서 공책을 꺼냈

다. 나는 이혁의 꿈을 받았다.

"너 그거 알아? 달콤한 꿈을 꾸게 해 주는 약이 있다
는 것?"

"어떻게 약으로 꿈을 만들어?"

"엄마가 우울증이 심하거든. 여러 가지 약을 먹는데
그 중, 노란색 알약이 좋은 꿈을 꾸게 만들어 주는 약이
랬어."

"……."

순간 내 진통제를 삼키던 이혁의 모습이 떠올랐다.

"약으로 꿈을 만들어낼 수는 없어. 수면 유도제일 거
야."

"윤소리, 우리 텔레파시가 통하나 봐. 그날 머리가 깨
질 정도로 아팠거든, 진통제 고마워. 그런데 너 친구 자
리 옮겼던데."

"어, 그래."

"혹시, 나 때문에 그런 거야?"

이혁이 내 옆에 서서 바다를 바라보며 말했다.

"아니."

나는 바다를 향해 반듯하게 허리를 폈다.

"외롭겠구나."

"아니."

나는 소나무에 걸린 수평선을 바라보며 대답했다.

"멋지네."

나는 바다에서 시선을 돌리고 솔밭을 나왔다. 이혁
도 뒤따랐다. 우리는 말없이 바닷길을 걸었다. 바다를 바
라보는 엄마의 모습은 어느 찰나의 순간, 예원의 눈앞에
펼쳐졌으리라. 그러니까 여전히 바다에 있을 리가 없었
다. 차라리 꽃님이 무당의 딸, 연정이라는 분을 찾아가
는 게 나았다. 나는 발걸음을 빨리 놀렸다. 마음이 급해
졌다. 안목 카페촌을 지나자 안목항 입구에 버스가 서
있었다. 나는 버스를 향해 뛰었다.

"야, 윤소리. 내가 태워 줄게."

나는 뒤돌아보지 않고 버스 위로 올라탔다. 버스 제일
뒷좌석에 앉아 창밖을 내다보았다. 자전거를 붙잡고 서 있
던 이혁이 안장에서 일어나 페달을 밟아 달렸다. 버스는
한참이나 머물다 출발했다. 버스가 두 정거장을 지나쳤을
때, 이혁의 푸른 셔츠 자락이 보였다. 이혁이 차도를 달리
며 뒤를 돌아보았다. 내가 탄 버스가 이혁을 지나칠 때, 나
는 혼잣말했다. 괜찮은 애도 있구나. 버스에서 내릴 때 방
금 했던 말을 취소했다. 이따위 꿈을 적어 오다니.

4부

○

　굿당에 들어섰을 때, 울진에서 온 필례 무당이 심청
굿을 하고 있었다. 심청이 인당수에 몸을 던지기 전날,
심 봉사를 위해 마지막 밥상을 차리는 중이었다. 강단진
장구에 맞춰 무가를 구연하는 필례 무당 눈에 눈물이
고였다. 오른쪽 발에 통깁스를 풀고 압박 붕대를 감고 있
는 율이 장구를 잡고 있다. 심청굿을 할 때는 다른 악사
들은 물리고 장구재비와 무당 둘이서 굿을 했다.

　아버지 앞에다 성찬을 차려 놓고 더덕구이도 찢어서
　아버지 드세요 괴기도 드세요.
　심 봉사는 음식 맛을 체시더니 아가 청아
　오늘날은 누구 집에 제사 지냈느냐
　누귀 집에서 초상을 치렀느냐.

반찬이 매우 맛 좋구나 진수성찬이로구나.

예 아버지 건넛마을 어느 집에 초상집에 갔다 왔나이다.

이래 답하고 돌아앉아 훌쩍훌쩍 울고 있으니

아가 아가 어찌 훌쩍 우느냐

어느 놈이 봉사 딸이라고 흉을 보느냐,

훌쩍훌쩍 울고 있네 코감기 걸렸느냐,

아니올시다 아버님 걱정 마옵시고 많이 많이 드세요,

그날 밤 심청이가 장롱 문을 열고

청사 도포도 내여 놓고 동정 달고 고름 달아 채곡채곡 개어 놓고,

사시사철 입을 바지저고리도 손바느질 정히 하여서

잘 단정히 해 놓고,

내일이면 아버지를 이별하고 떠나면

아침 밥상을 지극 정성이도 채리고,

어느덧 밤에 뜬눈으로 다 새여 새벽닭이 꼬끼요 우는구나.

관람객 자리까지 차양이 쳐졌다. 그늘 아래로 남대

천 바람이 불어와 시원했다. 몇몇 할머니들은 목에 둘렀던 수건으로 눈시울을 찍어냈다. 오랜 시간 굿 구경을 하느라 허리가 아픈 할머니는 폭신한 자리를 깔고 팔을 베고 누웠다. 누워서도 팔로 머리를 받쳐 무당을 바라보며 손으로 눈물을 닦아냈다.

필례 무당은 진녹색 치마에 진달래색 저고리 위에 남색 쾌자를 입고 갓을 썼고 어깨에 창호지를 가늘게 썰어 늘어뜨린 신대를 멨다. 할머니 두 명이 무당 앞으로 가 절을 하고 신대에서 창호지를 들어 눈을 씻고 복전을 걸었다. 그렇게 하면 눈이 밝아진다고 했다. 할머니들에게 인기 있는 굿이었다. 신대에는 만 원, 오만 원짜리 지전이 주렁주렁 매달렸다. 쾌자에도 지전이 띠를 두른 듯 꽂혀 있었다. 율보다 대여섯 살 어린 필례 무당은 보통 키에 날씬했다. 수려한 한복과 쾌자를 입은 몸이 호리호리했고 공들여 화장한 얼굴은 예뻤다.

고급스러운 흰 모시 적삼을 입은 율은 고개를 들어 필례 무당과 눈을 마주치고 가끔 바라지를 넣어 분위기를 살렸다. 율이 입은 적삼과 바지는 한산 모시였다. 할머니가 이번 단오 때 필례 무당이 그 비싼 한산 모시로 율의 옷을 지어 입혔다며 입이 마르도록 읊어댔다. 한산 모시는 가격도 비쌌지만 바느질할 때 가습기를 틀며 습도를 조절해야 하는 까다로운 소재였다. 기본적으로 무가 구연하는 무당과 장구재비는 시선을 맞춰야 했다. 그걸 알면서도 나는 그 둘이 바라보는 시선을 노려보았다. 율이 엄마와 내가 아닌 다른 사람을 저렇게 애틋한 시선으로 쳐다보는 게 거슬렸다. 질투가 났다.

나는 할머니들 사이를 비집고 앞으로 갔다. 율의 옆에 젊은 무당 네 명이 앉아 있었다. 한 명은 무당 며느리고 두 명은 무당 딸이었다. 한 사람은 처음 보는 낯선 얼굴이었다. 결혼하지 않은 무당은 흰 꽃띠를 정수리에 둘렀고 결혼한 무당은 흰 띠를 이마에 둘렀다. 제일 나이어린 여진 언니가 빨간 치마에 노랑 저고리를 입고 앉아 있었다. 언니는 치마 사이에 두 손을 모으고 있었는데 눈은 필례 무당을 향해 있지만 핸드폰을 켠 손으로는 열심히 문자를 보내고 있었다.

할머니는 새로 장만한 물색 은조사 항라 치마저고리를 입고 국사 성황신 위패 앞에서 소지 올리기를 하고 있었다. 할머니 옆에는 오뚝이 무당이 앉아 있었다. 예원이는 중환자실에 있어서 보호자도 하루 두 번 면회가 가능했다. 오뚝이 무당은 그냥 멍하니 앞에 앉은 젊은 무당들만 쳐다보고 있었다. 소지를 올리기 위해 사람들이 줄 지어 앉았다. 소지는 만 가지 소원이 담긴 얇은 종이였 다. 단오제 기간 내내 단오 터를 찾는 사람들은 대부분 이곳에 와서 소지를 올렸다. 소지에 불이 붙어 활활 타 높이 올라가면 소원이 이뤄질 것으로 여겼다.

나는 제일 앞줄에 앉으며 여진 언니에게 사인을 보 냈다. 언니는 하품하느라 내 손짓을 못 보았다. 하품하고 난 뒤에도 고개를 숙인 채 핸드폰을 만지작거렸다. 여진 언니보다 할머니가 나를 먼저 발견하고는 오라 손짓했 다. 하는 수 없이 무대 옆으로 돌아 할머니에게 갔다.

"소리 왔으면 절하고 소지 올려야지."

옆에서 같이 소지를 올리던 무당이 일 년 새 많이 컸 네, 하며 알은체했다. 오뚝이 무당에게 인사했지만, 그녀 는 본 척도 안 했다. 나는 할머니가 시키는 대로 절을 했 다. 할머니는 종이에 내 사주를 적었다. 할머니는 옆의 사람들 다 듣도록 우리 소리, 큰 공부 하도록 이끌어 주 세요, 했다. 소지를 올리고 난 후, 할머니와 무대 뒤에 마 련된 쉼터로 갔다. 무당들은 치마를 걷어 올리고 앉아 부채로 치마 속을 부치며 쉬고 있다가 내가 들어가자 한 마디씩 보탰다.

"아이고, 많이 컸네."

"꼬맹이 때는 굿당서 살더니. 못 본 새 처녀가 되었
네."

"뭔 키가 그래 크나."

무당들이 작은 손가방을 열어 오만 원짜리를 한 장
씩 꺼내 주었다. 나는 꽃님이 무당을 찾아 두리번거렸지
만 보이질 않았다. 할머니는 수리취떡 한 접시를 담아 왔
다. 나는 수리취와 쑥을 짓이겨 멥쌀가루와 함께 버무려
수레바퀴 문양을 낸 절편 하나를 입에 넣었다. 나머지
떡을 비닐봉지에 담아 가방 안에 넣고 쉼터를 나왔다. 무
대를 지나며 율에게 눈인사했지만 율은 필례 무당에게
서 시선을 떼지 않고 장구만 잡았다. 무대 바로 앞에 앉
으니 여진 언니가 고개를 돌렸다. 나는 무릎걸음으로 무
대로 가 재빨리 가방 안에서 초콜릿을 꺼내 여진 언니에
게 주었다. 여진 언니가 굿당에 올 때 초콜릿 하나 사 오
라고 문자를 보내왔었다.

앞자리에 앉아 필례 무당의 무가 구연을 들었다. 여
진 언니는 옆에 앉은 무당들 몰래 손가방을 무릎에 놓고
가방 안으로 손을 집어넣었다가 빼 입가로 가져갔다. 율
은 소지 올리고 무대 뒤로 가는 나를 봤을 텐데 쳐다보

지 않았다. 여진 언니가 초콜릿을 거의 다 먹었을 때, 필례 무당은 할마님들 허리도 아프고 저도 목이 타니 잠깐 쉬었다 갑시다, 하며 생수를 마셨다.

참순이 무당이 마이크 앞으로 가더니 막간을 이용해 애기 무당, 언년이의 소리를 들어 보자고 했다. 손님들이 우와, 소리 지르며 환호했다. 누웠던 할머니들도 벌떡 일어나 앉았다. 참순이 무당이 여진 언니더러 나오라 손짓했다. 언니가 옷고름을 매만지며 자리에서 일어났다. 빨간 치마허리에 두른 끈을 풀었다가 다시 묶었다. 노랗게 염색한 숱 많은 머리카락을 틀어 올린 것을 매만지고 정수리에 두른 흰 꽃띠를 다시 고정했다. 해바라기 모양 귀걸이를 만지작거렸다. 길고 가는 목에 두르고 있던 손수건을 풀어 깎아 놓은 참외 같은 이마와 오뚝한 코를 두드리며 시간을 끌었다. 느릿하게 몸단장을 한 여진 언니가 마이크 앞에 서자 할머니들은 손뼉을 세게 쳤다.

"이래 이쁜 애기 무당 소리를 공짜로 들으면요, 오장육부가 탈이 납니다. 언년이 소리 들을라면 우째야 합니꺼. 돈아, 돈아, 돈이란 있고도 없는 것이지요."

참순이 무당이 여진 언니에게 마이크를 건네기 전에

그렇게 말했다. 자리에 앉아 있던 다른 무당과 함께 치마 밑을 잡아 올려 보따리를 만들어 손님 사이를 돌아다니기 시작했다. 꼬깃꼬깃 접힌 만 원짜리, 천 원짜리 지폐가 치마 가득 담겼다. 여진 언니는 율에게 뭔가 말하더니 들어가는 인사말도 없이 시작했다.

"꽃 사시오. 꽃을 사시오 꽃을 사. 사랑 사랑 사랑 사랑 사랑 사랑의 꽃이로구나."

여진 언니가 양손을 머리 위에서 귀 뒤로 어색하게 흔들어도 할머니들은 호호 하며 좋아했다. 내가 듣기에 째지는 소리였지만 젊고 예뻐서 바람 심한 날 꽃잎처럼 날아갈까 안달 나게 했다. 소리 두 곡을 하자 언니의 이마에는 어느새 땀방울이 맺혔다. 언니는 손수건으로 이마를 닦아냈다. 할머니들 사이를 돌아다니던 참순이 무당이 언니 옆으로 가 마이크를 잡고 말했다.

"이 언년이가 제 여식입니다. 얼마 전에 뷰티 아카데민가 뭔가 졸업했는데 앞으로 큰무당이 되는 걸 지켜봐주세요. 자, 두 곡 하면 얌체 같고 섭섭하니 한 곡 더."

여진 언니는 참순이 무당을 째려보며 마이크 뒤에 버티고 서서 앞으로 나올 생각을 안 했다. 참순이 무당이 고개를 돌려 뭐라고 말하니 그제야 입을 내밀고 마이크 앞에 섰다. 할머니들이 이구동성으로 아이고, 이쁘네, 이쁘데이 했다. 언니는 마지못해 부를 노래를 율에게 말했다. 여진 언니가 뱃노래를 부르기 시작했다. 한 소절 부르는데 내 손에 진땀이 다 났다.

한 소절 끝나고 후렴을 하며 언니가 참순이 무당을 계속 뚫어져라 쳐다보았다. 참순이 무당이 웃으며 옆으로 와 하나의 마이크에 같이 입을 대고 불렀다. 확실히 참순이 무당의 구성진 소리가 도와주니 흥이 났다. 자리에 앉아 있던 무당들도 일어나 같이 춤을 추었다. 할머니들이 자리에서 일어나 춤을 추면서 앞으로 나갔다. 여진 언니에게 다가가 언니의 치마허리에 묶인 끈에 만 원짜리 지폐를 꽂아 주었다. 언니는 할머니들에게 웃어 주지 않고 노래 부르기에 열중했다. 한 할머니는 언니가 예뻐 볼을 쓰다듬었다. 가락이 미처 다 끝나기도 전에 참순이 무당이 마이크를 잡고 말했다.

"할마님들 올해도 먼 길 오시느라 수고 많았습니데이. 먼 길 오느라 고생 좀 했더니 이리 이쁜 언년이 소리도 듣고 좋지요?"

참순이 무당의 물음에 할머니들이 모두 박수하며 맞장구쳤다. 오뚝이 무당은 허리를 둥글게 구부려 힘을 뺀 채 입 벌리고 앉아 여진 언니를 올려다보았다. 소지를 올리던 할머니도 참순이 무당과 여진 언니를 바라보았다. 언니는 새치름하게 있다가 참순이 무당을 쳐다보며 조금 웃었다. 언니 웃음에 참순이 무당도 함박 웃었다. 여진 언니와 참순이 무당은 멀리서 보면 쌍둥이처럼 닮았다. 내 뒤에 누워 있던 할머니가 몸을 일으키며 큰 소리로 말했다.

"아이고. 애기 무당 너무 예뻐서 오줌이 찔끔 다 나오네."

주위 할머니들이 모두 웃었다. 율은 손수건으로 목덜미를 닦으며 뒤를 돌아보았다. 나는 손을 흔들었다. 율이 나를 본체만체하고 도로 돌아앉았다. 내가 앉은 자리 앞에 누군가 마시다 두고 간 생수병이 있었다. 가방 안에서 휴지 한 장을 꺼내 휴지를 돌돌 말아 물에 적셨다. 물에 젖은 휴지를 율의 어깨를 겨냥해 획, 던졌다. 율의 어깨에 물에 젖은 휴지가 달라붙었다 바닥에 떨어졌다. 율이 돌아보았다. 율과 눈이 마주친 나는 혀를 쏙 내밀었다.

"지금 하는 심청굿 보며 눈도 밝아지고, 다리도 튼튼해지고 허리 고뱅이 아픈 데 없이 건강하시소. 며느리 아들 손자 눈치 보지 말고, 태어날 때 가지고 나온 명까지 건강하게 살다 이 세상 떠날 때, 너무 쉬이 죽으면 섭섭하니, 딱 삼 일만 앓다가 낮잠 자다 꿈꾸는 듯 그리 죽읍시다. 죽을 때 편히 죽는 거 이것이 남은 소망 아닙니까."

할머니들은 고개를 끄덕이며 손수건으로 눈시울을 닦아냈다.

"지금은 아직 명이 남았으니 우리 할마님들 건강하라고 우리 언년이와 제가 함께 마지막으로 소리 하나 더 합니다."

여진 언니는 인상을 찌푸리며 대놓고 참순이 무당에게 눈을 흘겼다. 할머니들 몇 명이 제 자리에서 일어나 춤출 자세를 취했다. 율의 장구 장단에 맞춰 참순이 무당이 먼저 부르기 시작했다.

"아니, 아니 놀지는 못하리다. 창문을 닫쳐도 스며드는 달빛. 마음을 달래도 파고드는 사랑. 사랑이 달빛인가. 달빛이 사랑인가. 텅 비인 내 가슴 속에 사랑만 가득히 쌓였구나."

참순이 무당이 후렴까지 부른 뒤 마이크에서 물러나며 여진 언니를 밀었다. 언니는 마이크 앞으로 다가섰다.

"님과 날과 만날 적에는 백 년을 살자고 언약을 하고.

231

태산을 두고 맹서를 하고 하해를 두고서 언약을 하더 니."

여진 언니의 목은 소리를 더 할수록 커졌고 힘이 들어갔다. 그래도 여전히 참순이 무당처럼 구성지지는 않고 째지는 소리였지만.

"다만 남은 건 이별이라 이별 두 자 누가 내며, 사랑 두 자를 그 누가 냈나. 이별 두 자 내인 사람, 날과 한 백 년 원수로다."

여진 언니는 송신제 밤에 찾으러 오겠다며 캐리어를 내 방에 가져다 놓았다. 캐리어 안에는 옷과 화장품밖에 없었다. 나는 캐리어를 침대 밑에 넣어 두었다.

"깨치리로다 깨치리다 이별 두 자를 깨치리라."

노랑 저고리를 입고 머리카락을 노랗게 염색한 여진 언니는 다른 무당들 사이에서 튀었다. 적당한 키에 가녀린 몸매에 목이 길고 얼굴이 작았다. 원래 큰 눈에 짙은 화장을 해 눈에 검은 물이 찰찰 흘러넘칠 것처럼 보였다. 무엇보다 너무 젊었고 예뻤다.

필례 무당의 심청굿이 이어졌는데도 내 귀에는 여진 언니의 잘 올라가지 않아 가성 섞인 소리만 들렸다. 만약, 엄마가 이곳을 떠나지 않았다면 할머니와 나란히 서서 소리를 했을 거였다. 할머니는 단오굿 보유자로 등록되었을 거였다. 엄마는 솜씨 좋은 화랭이 율과 결혼했을지도 몰랐다. 그의 장단에 맞춰 소리를 하고 춤을 췄을 것이다. 나는 율의 옆자리에 앉아 굿을 배워야 했겠지. 엄마가 이곳을 떠났기에 내 운명은 바뀌었다. 고맙게 여겨야 할까. 아니면 나를 버리고 갔다고 원망해야 할까. 할머니가 부채를 접었다 펼치며 나이를 건너뛰는 것처럼 나도 부채를 펴 나이를 한 십 년 정도 건너뛰고 싶었다. 십 년 후에 나는 꿈해몽사전을 완성할지도 모른다. 할머니 말대로 큰 공부가 어떤 것인지 모르겠지만 책에 파묻혀 있을지도 모른다. 율의 바람대로 무속과 신화, 설화를 정리하고 있을지도 몰랐다. 예원이는 제초제를 마셔 소리를 잃을 정도로 굿을 거부했지만 나는 굿당에서 율의 장구 반주에 맞춰 무가를 구연하는 것도 괜찮을 것 같았다. 그러나 옆에서 지켜보는 것과 그 속에 들어가는 것이 다르다는 것은 알고 있다. 무대 뒤 천막이 들춰졌고 꽃님이 무당이 무대를 보다가 천막을 내렸다. 나는 필례 무당의 구연 소리를 들으며 자리에서 일어났다.

굿당을 나와 관람석 뒤를 돌아 무대 뒤 쉼터로 갔다. 내 핸드폰 번호를 적은 종이를 쥔 손이 축축해졌다. 옥

양목 천을 내려놓은 막을 들추고 허리를 숙여 안으로 들어갔다. 다행히 꽃님이 무당이 먼저 알은체해 나는 인사를 하고 그녀 앞으로 갔다. 그녀 역시 손가방을 열어 오만 원권 지폐 두 장을 줬다. 나는 두 손으로 받은 후 몸을 그녀 쪽으로 기울여 귀에 대고 딸 연정에 관해 물었다.

"연정이 굿판 떠난 지 꽤 됐지. 그 애는 바닷가서 커피 가게 해."

나는 바닷가 카페, 라는 말에 가슴이 뛰었다. 그때 무대에서 푸너리장단이 시작되었다. 새로운 굿거리가 시작되었다. 장구, 꽹과리, 징, 태평소 소리가 휘몰아쳤다. 나는 꽃님이 무당의 팔을 잡고 귀에 대고 크게 말했다.

"연정이 이모 카페 어디예요? 카페 이름이 뭐예요?"

"사근진 바닷가, 블루문인가 뭔가랬는데."

쿵쿵거리는 게 내 가슴에서 뛰는 맥박 소리인지 장구와 징이 어우러진 것인지 몰랐다. 나는 누구에게랄 것도 없이 허공에 대고 고개를 숙여 인사를 하고 나왔다. 굿당을 지나 빠르게 걸었지만, 여전히 푸너리장단이 귓속을 파고들었다.

푸너리장단 소리가 작아지며 난전 호객 소리와 서커스 안내 방송이 들렸다. 나는 이어폰을 귀에 꽂았다. 아리랑은 마음을 차분하게 가라앉혀 주었다. 어깨를 치고 지나가는 사람들 속에서 내 귓속을 파고드는 아리랑을 반복해서 들었다. 아프리카 장신구를 파는 난장을 지나자 피에로가 다가와 서커스 안내지를 건네주었다. 민정과 이번 단오 때 함께 서커스를 구경 가기로 약속했었다. 나는 피에로 얼굴에 그려진 과장된 긴 속눈썹을 보며 서커스장을 지나쳤다.

초등학생 때는 서커스장 앞에서 호객 행위를 하는 원숭이와 난쟁이, 피에로를 애써 쳐다보지 않고 재빨리 지나쳤다. 학교 아이들은 서커스 단원인 난쟁이가 어린 아이들을 잡아가 식초를 먹이며 서커스를 가르친다고 말했다. 물론 근거 없다는 것을 알았지만 피에로나 난쟁이와 눈이 마주치면 나는 달음박질치곤 했다.

사근진 바닷가로 곧장 가는 버스는 없었다. 경포로 가는 버스를 타고 거기서 내려 해안 도로를 걸어야 했다. 나는 경포로 가는 버스를 탔다. 버스는 단오장에서 멀어지자 급격히 조용해졌다. 율은 왜 내게 블루문 카페를 말해 주지 않았을까. 몰랐을 리가 없었다. 버스가 오죽헌의 한적한 길을 지나 경포대를 지나자 마음이 초조해졌다. 나는 핸드폰으로 셀프카메라를 켜 내 얼굴을 봤다. 엄마는 나를 알아볼까. 버스가 경포 전적비 앞에 멈춰 설 때까지 나는 구글로 사근진 바닷가에 있는 블루문 카페 위치를 검색했다. 사근진 바닷가는 작은 어촌 마을로 카페촌이 형성되지 않아 한적했다. 버스에서 내려 모래사장으로 걸어가 바다로 면한 작은 길을 걸었다. 삼십여 분 걸었을 때 작은 어촌 마을이 보였고 편의점 위 이층 카페가 있었다. 진남색 정사각형의 틀에 흰 페인트로 그려진 초승달 밑에 blue moon이라 적힌 간판이 보였다. 나는 옥외 계단을 올랐다. 테이블 다섯 개가 전부인 작은 카페였다. 나는 카페를 둘러보며 바다로 면한 창가 자리에 앉았다. 녹색 리넨 앞치마를 한 여자가 메뉴판과 물잔을 내려놓으며 인사를 했다. 나는 주인인지 물었다. 그녀는 아르바이트생이라 대답했다. 나는 아이스아메리카노를 주문하고 주인을 만나고 싶다고 말했다. 그녀는 외출 중이라고 짧게 대답하고 돌아섰다. 나는 천천히 숨을 내쉬며 바다를 바라보았다. 유리잔 표면에 물방울이 흐르고 흘러내렸다. 잔 안에 든 얼음마저 다 녹았다. 얼음과 함께 녹은 커피는 반 정도밖에 마시지 않았다. 그 사이 카페엔 아무도 오지 않았다. 아르바이트생은 출입문과 가까운 자리에 앉아 무언가를 열심히 옮겨 적었다. 나는 문득 이혁이 준 꿈을 적은 공책이 생각나 백팩에서 꺼냈다.

꿈1

꿈에 체육관 옆 벤치에 앉아 있었는데 키가 큰 여자애가 다가왔다. 얼굴은 보이지 않았다. 그 애는 벤치에 다가와 옆에 앉으며 내 어깨에 팔을 둘렀다. 나는 말도 못 하고 그냥 앉아 있었다. 그 애가 고개를 돌려 나를 보았다. 얼굴을 가까이 가져오더니 내 입술에 키스했다. 입술은 달콤했다. 그 애가 살며시 웃었는데 얼굴을 알아볼 수 있었다. 같은 반인 윤소리, 라는 아이였다.

꿈2

꿈에 바다에 갔는데 사람이 아무도 없었다. 바닷물이 깊어 들어갈까 망설이고 있는데 뒤에서 누군가 깔깔거리며 웃었다. 뒤를 돌아보니 윤소리였다. 그 아이는 겁 없이 바다로 들어갔다. 그래서 나도 바다로 들어갔다. 우리는 누가 파도를 따라 더 멀리 가는지 내기를 했다. 내기를 해서 지는 사람이 이마에 키스해 주기로 했다. 겁이 없는 윤소리가 더 멀리까지 갔다. 내가 벌칙으로 이마에 키스해 주려고 했는데 윤소리가 갑자기 내 목을 끌어당겨 프렌치 키스를 했다. 기분 나쁘지 않은 꿈이었다.

꿈3

꿈에 집으로 가려고 엘리베이터를 탔다. 엘리베이터 문이 닫히려는 순간 어떤 할머니가 손을 내밀어 문이 다시 열렸다. 내가 9층을 누르려는데 할머니가 먼저 9층을 눌렀다. 우리 아파트는 계단식이라 9층에는 앞집과 우리 집밖에 없다. 앞집은 아이들 어학연수를 위해 모두 외국으로 나갔다. 현재 앞집은 비어 있었다. 나는 할머니를 쳐다보며 물었다.

"몇 호 가세요?"

"네 집 간다."

할머니가 대답했다.

"저 아세요?"

할머니는 검은 앞니를 드러내며 웃곤 내 머리에 손을 얹고 말했다.

"장차 니 색시를 알려 줄까?"

그 순간, 엘리베이터 문이 열렸다. 내가 뒤를 돌아보니 할머니는 없었다. 나는 엘리베이터 버튼을 눌렀다. 문이 열린 엘리베이터 앞에 윤소리가 서 있었다.

공책을 덮었다. 분명 꿈을 이혁이 지어낸 게 틀림없다. 유치했고 다시 읽어 보고 싶지도 않았다. 유치한 사건에 휘말려 감정을 소비하고 싶지 않았다. 공책 뒷장을 뜯었다. 간단한 인사말과 신혜인의 딸 윤소리라는 소개와 혹시, 엄마가 이곳에 오면 전해 달라는 부탁과 함께 핸드폰 번호를 적었다. 아르바이트생에게 주고 카페를 나왔을 때 사위가 어둑해졌다.

컴퓨터를 켰다. 달항아리에는 꿈이 올라와 있었다. 내 해몽을 믿어 주는 민들레의 꿈을 클릭했다.

꿈에 신랑 생일이라 음식을 가득 차렸어요. 케이크를 자르고 와인도 마셨는데 남편이 안 보였어요. 방마다 문을 열었는데 작은방 컴퓨터 앞 의자에 앉아 자고 있었어요. 컴퓨터 책상과 남편이 앉은 의자 사이로 하얀 곰이 보였어요. 곰은 자리가 좁아 불편한지 낑낑거렸어요. 의자를 뒤로 뺐더니 곰이 나왔어요. 그곳에 있을 때는 커 보이지 않았는데 나오니 커다란 곰이었어요. 곰이 다가와 제 무릎에 안겼어요. 제가 곰을 안고 한동안 서로 얼굴을 지그시 바라보다가 깼거든요. 전에도 글 올린 적 있는데. 아기를 기다리고 있거든요. 태몽이었으면 좋겠네요. 해몽 부탁드립니다.

이 꿈은 태몽이 아니었다. 아기를 기다리는 마음과 태몽을 꿨으면 하는 심리적인 작용이 만들어낸 꿈 같았다. 태몽이 아니라 적고 싶었지만, 어차피 해몽을 백 퍼센트 믿을 것이 아니기 때문에 실망감을 주고 싶지는 않았다. 그래서 태몽인 것 같다는 여지를 두면서 해몽했다.

할머니는 예지몽과 태몽을 중요하게 여겼다. 할머니 말에 의하면 태몽은 구체적인 서사 없이 선명하게 이미지만 나타난다고 했다. 태몽은 삼신할머니가 임신 초기에 넣어 준다고 했다. 할머니에게 두 명의 삼신에 관한 설화를 들었을 때, 슬펐다. 만약, 옛 삼신도 계속 삼신 노릇을 했다면 내 탯줄은 도끼로 잘랐을 테고 내 핏덩이 몸은 얼음물에 씻겼을 생각을 하니 소름이 돋았다. 엄마는 나를 낳을 때, 어떻게 낳았을까 생각해 보고 눈이 붓도록 울었던 기억이 났다. 율의 방에서 삼신에 관한 탱화를 본 적이 있었다. 삼신은 어리고 예쁜 처녀 탱화도 있었고 눈썹이 하얀 할머니 탱화도 있었다. 삼신이 두 명이었다는 말도 있었고, 젊고 예뻤던 삼신이 늙었다는 말도 있었다. 우리 무속에 나오는 신들은 인간처럼 나이를 먹고, 늙어 갔다. 혹은 구전되는 과정에서 보태지고 빠졌다.

나는 태몽에 관해서는 따로 확인 작업을 할 계획이다. 할머니는 꽃으로 아기의 운명을 미리 알아본 삼신할머니가 임산부에게 몸이 달라졌으니 앞으로 조심하라는 뜻으로 꿈을 넣어 준다고 했다. 아기의 운명에 대한 힌트도 주었다고 했다. 임산부나 주변 사람들이 꿈을 꾼 뒤, 임산부에게 말해 주면 임산부는 몸을 조신하게 하고 태몽을 통해 장차 어떤 아기가 태어날지 미리 짐작한다고 했다.

율이 말하길 태몽은 외국에는 거의 사례가 없고 중국에 드물게 있다고 했다. 태몽은 우리 민족 고유의 것으로 집단 무의식이었다. 특히, 우리나라에선 아들을 선호했으니 아기의 성별을 궁금해했고, 그것을 꿈에서라도 확인하고 예측하고 싶었을 것이었다. 우리 민족에게만 나타나는 태몽이지만 많은 사람이 임신 초기에 태몽을 꾼다는 것은 허투루 넘길 수는 없을 것 같다. 시중에 나온 해몽 책에는 대부분 태몽을 따로 구분해 다루는 경우가 많았다. 태몽에 관한 꿈을 따로 보관할 생각으로 태몽 폴더를 따로 만들었다. 민들레의 꿈을 저장해 두었다.

율의 마당에서 흰 수국 한 송이를 꺾었다. 율의 방을 뒤져 분홍색 한지를 한 장 꺼내 수국을 감쌌다. 병원 복도에는 찬그릇이 담긴 수납대가 세워져 있었다. 후텁지근한 공기와 반찬 냄새가 뒤섞여 지독했다. 일반실로 옮긴 예원의 병실에는 세 명의 환자가 더 있었다. 방금 식사를 끝냈는지 병실 안에서 음식 냄새가 났다. 예원의 보조 탁자에는 손댄 흔적이 없는 식사 쟁반이 놓여 있었다. 예원은 내가 가까이 다가가 의자를 끌어당겨 앉아도 천장만 노려보았다.

"예원아."

고개를 돌렸던 그녀는 내가 내미는 흰 수국을 쳐다보고는 다시 고개를 홱, 돌렸다. 머리통에는 머리칼이 까끌까끌하게 자라나고 있었다. 더운지 이불을 덮고 있지 않았다. 예원의 머리맡에 수국을 내려놓았다. 나는 식사 쟁반을 복도 수납대에 가져다 놓았다. 다시 예원 앞에 앉았다. 수국을 놓은 위치가 달라졌다. 내 쪽으로 있던 줄기 끝이 예원 쪽으로 가 있었다.

"고개 좀 돌려 봐. 얼굴 좀 보게."

그녀는 고개를 돌리지 않았다. 나는 자리에서 일어나 침대 반대편으로 갔다. 창 쪽으로 고개를 돌리고 있던 예원의 얼굴을 봐 버렸다. 나도 모르게 입에서 헉, 소리가 났고 인상을 찌푸렸다. 예원의 입술이 녹았다. 덕분에 저절로 벌어진 입 사이로 이가 드러났다. 뭔가 비웃고 있는 것처럼 보였고, 사나운 짐승의 입처럼 보였다. 목에는 호스가 달린 보호대가 감겨 있었다. 나도 모르게 저절로 몸을 돌려 창을 내다보았다. 여러 번을 침을 삼키며 멀리 내다보았다.

단오 터로 보이는 곳의 하늘에 대형 애드벌룬이 여러 개 떠 있었다. 나는 애드벌룬 테두리가 선명하게 보일 때까지 뚫어지게 쳐다보았다. 마침내 눈의 물기가 사라졌다. 뒤를 돌아 예원의 얼굴을 보았다. 그녀도 나를 피하지 않았다.

"원래 미인은 아니었지만 그래도 꽤 귀여웠는데. 너 성형하려면 돈 좀 들겠다."

예원의 눈이 커졌다. 나는 몸을 구부리고 그녀의 머리통을 긁어 줬다.

"그나마 머리통이 예쁘니 봐 줄 만하네. 나라면 안 어울렸을 텐데."

예원의 눈이 더 커졌다. 나는 다리를 굽히고 침대에 팔과 얼굴을 기댄 채 앉았다. 예원의 녹아내린 입술이 번들거렸다.

"너 엄청 보기 흉해. 못난이 같아. 얼굴 말고 행동 말이야. 이래서 어떻게 선생님이 되어 애들을 가르치니?"

나와 그녀는 말없이 한참 동안 서로 바라보았다.

간호사가 들어와 돌아가며 주사를 놓았다. 간호사는 예원의 목에 연결된 호스에 무언가를 투여했다. 식사 후 약을 먹은 환자들은 모두 잠이 들었다. 나는 의자를 창가 쪽으로 옮겼다. 예원의 얼굴을 들여다보며 율의 마당에서 흰 수국을 꺾어 왔다고 설명했다. 굿당에서 여진 언니가 소리를 했는데 억지로 하는 춤사위는 어색했고 째지는 소리였다고 말해 줬다. 미술 수행평가 과제로 방을 만들어야 하는데 손재주가 없어 방이 기울어지고 벽이 삐뚜름하다고 말했다. 그녀는 시계를 가리키며 가라고 시늉했다. 내가 의자에서 일어날 때 예원이 내 손을 잡았다. 뭐라고 말을 했는데 소리가 나지 않고 입에서 바람만 쉭쉭, 나왔다. 오지 마. 입 모양이 그렇게 말했다.

"고, 마, 워? 알았어. 또 올게."

그녀의 입이 저절로 벌어졌는데 녹아내린 입술 때문에 사나운 짐승이 웃고 있는 것처럼 보였다.

청파 여인숙 대문은 활짝 열려 있다. 이불 장수 아저씨가 어떤 아줌마와 큰 소리로 얘길 나누고 있었다. 아줌마는 이불 장수 아저씨에게 뭔가를 사정하고 있었다.

"난전을 얻어내기 위해 내가 시청에 얼마 냈는지 알아요? 근데 뭐 어쩌라고?"

"아이, 하루 세 시간만 장사하겠다니깐. 단속 나오면 얼른 물건 치울게. 응? 그럽시다."

정동진에서 왔다는 아줌마는 이불 장수 아저씨 난전 옆에서 미역귀를 팔겠다는 부탁을 하는 중이었다. 이불 장수는 단호하게 거절은 못 하고 난전을 얻기 위해 쏟아부은 노력과 돈 액수를 거듭 말했다. 마당을 지나가는데 미역 냄새가 났다. 검게 마른 미역귀가 가득 담긴 대야가 내 방 입구에 있었다. 뒤를 돌아보니 아저씨는 방 안으로 들어가려 하고 아줌마는 아저씨 방 입구까지 따라가 문 앞에 서 있었다. 나는 대야에서 미역귀 한 개를 집어 들고 방으로 들어갔다.

컴퓨터를 켜 놓고 하얗게 분이 오른 미역귀 한 귀퉁이를 잘라 먹었다. 딱딱하던 미역귀는 금세 미끄덩거렸고 짭짜름한 바다 냄새가 났다. 미역귀를 코에 대고 깊게 숨을 들이쉬었다. 남색 원피스를 입고 허리까지 내려오는 머리칼을 가진 엄마 냄새가 나는 것 같았다. 미역귀를 조금씩 떼어내 입안에 넣고 혀로 녹였다. 컴퓨터로 범일국사에 관한 자료를 찾아 읽으며 메모했다. 범일에 관한 자료는 모두 비슷했다. 내가 알고 싶은 부분을 속 시원히 찾을 수는 없었다. 시계를 보니 아홉 시가 넘었다. 할머니에게 전화하기 위해 핸드폰을 드는 순간 문자가 들어왔다.

'윤소리, 왜 문자 씹니? 내 목소리 듣고 싶어서야? 전화할까?'

이혁에게서 확인하지 못한 문자가 와 있었다. 나는 얼른 전화하지 마, 라고 답을 보냈다. 금세 답이 왔다.

'아, 너도 문자 하긴 하는구나. 내일 뭐 해?'

답을 하지 않자 또 금세 문자가 왔다.

'내일 만나자'

나는 미역귀 남은 하나를 몽땅 입안에 넣었다. 입안에 거품이 일어나고 맛은 짰다. 입에 넣은 미역귀를 다

먹자 갈증이 났다. 부엌에서 물을 마시고 할머니에게 전화하니 바로 대문 앞이라고 했다. 할머니는 양은 냄비를 들고 들어왔다. 부엌에 들자마자 냄비를 가스레인지에 올렸다.

"소리 아직 저녁 안 먹었지? 얼른 국 데워 밥 먹어."

할머니는 한복을 벗었다. 나는 할머니가 단오를 위해 새로 지은 은조사 항라 한복을 옷걸이에 걸어 두었다. 귀한 옷감인 은조사 항라는 할머니 장롱 속에서 이십 년 넘게 묵혀 있었다. 태풍 때 제일 먼저 챙겨 놓은 게 무가 문서와 갑사, 항라, 숙고사 등 천을 담아 놓은 보따리였다. 동정과 밑동만 다른 물색 한복은 세 벌이 넘었다. 할머니가 씻는 동안 나는 부엌에서 곰칫국을 먹었다. 흐물거리는 물곰치를 보니 곧바로 예원의 입술이 떠올랐다. 남은 것을 개수대에 쏟아 버렸다.

할머니가 욕실에서 나와 방으로 들어갈 때, 뒤따라 들어갔다. 이불을 펴고 할머니에게 누우라고 했다.

"아이, 되다. 오랜만에 굿당에 있으니 신명 나지만은 나도 많이 쇠했다."

다리 마사지 기계를 놓고 다리를 고정한 후, 전원을 켰다. 할머니 팔을 귀 옆으로 올려 늘려 주고 팔뚝과 팔꿈치를 꽉꽉 눌러 주었다.

"팔 마사지 기계도 사지 그래?"

할머니는 대답 없이 흐흐, 웃기만 했다. 그러다 정색
하고 말했다.

"소리. 아까 보니 굿당에서 율한테 장난을 치는 것 같
던데?"

"봤어? 율이 알은체도 안 해서."

"율이 소리를 귀여워하고, 피붙이나 진배없지만 율은
화랭이여. 굿당에서 엄숙해야 하는데 그렇게 장난치면
안 되지."

"그땐 장구 잡고 있지도 않았는데?"

"굿 중이었잖아. 앞으로 그러지 마? 알았제? 잔소리하
는 김에 하나만 더 하자. 굿을 해도 암무당과 달리 화랭
이는 벌이가 시원치 않아. 율한테 자꾸 뭐 사 달라고 하
지 마."

"율, 목공소에도 다니잖아."

"굿판 따라댕기다 남는 시간에 일하는데 얼마를 벌
겠어."

"블루투스 헤드셋 사 줬다고 율이 말했어?"

"뭐? 블루? 그런 것도 사 달랬어?"

"아니. 참, 아까 여진 언니 소리 잘하던데?"

"고년 요즘은 고분고분 무가도 술술 잘 외고 그러드라. 요번 금진 풍어제 때, 굿거리 두 개 할 거야. 참, 할미도 손님굿 하기로 했어."

"왜?"

"에고, 왜는 왜야. 오뚝이 대신이지. 그이는 맥을 놓은 것 같아. 어떻게 키운, 아니다. 고년 얘기는 하지 말자."

나는 예원이를 만나고 왔다고 말하려다 참았다. 할머니가 좋게 생각할 리 없었다.

"할머니는 그냥 대기하고 다른 무당더러 하라 그러지. 나이도 있는데."

여진 언니가 사라지면 어쩌면 할머니는 굿을 더 하게 될지도 몰랐다.

"할미 오랜만에 굿 생각하니 신명 난다."

"할머니는 왜 나한테 굿 안 가르쳤어?"

"니 에미 년은 무당 되는 거 싫어 도망갔는데, 그 업을 너한테 떠넘길 수는 없지. 그리고 장군님이 그러는데 소리 넌 큰 공부 할 팔자라 했어."

할머니가 공부 얘기만 꺼내면 나는 땅으로 꺼져 들어가고 싶었다.

"할머니, 나 공부 잘 못해."

"큰 공부에는 잘하고 못하고가 없어. 할 사람은 다 하게 되어 있어. 두고 봐라. 소리, 황루시 교수 알제?"

"응."

"내가 처음 굿 배우느라 어리어리하던 일천구백칠십칠 년 굿당에 들락거리며 이것저것 귀찮게 물어보던 서울서 온 여대생이 있었어. 그땐 참 애리애리했는데. 나보다 열댓 살 어렸지. 매년 단오제, 별신굿, 오구굿 때면 귀신처럼 알고 내려왔어. 나한테 박카스, 원비디 건네며 수줍어 늘 손으로 입을 가리고 요건 뭐예요, 왜 그런 거예요, 귀찮게 굴고 꼬치꼬치 캐묻던 그 여대생이 여기 학교 대학교수님이 되었고 이젠 정년 퇴임에 환갑이 넘었어야."

"알아, 벌써 몇 번 얘기했어."

"그이 우리 무당들 많이 이끌어 줬어. 우리 굿을 세계에 알리려고 애도 많이 썼고. 유네스코 된 것도 그이 공덕이야, 난 그리 생각해. 니 에미 년이 내빼고 난 뒤, 내가 앓아누워 있을 때도 일주일에 한 번 이리로 찾아왔어. 그이 여기 무당에게 쏟은 정성은 못 잊는다. 암, 죽어야 잊지. 살아서는 못 잊어. 그이 거진 오십 년을 봐 왔는데.

지금도 굿만 시작되면 머루 포도알 같은 눈으로 처음 보는 굿인 양 초롱초롱 쳐다봐. 우리 소리가 그이 같은 사람이 되면 할미는 죽어 남대천을 떠돌며 춤출 거야."

"할머니 젊거든. 나 대학까지 보내려면 제발 돈 좀 아껴 써."

"흐흐, 알았어. 할미는 소리가 하는 거라면 잔소리도 듣기 좋아."

할머니 방에서 내 방으로 건너와 차 상자를 꺼내 호두나무잎을 세 장 꺼냈다. 베개 밑에 두고, 불을 끄고 누워 예원의 얼굴을 떠올렸다. 자기 전에 떠올린 생각들이 꿈에 나타나는 경우는 드물었다. 보통 대수롭지 않게 여기고 그냥 스쳐 지나간 것들이 보였다. 예원의 입에서 새어 나오던 바람 소리를 떠올리며 예원과 내 앞날을 상상했다.

○

.

    할머니가 방문을 벌컥, 열었다. 동시에 잠이 깼지만,
눈을 감은 채 누워 있었다. 할머니는 발끝을 들어 올리
고 방으로 들어왔다. 침대로 다가와 몸을 구부려 내 얼
굴을 들여다보았다. 할머니에게서 향내가 났다. 송신제
를 앞두고 새벽 기도를 했을 것이었다. 할머니는 단오 시
작도 중요하게 여겼지만, 마지막 봉안제와 송신제에도
각별하게 신경 썼다. 모셨던 신을 제자리로 편안히 돌려
보내야 일 년 동안 이 지역에 홍수와 가뭄 재해가 일어
나지 않는다고 했다. 할머니는 손을 뻗어 내 이마에 내려
진 머리카락을 옆으로 쓸었다. 이마가 간지러웠지만, 꾹
참고 있었다. 이어 볼과 턱을 만지고 숙였던 몸을 일으켰
다. 문을 열자 마당 수도에서 누군가 푸푸푸, 소리를 내
며 세수하는 소리가 들렸다.

"이봐, 화분. 세면실이 있는데. 왜 여기서 씻어? 여기서 씻지 말라 했잖아."

할머니는 상인들의 성이나 이름 대신 팔고 있는 물건으로 불렀다. 칼과 도마를 파는 상인에게 칼도마, 라고 불렀고, 바퀴벌레약을 파는 상인에겐 바퀴벌레, 라고 불렀다.

"안에 누가 씻고 있어서."

"그걸 좀 못 기다리나. 씻고 난 물을 제발, 여기 화단에 버리지 말고 대문 쪽에 버려. 지난번에도 누가 여기에 버린 것 같던데."

마당에 있는 수도는 화단에 물을 주기 위해 예전 펌프를 개조해 놓은 것이므로 물 내려가는 하수구가 따로 없었다.

"네. 근데 보살님. 이 꽃은 뭔 꽃이에요? 희한한 게 참 예쁘네요."

"그거, 예쁘제. 귀한 거야. 일본에서 건너왔어. 게이샤 꽃이야."

할머니는 금방 목소리 톤을 바꿨다. 태백산 당골에 갈 때마다 들르는 백단사에서 얻어 온 씨를 뿌려 얻은 꽃이었다. 백단사 정 보살은 일본에서 불교 공부를 하고 온 사람이었다. 일본에 자주 다녀오는데 그럴 때마다 할머니를 위해 꽃씨를 구해다 주곤 했다. 할머니는 씨를 뿌린 후, 잎이 한 잎씩 돋아 나올 때마다 호호 불며 애지중지했었다.

"여기 이 청색으로 피는 꽃은 요조숙녀 절개화요, 이세상에 못 살 연분 죽은 후에 핀 상사화요, 멀고 먼 황천 길에 소식 적던 대계화요, 인당수에 몸이 팔려 환생하던 해연화요, 사억 팔만대장경에 만단설법 법문화요."

할머니의 꽃 타령이 시작되었다. 꽃 이름은 당연히 게이샤꽃이 아니었다. 꽃 이름을 잊어버리면 피어나는 꽃 모양을 보고 할머니 마음대로 꽃 이름을 지었다. 어떤 때는 같은 꽃의 이름을 두세 개나 만들었다. 할머니의 화단은 흰빛으로 가득한 율의 마당과 달리 울긋불긋 화려했다. 내 방문이 벌컥 열렸다.

"소리, 일어난 것 다 알아. 부엌에 추어탕 있으니 데워 먹고 학교 가. 할미 간다."

나는 대답 없이 이마를 찡그렸다. 할머니가 문을 벌컥 여는 바람에 꿈을 꾼 것은 어렴풋이 생각나는데 내용이 떠오르질 않았다. 나는 잠이 깰 때의 분위기를 중요하게 여겼다. 조용한 가운데 잠에서 깨어나 차분하게 꿈을 되짚어 보는 시간을 갖는 것을 즐겼다. 마당에서 소리가 들리지 않을 때까지 누워 있었다.

때죽나무 아래에 앉았다. 갈색으로 변한 잎이 마당에 떨어져 있었다. 율이 바빠 마당을 쓸 겨를이 없었을 것이었다. 빗자루를 들고 꽃잎을 쓸었다. 떨어진 잎이 내 마음 같았다. 때죽나무잎이 떨어진 곳에서 희미하게 향이 번졌다. 희미한 향을 매달고 나뒹구는 꽃잎을 다 쓸어 담자 라일락 향이 마당으로 흘러내렸다. 율의 무악기를 넣어 두는 신장 바로 옆에 라일락나무가 서 있다. 엷은 보라색이었던 꽃봉오리가 흰색으로 변하고 있었다. 이 라일락은 처음 꽃봉오리가 맺힐 때는 진보라색이었다가 점점 색이 엷어졌다. 만개해 강렬한 향을 내뱉을 때는 백옥처럼 흰색이 되었다. 율은 내 키보다 작은 나무 이름이 미스김라일락, 이라고 했다. 미국인이 수수꽃다리과 정향나무의 종자를 미국으로 가져가 개량해 키가 작고 향이 풍부한 라일락 품종을 만들었다고 했다. 그때 함께 연구한 사람이 미스 김이어서 이름을 그렇게 붙였다고 했다. 미스김라일락은 율이 이 년 전에 심어 놓은 것이었다. 꽃이 피는 것은 올해 처음 보았다. 코로 깊게 숨을 들이쉬고, 입으로 천천히 뱉어냈다. 라일락 향이 코로 스며들어 왔다. 율은 힘든 일을 떠올리기 전에 호흡을 천천히 세 번 하라고 했다. 호흡하는 동안 슬픔이든 기쁨이든 거리를 만들어 한 겹 덜어내고 살펴보라고 했다. 라일락 향을 들이마시며 핸드폰 통화 목록을 살폈다. 오늘도 사근진 블루문 카페 사장이라는 연정 이모에게선 전화가 오질 않았다. 핸드폰을 열두 번 다시 들여다봐도 부재중 전화는 없었다. 그 사실은 변함없었다.

나는 귀에 이어폰을 꽂고 국어 숙제를 했다. 국어 숙제는 단오를 소재로 시로 쓸 경우는 다섯 편. 소설, 수필 등 산문일 경우 원고지 스무 매 이상이었다. 나는 국어 숙제를 잘하고 싶었다. 좋아하는 과목이었고 따로 공부하지 않아도 점수가 잘 나왔다. 여진 언니는 내 국어 점수는 율 방에서 읽은 책 덕분이라고 했다. 국어 숙제의 제목은 「매년 다시 결혼하는 부부」로 정했다. 내가 알고 있는 구전 신화를 모두 동원해 쓰기로 작정했다.

태양이 두 개이고 달이 두 개이던 시절,

낮에는 뜨거워 사람들은 옷을 벗었고,

밤에는 너무 밝아 잠을 이룰 수 없었다.

천지왕의 아들, 대별왕과 소별왕이 활로 태양과 달을
하나씩 쏘았다.

하나 남은 태양은 적당한 온기를 주었고,

달은 나그네가 밤에 길을 잃지 않을 정도만 비췄다.

범일은 태양의 아들이었다.

옛날 굴산에 미월, 이라는 처녀가 있었다.

어느 이른 아침 미월이 우물, 석천에서 물을 떴다.

바가지 속에 해가 담겨 있었다.

미월은 물을 쏟아 버리고 우물에서 물을 떴다.

바가지에 붉은 해가 담겨 바가지 한가득 찰찰 넘쳐났다.

몇 차례 더 물을 쏟아내 버리고 떴으나

그때마다 바가지 속에 여전히 붉은 해가 한가득 자리
잡고 있었다.

바가지에 자리 잡은 해는 늠름한 청년의 얼굴로 보였다.

미월은 두근거리며 해가 가득 들어차 있는 바가지의
물을 마셨다.

무언가 뭉클하며 목 속으로 넘어가는 듯했다.

남색 저고리에 자주 치마를 입고 분홍 장옷을 걸친 삼신 애기씨가

은가위와 참실을 들고서 미월을 바라보며 웃었다.

그렇게 삼킨 태양이 몸속에서 사내아이로 변해 태어났다.

정 씨 집안의 처녀, 연이.

실눈을 감았다 뜨면 바람이 찾아와 눈썹에 머물렀다 가고,

연이가 웃으면 나비 떼가 날아와 연이의 머리에, 어깨에 앉았다.

마당에 활짝 핀 작약이 질투할 정도로 예뻤다.

하루는 연이가 저녁에 머리를 감고 마루에 걸터앉아

참빗으로 물미역 같은 머리카락을 빗고 있었다.

마침, 보름달이 정수리 바로 위에 커다랗게 빛나고 있었다.

연이는 빨간 치마에 노랑 저고리를 입고 있었다.

대문 안으로 호랑이가 들어왔다.

연이가 소리를 지르자 호랑이가 날름 연이를 업고 달아났다.

비명에 방문을 연 정 씨는 호랑이 등에 업혀 가는 딸을

보았다.

마루에는 연이의 참빗이 떨어져 있었다.

문득, 간밤에 꾼 꿈이 떠올랐다.

꿈에 한 청년이 큰절하며 사위로 맞이해 달라고 부탁했다.

정 씨는 벌어진 어깨와 다부진 가슴팍이 마음에 들었지만 범상치 않은 눈빛이 걸렸다.

"근데, 어디 사는 누구요?"

청년이 자신은 대관령 성황신이라는 소개를 다 마치기도 전에

머리가 하얗게 세었고 수염이 자라났다.

정 씨는 인간이 아니기에 딸을 줄 수 없다고 거절했다.

꿈에서 깨어났지만 영 개운치 않았다.

정 씨는 부인에게 꿈 얘기를 했다.

방금 호랑이가 연이를 물고 갔다고 말했다.

정 씨 부부는 대관령 국사 성황사로 찾아갔다.

딸은 죽어 있었고 몸이 비석처럼 선 채로 땅에 붙어 있었다.

정 씨 부부는 곧바로 마을로 내려와 용하다는 무당을 찾

아갔다.

　무당은 정 씨 부부가 올 것을 미리 예견했다며 그들을
맞이했다.

　무당은 화공을 불러 정 씨 처녀를 그림으로 그려

　성황신에게 바치겠으며 딸을 시집보내겠노라, 말하면

　딸의 발이 땅에서 떨어질 것이다, 라고 말했다.

　무당의 소개로 화공을 부르고 굿 준비를 해

　그들은 대관령 국사 성황사로 찾아갔다.

　무당이 바라를 치며 성황신을 부르는 굿을 시작했고,

　정 씨 부부는 무당의 뒤에 서서 비손하며

　딸을 성황신께 시집보내겠다고 말했다.

　화공이 빨간 치마와 노랑 저고리를 입고

　곱게 머리카락을 땋아 내린 연이를 다 그리자

　거짓말처럼 연이의 발이 땅에서 떨어져 시신을 거둘 수
있었다.

　지금까지 쓴 것을 다시 읽어 보았다. 범일을 낳은 처
녀를 미월로, 정 씨 처녀의 이름을 연이, 라고 지었다. 소
설이라고 할 수도 없을 것 같고, 설화의 중심 뼈대만 남

겨 두고 상황이나 배경을 내 마음대로 바꿨으니 수필이라고 할 수도 없을 것 같았다. 부끄러웠다. 서사시처럼 쓰고 싶었는데 행과 열만 바꿔 쓴 것 같았다. 서사시라고 하기에는 억지처럼 생각되었다. 어쩌면 국어 선생님은 내가 신화를 서사시 형태로 바꾸려고 노력한 사실을 알아봐 줄지도 모른다는 생각에 가슴이 두근거렸다.

남대천을 향해 나 있는 창을 열고 둑 위를 보았다. 옷 가게에는 손님이 많았다. 옷걸이에 걸린 화려한 색깔 원피스들이 바람에 펄럭였다. 펄럭이는 원피스 사이로 진분홍 치마에 미색 저고리가 보였다. 정수리에 흰 꽃띠를 두른 여진 언니였다. 언니는 빠른 걸음으로 둑 아래 계단을 내려왔다. 곧장 동쪽으로 걸어갔다. 나는 방문을 걸어 잠그고 여진 언니네로 갔다.

율의 방문을 잡아당기니 언니는 서쪽으로 나 있는 창문에 기대 담배를 피우고 있었다.

"깜짝이야. 난 또 누구라고."

언니는 말은 그렇게 했지만 놀라는 기색은 없었다. 나는 방 안으로 들어가 율이 기대고 앉는 쿠션에 기대앉았다.

"너, 요즘 예원이한테 간다며?"

"응, 요즘은 웃고 그래."

"조심해. 할머니한테 말하지 마. 아까 할머니 오뚝이 무당이랑 한바탕 싸우셨어."

"왜?"

"무대에서 넋 놓고 앉아 있는 게 보기 싫고 사람들이 뒷말하니 쉼터에 가라고 말했거든."

"아이참, 할머니는."

"아냐, 다른 무당들도 그렇게 생각했어. 굿 중간에 할머니가 작게 얘기했는데, 오뚝이 무당이 갑자기 소리를 막지르며 할머니한테 대드는 거야. 젊은 패들이 얼른 눈치 봐서 우르륵 일어나 뱃노래 부르며 춤을 췄지. 앞에 있던 할머니들만 조금 눈치챘을 거야."

"언니, 옆에 모르는 얼굴 한 명 있던데."

"그이, 괴짜야. 예술대학 학생인데 글쎄, 굿을 배우겠다고 덤벼들어. 그 앤 우리 굿이 예술이래. 자기가 선택하니 예술이지. 처음부터 이쪽에 태어나 봤어야 하는데. 암튼, 그래도 곧잘 하더라. 그런 애들한테 자리 물려주고 강제로 세습하는 거 따윈 없애야 해."

"그런 사람이 얼마나 되겠어?"

"그런 과가 생겼대. 전통예술원인가 거기서 무속 연

희 실기를 배운대."

언니는 빨간 립스틱 자국이 묻은 담배를 끄고 휴지
에 쌌다.

"말려도 갈 거지?"

"응, 그럴 거야."

"꼭, 연락해. 약속이야."

"그래, 약속. 소리도 무슨 일 있으면 톡 보내. 무슨 일
있을 것도 없겠지만. 누구에게도 절대 번호 알려 주면 안
돼. 알았지?"

언니는 작은 손가방 안에서 향수를 꺼내 귀 뒤와 머
리카락에 뿌렸다. 언니와 제방 둑 위로 올라가니 사람들
이 우리를 돌아다보았다. 화려한 애기 무당을 가까이서
보는 것이 신기한지 아이, 이쁜 게, 하며 등을 쓸어 주는
할머니들도 있었다. 굿당에 다다르자 언니는 손가방에
서 초콜릿을 꺼냈다. 나에게 반을 주고 나머지 반을 네
등분 해 입안에 넣었다. 언니가 무대로 가는 것을 보고
나는 굿당에서 소지를 올리는 할머니와 장구를 잡고 바
라지 하는 율을 잠깐 보고 돌아 나왔다. 삼 년 전부터 굿
당에 있는 것이 싫었다. 할머니가 굿을 하다 엉덩방아를
찧은 후부터였다.

양중이 모두 자리에 앉았고 젊은 무당 다섯 명이 앉아 있었다. 참순이 무당이 마이크 앞으로 갔다.

"다음은요, 우리 무당 중의 왕 무당이며, 노땅 무당의 계면굿입니다. 초등학교에도 없는 칠 학년 구 반. 어찌나 기운이 설설 끓어 넘치는지 할마님들 이 짱짱한 힘 나눠들 가십시다요."

할머니는 계면굿을 시작했다. 온몸에 힘을 주고 있는 것이 느껴졌다. 춤은 젊은 무당 못지않게 힘찼고 소리는 높낮이를 자유롭게 올렸다 내렸다. 할머니 굿을 보고 있는 내 손에 땀이 났다. 계면 할머니의 내력을 노래한 후 팔도 무당 굿하는 모습과 소리를 우스꽝스럽게 과장하며 흉내 냈다. 내 옆에서 할머니들이 수군거리는 목소리가 들렸다. 저 무당 오래 굿을 했어. 고왔는데 이젠 많이 늙었네. 노들사, 라고 당골도 지었다던데. 신내림 받은 무당이야. 용하다며. 돈 많이 벌었을 거야. 돈은, 무슨. 딸년이 고생시켰대. 지금 곶감 시장 골목 허름한 여인숙에서 산대.

할머니는 무당춤을 추기 시작했다. 양손을 휘저으며 무릎을 구부려 천천히 앉았다. 할머니의 얼굴은 땀으로 번들거렸다. 춤을 추기엔 무리라고 생각되었다. 할머니가 앉은 자리에서 일어나며 몸을 한 바퀴 돌리다 세워둔 마이크 받침대에 걸렸다. 엉덩방아를 찧고 넘어진 할머니를 소지 올리던 참순이 무당이 일으켜 세웠다. 양중 옆에 앉아 굿을 익히던 젊은 무당들이 입을 가리고 웃었다. 내 주변에서 수군거리던 할머니들은 안타까워했다. 할머니는 몸을 일으켜 굿을 끝까지 했다. 할머니 몇이 앞으로 나가 쾌자에 지전을 꽂아 주었다. 신이 난 할머니는 양중 옆에 앉아 있던 무당들이 한 명씩 모두 빠져나갈 때까지 소리를 했다. 그날, 집으로 돌아와 할머니는 내게 엉덩이를 내밀었다. 꼬리뼈 근처에 멍이 들었다. 여름 내내 할머니는 엉덩이에 침을 맞으러 다녔고 매일 밤 나는 뜨거운 수건으로 할머니 엉덩이를 마사지해 주었다.

난장을 지나다 청파 여인숙에서 묵고 있는 이불 장수를 만났다. 그는 마이크에 대고 큰 소리로 떠들었고 사람들이 제법 몰려 있었다. 그의 난전 옆에는 정동진에서 왔다는 아줌마가 광주리 앞에 쭈그리고 앉아 미역귀를 팔고 있었다. 사람들은 미역귀에는 관심 없어 보였다. 모두 어지럽게 뒤엉켜 있는 이불과 베갯잇을 들춰 보았다. 나는 미역귀를 파는 아줌마에게 다가가 미역귀 가격을 물었다. 아줌마는 원하는 대로 판다고 했다. 나는 오천 원어치 달라고 했다.

"자 이눔은 또 무신 이불이냐? 이불 공장 쇠똥이가 바느질하다 신경질 나서 반쯤 베어 먹은 이불이여. 워따 쓰느냐. 양기가 부족해 뒷골이 땅기는 사람, 버스를 타고 가다가 다리가 후들후들 떨리고, 식은땀이 줄줄 흐르시는 분, 오줌이 두 갈래 세 갈래로 나오시는 분. 일단, 한 장 갖다 덮어 봐. 화장실 변기 꽉꽉 뚫려 버려. 내 말이 거짓말이면 이불 열 장씩 공짜로 주겠어. 어이, 거기 예쁜 여고생 언니, 이불 한 장 살 테야?"

그와 눈이 마주치자 나는 못 들은 척하고 얼른 고개를 돌렸다. 미역귀 값을 내고 검은 비닐봉지를 받았다. 미역귀는 생각보다 양이 많았다.

"청파 여인숙, 키 큰 여학생 언니. 말 잘하면 한 장 거저 줄게. 이리 와 봐."

그는 더욱 큰 목소리로 마이크에 대고 말했다. 나는 고개를 돌리지 않고 재빨리 걸었다.

"자 이눔은 또 무신 이불이냐? 꿈자리가 영 사나운 사람, 복권 사려고 지갑 열고 기다리는데 돼지꿈, 똥 꿈이 안 꿔지는 분, 싸랑하는 철수 씨 꿈에서라도 보고 싶은 사람, 한 장 가져가 덮어 봐. 철수 씨랑 꽃밭에서 뒹구는 꿈, 돼지꿈, 똥 칠갑, 피 칠갑하는 꿈 꿔 다음 날 복권 가게로 달려갈 끼야."

나는 발걸음을 멈추고 뒤를 돌아 이불 장수를 보았다. 그는 손에 분홍 꽃이 커다랗게 그려진 차렵이불을 들고 있었다. 꿈에서라도 보고 싶은 사람. 사람들은 자기가 바라는 것이 꿈에서라도 이루어지길 바랐다. 이불을 덮으면 보고 싶은 사람을 만날 수 있다는 상상을 만들어 낸 이불 장수가 조금 다르게 보였다.

미역귀를 먹으며 단오 터에서 나와 잠수교를 지났다. 시내로 연결된 굴다리를 지났다. 둑 아래에 늘어선 음식 난전을 따라 위쪽으로 걸어 올라갔다. 가구 골목 입구까지 걸어가니 오가는 사람이 거의 없었다. 율이 일하는 효성 목공소는 쇠문이 닫혀 있었다. 문이 열려 있는 목공소에도 대부분 사람이 없었다. 깊숙하고 어둑한 창고 앞쪽에는 전기톱이 놓인 작업대가 보였고 뒤쪽에는 여러 종류 나무가 쌓여 있었다. 대부분 문이 닫힌 가구 골목을 천천히 걸었다. 골목을 나가 경포로 가는 버스를 타고 사근진 블루문 카페로 갈까, 말까. 아르바이트생은 사장에게 내 쪽지를 전해 줬을 것이다. 만약 연정 이모에게 엄마가 연락하지 않았다면 궁금해서라도 전화할 거였다. 전화하지 않는 건 엄마가 원하지 않아서일 거였다. 수십 번을 갈등하다 석천 철학관 골목으로 들어갔다. 대문을 열고 마당 안에 들어서니 평상 위에는 라면을 끓였던 냄비와 그릇이 너저분하게 놓여 있었다. 신경질적으로 그릇들을 챙겨 부엌으로 가져가 설거지했다. 엄마가 이곳에 왔다는 확신은 점점 커졌고 배신감도 커졌다. 잘 벼린 칼이 가슴을 콕콕 찌르는 것 같아 숨을 쉬기가 힘들었다. 아리랑도 듣기 싫어졌다. 방으로 들어가 연습장에 쓴 국어 과제를 공책에 깨끗하게 옮겨 적었다. 남대천으로 향한 창문을 두드리는 소리가 들렸다. 왼쪽으로 고개를 돌려 창밖을 내다보았다. 자전거를 탄 이혁이 나오라는 손짓을 했다. 밖으로 나갔다. 이혁이 자전거를 끌고 둑 아랫길을 걸었다. 이혁은 손목시계로 시간을 확인한 후 시간이 별로 없다고 말했다.

"너 해몽가가 되는 게 꿈이냐?"

이혁의 질문에 나는 그를 쳐다보았다.

"이거 들어 볼래?"

이혁이 오른쪽 귀에서 이어폰을 빼 나한테 내밀었다. 나는 싫다고 대답했지만, 이혁이 내 왼쪽 귀에 꽂았다.

아무 소리도 들리지 않았다.

"난 원래 음악 듣지 않아. 그냥 애들이 말 거는 게 싫어서 귀에 꽂아 두는 거야. 너랑 네 친구가 말하는 걸 들었어."

민정과 나는 이혁이 항상 귀에 이어폰을 꽂고 엎드려 있어 신경 쓰지 않고 수다를 떨었다. 민정은 이혁이 어떤 음악을 듣는지 궁금해했다.

"난 네가 해몽 책을 쓸 거라는 말에 좀 놀랐어."

"왜?"

"우리 나이에 앞일에 대해 확신을 가지고 계획 세우고 실천하는 애들 드물잖아. 게다가 해몽가라니. 미신적이고 엉뚱하다고 생각했는데 꿈을 사러 서울에도 가고 좀 대단하게 생각되었지. 근데 너, 해몽가가 되려면 무슨 과에 가야 하는 줄은 아니?"

"비웃는 거야?"

"아니, 진지하게 물어보는 거야."

"인류학과를 생각하고 있는데. 대학이랑 상관없이 언젠가 꼭 그 일은 하고 싶어. 너 며칠 전에 준 공책에 적은 것. 만들어낸 거지?"

"꿈?"

"너한테는 장난일 수도 있겠지만, 나한테는 중요하거든."

"네가 중요하게 생각하는 줄 아는데 내가 왜 장난칠까? 꿈을 사러 서울까지 갔다 온 것도 아는데. 그건 정말 내가 꾼 꿈이야."

"하아."

"최근에 꾼 것은 아니지만 올 학기 초에 꾼 거야. 너무 선명해서 기억하고 있었거든. 해몽은 했어?"

"아니."

"나 내일 서울 가거든. 그 전에 너를 꼭 만나고 싶었어."

"왜?"

"중요한 결정을 해야 하는데 부적 받으러 온 것 같은 느낌이랄까."

이혁이 재빠르게 내 손을 잡았다 놓았다. 미처 피할 겨를도 없었고 감촉도 못 느꼈다.

"뭐, 뭐니."

"이제 갈게. 집으로 돌아가는 길은 알지? 뒤돌아서 곧장 걸어가면 되니깐. 바래다주길 바라는 건 아니지?"

"안녕."

이혁은 나를 따라서 안녕, 하고는 자전거에서 몸을 일으켜 페달을 밟으며 시내 쪽으로 갔다. 빠른 속도로 목표를 향해 치열하게 달려가는 그 애의 뒷모습을 오래 바라보았다. 나 혼자 뒤처져 남는 것 같아 초조했다. 내 방으로 들어가자마자 6월 모의고사와 기말고사 대비 계획을 세우자. 인터넷 강의를 신청하고 문제집을 주문해야지. 아니 그 전에 국어 과제를 끝내야지. 나는 난전의 호객 소리가 귀에 들리지 않을 정도로 빠르게 달렸다.

할머니 뒤에 진분홍 치마에 미색 저고리를 입은 여진 언니가 따라 들어왔다. 할머니는 누군가 화단에 물을 부었다고 화를 내며 꽃들을 살폈다. 대부분 상인은 교대할 사람이 없어 어젯밤 난전에서 새우잠을 잤다. 오늘이 장사 대목이라 온종일 장에 있을 거였다. 할머니는 화분 장수를 의심하며 아예 대놓고 그에 대한 악담을 퍼부었다.

"한두 번 먹은 비눗물로 안 죽는다고 말할 때 알아봤어. 꽃 파는 사람이 꽃을 그리 다루니 마누라도 어떻게 다루는지 알겠어. 그러니 밖으로 겉도는 걸 가지고 살이 끼었다고. 병 주고 약 주면 뭐 하냐고. 제 자식이 제초

제를 마셔 봐야 내 마음을 알겠지. 아이고 고 예원이라
는 년, 독한 년."

할머니는 예원이까지 욕하며 화단에 엎드려 걸레로
비눗기 있는 흙을 뒤적거렸다. 여진 언니는 커다란 종이
가방을 내 방에 들여놓고 욕실로 갔다. 할머니는 청테이
프와 가위를 달라고선 수도 입구를 청테이프로 둘둘 말
아 놓았다. 욕실에서 나온 여진 언니는 내 방으로 들어
가 버선을 벗고 정수리에 두른 흰 꽃띠를 떼어냈다. 눈
화장을 진하게 한 언니의 눈 주위가 검게 번졌다. 소제를
하면서 언니도 울었을 것이었다. 무당들은 무사히 신을
떠나보내며 눈물을 흘렸다. 제 삶을 돌이켜 생각해 눈물
을 흘렸다. 무당은 평상시에 아무것도 아닌 일에 자주 크
게 웃었지만, 울음도 크고 깊게 울었다.

언니는 한복을 벗고 속치마 차림으로 침대에 누워
발을 뻗었다. 할머니는 쾌자와 한복을 벗고 속옷 차림으
로 욕실로 들어갔다. 할머니는 마지막에 무당이 함께하
는 꽃노래굿을 위해 쾌자를 가져갔다. 나는 언니에게 생
리일이 지났는데 생리가 나오지 않는다고 말했다. 언니
는 자신도 처음 시작했을 때 불규칙했다고 말했다. 할머
니가 욕실에서 나오자 여진 언니가 갈아입을 옷을 챙겨

욕실로 갔다.

"다들 모여 늦은 저녁 먹으러 갈 텐데. 여진이 안 간 대?"

"응, 피곤하다고 씻고 자고 싶대. 할머니 혼자 가."

"그년, 오늘 엄청나게 울대. 애 무당이 소제 때 그래 우는 거는 또 처음 봤네."

"할머니. 오뚝이 무당이랑 싸우지 마."

나는 참으려다가 불쑥 내뱉었다. 저녁 먹으며 할머니가 쓴소리할 것이 분명했고 그럼 오뚝이 무당이 되받아칠 것이 눈에 선했다.

"고새 여진 년이 일러바쳤나? 내가 싸움꾼이야? 오뚝이가 먼저 시비를 걸었어."

"오뚝이 무당 마음 할머니가 알아줘야 하잖아."

"왜에, 왜 내가 알아줘야 하는데? 변덕도 심한 년. 금진 별신굿도 안 한다 했다가 오늘 아침에는 또 한다 그러고. 예원이 년 병원비가 얼마니 뭐니, 그게 다 우리가 돈 거둬 주길 바라고 하는 수작이야."

"할머니, 굿하고 싶었는데 못 해서 그래? 왜 그리 나쁘게 굴어? 병원비 좀 모아 주면 어때서."

"어떻긴. 예원이 그 똑한 년이 뭐어? 제초제를 들이

켜? 신문 날 노릇이다. 무당 되기 싫으면 하지 말 것이지. 왜에? 우리 얼굴에 똥칠하는데. 소리, 그년 만나지도 마. 만나기만 해 봐라."

할머니는 경대를 확, 잡아당겨 거울을 펼쳤다. 거울 속에 화로 벌게진 얼굴이 보였다. 나는 말없이 할머니가 화장하는 모습만 바라보았다. 거칠게 빗질하던 할머니가 경대에 빗을 던졌다.

"예원이 년이고, 니 에미 년이고 신을 어긴 것들 두고 보자, 끝이 좋은지."

"할머니, 어떻게 딸한테 악담을 할 수가 있어?"

"이십 년 동안 안부 전화 한 통 없는 년이 딸이냐? 시끄러워. 화 일게 하지 말고 니 방에 가."

할머니가 옷을 갈아입고 마당을 나설 때까지 여진 언니는 욕실에서 나오지 않았다. 할머니는 화단 흙을 다시 살펴보고 대문을 열었다.

"여진이랑 밥 챙겨 먹어."

할머니는 한껏 부드럽게 말하려고 했지만 어색했다. 할머니가 나가자마자 여진 언니는 욕실에서 나와 내 방으로 들어갔다. 나는 착잡한 마음으로 뒤따라 들어갔다.

"왜 할머니 화나게 만들어. 어쩜 그래 바락바락 대드

니 정말 대단한 재주다. 난 할머니가 제일 무섭던데."

언니는 벗어 놓은 한복을 차곡차곡 개키고 버선과 흰 꽃띠 등을 그 위에 올려놓고 보자기로 쌌다.

"소리야. 이거 내일 내 방에 갖다 놔 줘."

나는 대답 없이 보자기를 만지작거렸다. 언니는 창문을 열고 침대에 걸터앉아 팔을 창틀에 기대고 담배를 피웠다.

"소리야, 조금 있으면 친구가 올 거야."

"피곤할 텐데. 조금 자고 가도 되잖아."

"남자가 있었어. 두 계절 사귀었나? 그동안 시시했던 연애 때와는 달리 진지하게 사랑했나 봐. 근데 그 사람, 내가 무당이라니깐 기겁하더라."

언니는 담뱃불을 끄고 침대 밑에서 트렁크를 꺼내 펼쳤다. 옷들을 모두 꺼내 하나씩 점검하며 다시 개켜 넣었다.

"그 사람이랑 같이 가는 거야?"

"아니, 그이는 나 만나는 거 무섭대. 함께 가는 친구는 옷 가게 하는 친군데 물건 하러 가는 편에 같이 가는 거야."

"언니도 나처럼 평범하게 살면 안 되나?"

"나도 제초제 삼키라고? 난 그렇게 독하지 못한 거 알잖아. 전생에 무슨 큰 죄를 지은 건지 모르겠어. 엄마가 굿 예능 보유자니까 난 아무 생각 없이 당연하게 배워야 하나 했어. 예원이 덕분에 나도 정신이 들더라."

"율이 많이 걱정할 거야."

"알아. 소리랑 헤어지는 것도 처음이고, 그치?"

"참순이 무당 어떻게 해. 가지 마. 언니 떠난다고 달라지지 않아."

"정말 그렇게 생각해?"

"…… 아니."

여진 언니의 핸드폰이 울렸다. 언니가 상대방에게 대로변에 있는 김밥천국 위치를 알려 주었다. 나는 서랍에서 차 상자를 꺼냈다. 호두나무잎을 다섯 장 꺼내 언니에게 주었다. 언니는 희미하게 웃으며 잎을 받아 장지갑에 끼워 놓았다.

작년 겨울, 율의 방에서 언니는 목도리를 뜨고 있었고 나는 책장에서 책을 꺼내 뒤적거렸다. 나무의 신화, 라는 책을 펼쳤다. 우주목과 세계목에 대한 부분을 언니에게 읽어 주었다. 언니는 우리 우주목은 그럼 단풍나무인 거네, 했다. 호두나무에 대한 것들도 비교해 보았다. 우리는 어릴 때 이쁜이 무당에게서 호두나무잎 세 장을 베개 밑에 넣으면 미래를 알려 주는 꿈을 꾼다는 얘길 들었다. 나무의 신화 책에도 호두나무에 대한 언급이 나와 있었다. 호두의 식용 부위는 두 겹으로 되어 있는데 그 생긴 모양 때문에 뇌의 반구들을 연상시킨다고 했다. 카뤼아, 호두나무의 여신은 예언을 내렸다. 그러니깐 나무의 신화에 나오는 호두나무와 우리나라 무속에서 전해져 오는 호두나무는 모두 미래를 예언하는 나무였다. 나는 남산으로 올라가는 길 입구에 있는 호두나무에서 잎을 뜯어 왔다.

여진 언니 뒤를 따라 김밥천국까지 걸어갔다. 검은색 승용차가 우리 앞에 설 때까지 나는 어금니를 세게 물었다. 언니는 캐리어를 뒷좌석에 실었다. 잠깐 내 손을 잡았다 놓고 뒤돌아보지 않고 차에 올라탔다. 승용차가 신호등 앞에서 유턴했다. 대관령 방향으로 가는 것을 바라보다 몸을 돌렸을 때, 찰랑거리던 눈물이 떨어졌다. 문득 오늘 꾼 꿈이 떠올랐다. 꿈에 단오 터로 가는 잠수교를 건넜다. 갑자기 세찬 바람이 불었다. 목에 두른 흰색 스카프가 획 날려 남대천에 떨어져 흘러 내려갔다. 흰 스카프가 물에 휩쓸려 가는 걸 보다가 할머니 목소리에 깼다. 어둑해지는 대관령 산자락을 쳐다보았다.

◯

쉬는 시간에는 이어폰을 귀에 꽂은 채 엎드려 여진 언니를 떠올렸다. 여진 언니가 사라진 것에 대해 참순이 무당은 처음에는 크게 걱정하지 않았다. 어디 바람이라도 쐬러 갔겠지. 금진 풍어제 전에는 들어오겠지, 했다. 그러다 오늘 새벽, 내 방문을 벌컥 열었다.

"여진이 어디로 갔는지 넌 알고 있지?"

나는 내 눈을 뚫어지게 바라보는 참순이 무당의 눈을 똑바로 보았다. 모른다는 표정을 지었다.

"니 방에서 잘 때 무슨 말 안 했어? 분명, 너한테는 말했을 것 같은데? 말해 봐. 어디로 갔어?"

나는 태연하게 핸드폰을 꺼내 여진 언니의 전화번호를 눌렀다. 결번이거나 없는 번호라는 안내 음성이 나왔다.

"없는 번호라지? 일냈어. 예원이 따라 일 저지른 거야."

참순이 무당은 이미 부어 있는 눈을 비비며 울었다. 참순이 무당은 눈물이 많기로 유명했다. 남들 사연을 듣다가도 먼저 울어 버렸다. 자신이 여진 언니를 어떻게 키웠는지 다 아는 사실을, 알아들을 수도 없는 울음 섞인 목소리로 말했다. 할머니가 잠에서 깨 내 방으로 건너왔다. 할머니는 나에게 여진이 어디 있는지 아느냐 물었다. 나는 모른다고 대답했다. 할머니는 그녀를 신방으로 데리고 갔고 이어 울음 섞인 목소리가 들렸다. 참순이 무당이 다녀간 후 잠이 오지 않았다. 일찍 학교에 가서 책상의 낙서를 해결할 생각으로 가방을 챙기는데 율이 왔다. 율은 내 방에 들어오지 않고 평상에 앉아 담배를 피웠다.

"소리, 알고 있지?"

나는 가방끈을 꽉 쥐고 대문으로 향했다.

"나한테 말하고 싶을 때 해 줘. 알았지?"

나는 대문에 손을 대고 가만히 서 있었다. 다른 사람에겐 거짓말을 해도 율한테는 거짓말하고 싶지 않았다.

"학교 늦겠다. 가 봐."

대문을 닫기 위해 몸을 돌렸을 때, 율의 턱이 더욱 뾰족해져 있는 걸 보니 마음이 아팠다. 여진 언니는 이틀 동안 내 카페에 들어오지 않았다. 핸드폰 번호도 알려 주지 않았다. 흰 스카프가 물에 빠져 떠내려가는 꿈이 걸렸다. 어제 할머니에게 어디 아픈 곳 없냐고 물었다. 할머니는 다리 마사지를 너무 자주 해서인지 종아리가 가늘어진 것 같다고 말했다. 친구가 꾼 꿈인데 흰 스카프가 물에 빠졌다고 했더니 애들 꿈이 뭐 대수라고, 하며 상대도 안 해 줬다. 예원이는 여진 언니의 소식을 듣고 나에게 수첩을 달라고 했다. 수첩에 예원이 적었다.

'너한테 연락한다고 했지?'

나는 고개를 끄덕였다.

'그럼 됐어.'

그리고 예원이는 눈을 감았다. 예원이 힘들어할 때 내가 알아차리지 못한 것이 나는 미안했다. 나는 예원의 얼굴을 바라보았다. 익숙해져서인지 예원의 입술은 벌어진 꽃잎처럼 보이기도 했다.

4교시 국어 시간에 선생님은 지난번 과제를 정리해 내라고 했다. 그중 좋은 작품을 선별해 단오 백일장에 응모할 거라 했다. 나는 이미 정서해 놓았기에 책상 서랍에서 수국공무원의 꿈을 복사한 A4용지를 꺼냈다. 읽어야 할 두 번째 공책을 복사한 것이 빠져 있었다. 첫 번째 공책을 넘기고 세 번째 공책인 일기를 복사한 것을 휘릭 넘겨 보았다. 그는 일기를 읽지 말라고 했다. 일기장을 불에 태운 사진을 그에게 보냈다. 나는 종이를 반 접으려다 펼쳐진 페이지의 어느 한 대목을 읽었다. 자살, 이라는 단어가 눈에 띄었다. 뜨거운 두부를 삼킨 듯 목이 뜨거워졌고 가슴이 뛰었다. 나는 그의 일기를 읽었다. 새해 첫날의 일기는 일상과 앞날에 대한 계획으로 시작되었다. 그러다 어느 순간 고달픈 엔젤 화원에서의 아르바이트와 불우한 가족사가 이어졌다. 특히 알코올 중독인 아버지의 폭력과 병든 엄마, 감당할 수 없는 빚. 그는 이 모든 것에서 벗어나는 길을 선택할 것이라 적었다. 그는 자살할 것이라 일곱 번이나 강조해 썼다, 복사지 제일 앞장을 펼쳤다. 이휘열(1999~2023). 날카로운 금속이 내 목을 강렬하게 짓누르는 것 같았다. 나는 고개를 들었다가 국어 선생님과 시선이 마주쳤다.

"얘, 너 윤소리. 어디 아프니? 얼굴이 새파래."

선생님 말씀에 아이들이 뒤를 돌아 나를 봤다.

"네, 저, 저 보건실에……."

"그래, 얼른 가 봐. 혼자 괜찮겠니?"

나는 핸드폰을 손에 움켜쥐고 나왔다. 복도를 걸어 나오며 그에게 사진을 보냈던 기록을 찾아 통화 버튼을 눌렀다. 연결음이 다섯 번 울렸을 때 상대편에서 전화를 받았다. 여자였다. 나는 이휘열을 찾았다. 여자는 한숨을 내쉬며 자신은 열흘 전 핸드폰 번호를 바꿨다고 대답하고 끊었다. 교사 밖으로 나가 체육관 뒤쪽으로 걸어갔다. 구글로 반포 화훼상가 내 엔젤 화원 전화번호를 찾았다. 세 번째 걸었을 때야 누군가 전화를 받았고, 상대편의 목소리만으로도 바쁘다는 것이 느껴졌다.

"저, 저. 거기 아르바이트생 이휘열."

"그 학생 보름 전에 관뒀어요."

"아, 저. 어느 독서실에서 밤에 아르……."

"몰라요. 바빠서 그럼."

체육관 외벽에 등을 기대고 하늘을 올려다보았다. 새파란 하늘에 오려 붙인 듯 또렷한 흰 구름이 떠 있었다. 믿기지 않는 비현실적인 상황을 어떻게 받아들여야 할지 나는 알 수 없었다. 어떻게, 어디로 연락을 해 봐야 할까. 그래서 그의 죽음을 확인하면 무엇이 달라질까. 슬픔도 애틋한 것도 아닌 그러나 자꾸 목이 막히는 이 감각을 뭐라고 해야 할지 몰랐다. 나는 한참을 아무 생각 하지 못한 채 하늘만 노려보았다.

해금 연주를 들으며 체육관 외벽을 돌았다. 산책로를 따라 중간 정도 가니 이혁이 의자에 누워 있었다. 잠이 든 것 같았다. 체육관 앞 산책로를 되돌아 나왔다. 뒤에서 발걸음 소리가 났고 이혁이 손을 뻗어 내 오른쪽 귀에서 이어폰을 빼 자기 귀에 꽂았다. 계면조 계락을 듣던 중이었다. 이혁이 고개를 비스듬히 기울이며 듣다가 교실에 들어가 자리에 앉기 전에 이어폰을 돌려주었다.

"너, 정말 희한한 애인 것 같아."

율의 방은 깨끗하게 청소되어 있었다. 커튼은 걷혀 있고 두 개의 창은 활짝 열려 있었다. 아랫목에 펼쳐 둔 이불과 쿠션도 없었다. 윗목의 책과 책장 위도 정돈되었다. 거울 유리도 말갛게 닦였다. 율 혼자 오토바이 앞에 서 있는 사진은 그대로 있었다. 왼쪽으로 기운 몸을 오토바이에 기대고 청색 스카프를 두르고 웃고 있는 율은 행복해 보였다. 이 사진을 찍은 날 율은 엄마와 함께 있었다. 방 한가운데 펼쳐 놓은 교자상 앞에 앉아 율을 기다렸다. 열린 문으로 라일락 향이 들어와 폭폭 쌓였다.

어둠 속에서 라일락이 조용히 향을 내뿜으며 꽃잎을 백옥처럼 흰색으로 바꾸고 있었다.

"이 밤에 어쩐 일이야?"

흰 모시 적삼 차림의 율이 방으로 들어왔다. 율에게서 비누 냄새가 났고 면도했는지 뾰족한 턱이 반들반들했다.

"그냥 와 봤어."

"그럼, 그냥 가지."

내가 흘겨보아도 율은 본척만척하고 책장 위에서 나무 상자를 꺼냈다. 상자에서 주사 분쇄기와 부적유, 괴황지 등을 꺼내 교자상에 펼쳐 두었다.

"부적 쳐야 하거든. 가지?"

나는 손가락으로 책장에서 책등을 하나씩 문지르며 제목을 읽어 내렸다. 율은 부적을 칠 때면 혼자 있으려 했다.

"그 심청굿 하던 무당 필례라고 했나?"

"세진이. 필례는 애 무당 때 부르던 이름이고."

"그 한복. 그 필례 무당이 직접 지어 준 거라며."

"오늘 길일이라 꼭 쳐야 할 부적이 몇 개 있어."

대답을 피하고 말을 돌리는 수법이 영 어색했다. 어

릴 때, 할머니는 태백산 당골에 갈 때면 나를 여진 언니 집에 맡겼다. 악몽에 시달리다가 일어났을 때, 여진 언니는 깊이 잠들어 있었다. 베개를 안고 율의 방으로 건너갔다. 율은 동쪽 창을 향해 정수를 올리고 분향 중이었다. 율은 나를 내보내려 했지만 나는 울며불며 떼를 썼다. 결국, 나는 율 옆에 그림처럼 앉아 있기로 했다. 나는 말없이 앉아 율이 경면 주사를 분쇄한 후 정성껏 기도한 뒤 혼을 담아 괴황지에 붓을 올리는 것을 보았다. 율은 부적을 치는 내내 말 한마디 붙여 주지 않았고 그 좋아하는 도라지 담배도 피우지 않았다. 그 뒤론 율이 부적을 칠 때면 나는 이 방에 들어오지 않았다.

"오늘은 중요한 관재구설부, 횡액방지부, 동토부, 옥추삼재부를 쳐야 하니 그냥 가."

"묻고 싶은 게 있어. 사근진에 블루문이란 카페, 연정이 이모가 하는 거 알고 있었어?"

"어, 그래."

"엄마 찾으러 가 봤어?"

"갔는데 말 안 해 주더라고 말했는데."

"지금 오토바이 타고 가 보자고 하면…… 안 갈 거지."

"이 밤에?"

"어, 율. 내가 어떤 사람을 알게 되었는데 그가 자살을 암시하는 글을 남겼거든. 그걸 늦게 발견한 거야. 핸드폰 번호도……."

율은 한지 위에 올려놓은 주사 분쇄기에 주사를 덜어 담고 한참 있다 손을 내렸다. 고개를 들어 나를 바라보았다.

"소리야."

"아니, 엄마 말이야. 불길해. 때를 놓치면 안 될 것 같은데. 핸드폰 번호 남겨 놨는데 연정이 이모도 전화 안 해."

율은 무표정하게 상자 안에 주사 분쇄기와 부적유, 괴황지를 담았다. 상자를 손으로 쓰다듬으며 말없이 앉아 있었다.

"엄마가 못 하게 한 것 같아. 율, 그럼 내일 같이 가 볼래?"

무표정한 얼굴은 나를 쳐다보지 않았다. 나는 천천히 일어났다. 방문 앞에 서서 고개를 돌리지 않고 말했다.

"필례 무당 이쁘더라. 좋겠네. 옷도 해 주고, 갈게."

라일락에서 소리 없이 향이 후루룩 떨어졌다. 이게 아닌데. 격해진 감정이 두서없이 쏟아져 나와 뒤엉켜 어떤 게 어떤 슬픔인지, 불안인지 몰랐다. 둑 위로 올라가 율의 방을 내려다보았다. 모시 적삼을 입은 율이 벽에 기대앉아 담배를 물었다. 물 흐르는 소리를 들으며 둑길을 걸었다.

단오가 끝나자마자 천변은 다시 물소리를 찾았다. 단오 터였던 곳이 굉장히 넓게 느껴졌다. 황색 가로등이 텅 빈 바닥에 원을 그려 놓았다. 휴지 하나 없는 깨끗한 시멘트 바닥이 쓸쓸해 보였다. 규칙적인 간격으로 서 있는 황색 가로등 중 한 곳 아래로 갔다. 가로등이 바닥에 그려진 노란 원을 마구 휘저었다. 가로등 아래 몸을 말고 앉았다. 어지럽게 흔들리던 불빛이 고요를 되찾아 노랗고 둥글게 내 그림자를 쓰다듬어 주었다. 나는 원 밖으로 나가지 않았다. 뾰족하고 쓸쓸한 내 그림자 선들을 원 안으로 끌어당겼다. 그래, 수국공무원, 이휘열, 그는 그렇게 했을 거다.

서랍에서 상자를 꺼냈다. 내가 쓴 편지들이 되돌아온 것이 일곱 통이었고, 엄마가 나에게 보낸 편지는 세

통이었다. 중학생이 되어 율에게 떼를 쓰고 협박해 엄마의 주소를 알아냈다. 내가 엄마에게 보낸 편지는 대략 스무 통이 될 것이다. 엄마의 답장은 늘 간결했다. 아직 자리를 못 잡아 너무 정신이 없다. 소리가 잘 견뎌내 줘 고맙다, 율에게 모든 일을 상의하고 할머니 말씀 잘 들어라. 굿은 절대로 배우지 마라. 엄마가 자리 잡히면 방학 때 이곳으로 초대하겠다. 엄마는 자리가 잡히면, 이란 말을 자주 했다. 어느 정도 안정이 되면 그때 나를 돌아보겠다는 뜻인가. 내가 바라는 것은 안정되고 자리 잡은 엄마가 아닌, 그냥 그대로 지치고 힘든 엄마의 얼굴에 내 얼굴을 비벼 보는 것이었다. 제라늄 잎사귀를 비볐을 때 나는 독특한 향처럼, 미역귀 냄새를 맡았을 때처럼, 나는 엄마의 향을 맡고 싶었다. 블루투스 헤드셋을 빼고 핸드폰 스피커로 김옥심의 아리랑을 틀어 놓았다. 남대천으로 나 있는 창문 밖에서 누군가 토악질하는 소리가 들렸다. 커튼을 열고 창밖을 내다보았다. 둑 위와 아래, 아무도 없었다.

언젠가 고등학교 교복을 입은 여진 언니가 둑 아래에서 토하고 있었다. 나는 밖으로 나가 언니 등을 두들겨 주었다. 내 방 창으로 나오는 불빛에 언니의 얼굴이 물로 번들거렸다. 눈 밑에 검붉은 멍이 있었고 입술과 볼에는 검게 말라붙은 피가 엉겨 있었다.

"너, 엄마한테 고마워해라. 태어나면서부터 정해진 지랄 같은 운명을 바꿔 주었잖아. 내가 원해서 태어난 것도 아닌데 평생 무당으로 살아야 하는 심정, 넌 죽었다 깨어나도 모를 거야."

나는 대답을 못 하고 언니 등만 두들겼다. 언니는 여자 선배들한테 불려가 맞았다고 했다. 아무리 악을 쓰고 대들어도 여럿을 당해낼 수가 없었다고 했다.

아리랑이 계속 반복되어 나왔다. 나는 침대에 앉아 창틀에 팔을 올려 기댄 채 따라 불렀다.

"아리랑, 아리랑, 아라리요. 아리랑, 고개로 넘어간다."

"너 정말 청승이다."

창문 바로 아래에서 이혁의 목소리가 들렸다. 나는 침대에서 몸을 일으켰다. 몸을 더 내밀어 창 아래를 내려다보았다. 이혁이 벽에 기댄 채 바닥에 앉아 있었다. 자전거도 벽에 기대 세워져 있었다.

"드라이브 중이었거든. 우연히 이쪽으로 지나다 네 방에 불이 켜져 있어서."

"……"

"잠깐 나올래? 아니면 내가 들어갈까?"

"미쳤어?"

시계를 보니 열한 시가 되어 갔다. 대문을 소리 나지 않게 천천히 열었다. 나는 율의 집 쪽을 바라다보았다. 율의 방에서 불빛이 새어 나왔다. 희미하게 불어오는 바람 속에 라일락 향이 묻어 있었다.

"너 해몽 책을 만들려면 좀 더 체계적으로 공부해야 할 거야."

"너 불편해. 앞으로 불쑥 찾아오지 마."

"나 학교 관두게 될 것 같아. 경기도에 있는 의대 입시 전문 기숙학원에 갈 거야. 어차피 의대가 목표니깐 여기서 삼 년 시간 낭비하는 것보다 검정고시로 통과한 후 곧장 수능으로 들어가야지."

이혁은 지난번 이 결정을 위해 서울과 경기도에 있는 기숙학원을 방문해 영어, 수학, 과학 테스트를 봤다고 했다. 영재고, 과학고, 특목고 이런 건 나와는 거리가 먼 다른 세상의 일이었다. 나는 당장 수국공무원의 생사 여부, 엄마의 현재 위치, 여진 언니, 예원이……. 이런 상황을 누구에게도 말할 수 없었다.

그래, 이혁은 그 나름대로 상황이 힘들겠지. 특목고

는 들어 봤어도 의대 입시 전문 기숙학원은 처음 들었다. 대학을 위해 고등학교 시절을 잘라내는 결단력이 대단하기도 했고, 무서웠고 한편으로 씁쓸했다.

"네 의지인 거야?"

"아마도?"

"의지가 대단하네."

"윤소리. 장담은 못 하겠는데 길어도 삼 년 후, 합격하면 너에게 연락할게. 그때까지 해몽해 놔. 핸드폰 번호 바꾸지 말고."

"……"

"대답해 주지?"

"열심히 해."

"가볍게 갈게, 안녕."

이혁이 자전거에 올라탔다. 휘파람을 불며 안장에서 엉덩이를 떼고 페달을 밟으며 달려갔다. 이혁이 만든 청량한 바람이 내 얼굴에 와 닿았다.

달항아리에는 민들레의 댓글이 있었고, 시린달의 꿈 하나가 올라와 있었다. 민들레는 오늘 아침 임신 진단 테스트를 했는데 한 줄이었다고, 다시 한 달을 기다릴 거라고 했다. 그러니까 민들레의 꿈은 태몽이 아니었다. 민들레의 꿈을 복사해 해몽 결과 폴더에 넣었다. 심리적인 꿈이 분명했다. 새로운 폴더를 만들었다. 심리적인 꿈, 이라 제목을 붙였다. 민들레의 꿈과 해몽을 새로 만든 폴더에 넣었다.

이휘열의 꿈을 꺼냈다. 나는 그가 살아 있을 거라는 가정을 열 번도 넘게 했다. 서울과 가족이 지긋지긋해 모든 걸 버리고 시골로 내려갔거나 아니면 원양 어선이라도 타지 않았을까. 혹은 낯선 도시의 숙소 제공 공장이라도. 그 가정들이 더 불가능했다. 그래서 나는 그의 죽음을 인정했다. 이건 죽은 사람의 꿈이었다.

나는 애틋하고 쓰라린 심정으로 그의 꿈을 컴퓨터에 옮겨 적고 간단한 해몽도 곁들였다. 연애 사건에 해당하는 꿈은 거의 없었다. 시험에 대한 불안감, 돈과 욕망에 해당하는 꿈. 어떤 꿈에는 돌아가신 할머니가 나타나 그에게 서류 봉투를 주었다. 그 봉투 안에는 합격 통지서가 들어 있었다. 그 꿈은 확연하게 시험에 합격하는 꿈이라고 모든 꿈해몽사전에는 나와 있었다. 그는 오 년 동안 공무원 시험을 응시했지만, 결과는 모두 불합격이었다.

실패를 의미하는 꿈. 실패한 꿈들이 모두 불합격에 관한 예지몽이라고 할 수 없었다. 컴퓨터 폴더에 심리적인 꿈, 뿔의 문, 이라는 폴더를 만들어 놓았다. 예지몽이라는 것은 없거나 아주 드물게 꾸어지는 꿈이라는 확신이 생겼다.

녹색구름 님. 오월이 지나갔어요. 언젠가 녹색구름 님이 오월이 싫다고 빨리 끝났으면 좋겠다고 한 거 같은데. 저도 오월에는 자잘한 사건이 많았어요. 엄마가 병원에 입원했거든요. 지금도 병원 휴게실에서 이 글을 쓰고 있어요. 어젯밤 꿈이 걸려요. 꿈에 치아 전체가 빠졌어요. 그런데 치아가 다 빠지니 오히려 후련한 느낌이 들었어요. 해몽 책을 찾아보니 흉몽이던데. 흉몽이라니 기분이 안 좋아요. 엄마의 입원과 관련이 된 걸까요?

시린달은 하늘에서 달이 떨어지는 꿈을 꾼 적이 있었다. 그때 나는 그녀의 부모님 중 특히, 어머니 쪽이 불안했다. 치아에 관한 꿈은 가족이나 일가친척의 죽음, 관청 직원의 직위 해제, 권력 하락, 죽음, 거세를 상징했다. 윗니가 빠지면 윗사람에게 좋지 않고 아랫니가 빠지면 아랫사람한테 좋지 않은 일이 일어나게 됨을 의미한다고 대부분 해몽 자료에는 나와 있었다. 꿈에 의미를 부여하지 않는 사람들도 윗니가 빠지는 꿈을 꾸고 일어난 아침이면 불길한 예감을 누르며 어른들에게 안부 전화를 했다. 치아 전체가 왕창 빠지는 꿈에 대한 자료를 찾아보았다. 여러 사이트를 다녀 봤지만, 의견이 엇갈렸다. 대부분은 흉몽으로 보았고, 어떤 곳에서는 구설수를 조심하라고 나왔다. 해결해야 할 일이 잘 해결된다는 풀이도 있었다. 해몽을 알 것 같았는데 이럴 때 난감했다. 해몽에 대한 확신이 서질 않았다.

아리랑을 틀어 놓고 방 불을 끄고 누웠는데 잠이 오질 않았다. 병든 엄마 옆에 앉아 있을 시린달의 모습을 상상했다. 이십 대 중반이라 했고, 프랑스 문학을 공부하다 휴학하고 마트에서 세제를 팔고 있다. 엄마와 둘이 살았다. 엄마가 입원해 병간호한다. 밤에 텅 빈 휴게실에서 핸드폰으로 달항아리에 들어와 꿈을 적었다. 할머니처럼 몸주신이 있다면 시린달을 위해 축원해 주고 싶었다. 사는 것이 힘겨운 사람들에게 작은 빛을 주고 위로하고 싶었다. 여진 언니는 꼭 신내림 받지 않아도 어떤 사람을 위해 정성을 다해 기도해 준다면 정성은 통한다고 했

다. 나는 속으로 나만의 방식으로 시린달을 축원하는 기
도를 했다. 오늘은 정말 꿈에서라도 엄마를 보고 싶었다.
차 상자에서 꺼낸 호두나무잎 세 장을 베개 밑에 두었다.

o

여진 언니가 잡혀 왔다. 참순이 무당이 여진 언니가
다니던 미용실에 찾아가 온종일 추태를 떨었다고 했다.
참다못한 미용실 원장이 발 벗고 나서 여진 언니 동료들
을 닦달해 서울 명동에 있는 미용실 이름을 알아내 줬
다. 그길로 율과 쳐들어간 참순이 무당이 여진 언니를 끌
고 내려온 과정을 할머니에게 말했다.

뭔 서울 한복판이 그래요? 겉은 반짝반짝 모양을 냈
는데 안에 들어가 보니 건물은 낡아 쾨쾨하고 계단에는
지린내 나고, 손님은 죄 중국인들뿐이고. 그 소굴 같은
한 귀퉁이에서 한뎃잠을 자는 꼴을 보니 속이 확 뒤집혔
어요. 나도 몰래 냅다 귀싸대기를 올려 붙였어요. 지를
어떻게 낳아 키웠는데 험한 곳에 가 몸 고생을 사서 하냐

고요.

나는 여진 언니가 서울로 간 날부터 수도 없이 많은 꿈을 꿨다. 어떤 날은 이미 해몽을 해 준 시린달의 꿈이 내 꿈에 나타났다. 어떤 날에는 수국공무원이 나오는 꿈을 꿨다. 꿈속에서 나는 그에게 당신은 죽었다고 노골적으로 말했다. 나는 꿈을 꾸면서도 너무 저돌적인 것 아닌가, 라는 생각을 했지만 수국공무원은 하얗게 웃으며 알고 있어, 라고 작게 말했다.

나는 그에게 말했다. 당신은 죽었지만 당신의 꿈은 나에게 있다고, 언젠가는 당신의 꿈을 해몽해 줄 것이라고 꿈속에서 약속했다.

꿈을 샀다. 죽은 자의 꿈이다. 처음에는 그의 꿈을 태워 버릴까, 하고 생각했더랬다. 그러나 율에게 빌려 온 해몽사전은 사십 년 전에 인쇄한 거였다. 저자가 모은 사례자들 대부분은 죽었을 거였다. 산 자의 꿈이건 죽은 자의 꿈이건 사전 형식으로 모아 놓으면 결국 꿈은 꿈으로 남는 거였다. 그래서 나는 수국공무원의 꿈을 해몽 사례에 포함하기로 결정했다.

나무가 되는 꿈, 높은 빙벽을 타고 오르다 오로라를 본 꿈, 거대한 잠수함이 가라앉는 꿈. 수많은 꿈을 꾸었다. 그러다 최근에는 꿈에 물고기를 자주 보았다. 잉어인지 우럭인지 알 수 없었다. 상관없었다. 물고기인 것은 확실했다. 엄마의 얼굴이 기억나질 않았지만, 엄마인 사실은 확실한 것과 마찬가지로. 내가 엄마 얼굴을 모른다고 해서 엄마가 내 엄마가 아니라고 할 수는 없으니깐. 나는 수없이 많은 밤 잠들기 전 엄마를 떠올리며 베개 밑에 호두나무잎을 넣었다. 꿈에서라도 엄마를 만나고 싶었다. 꿈에 엄마가 나타났을 때, 얼굴을 알아보지 못할까 걱정되어 잠들기 전에 사진을 보았다. 꿈에 검은 물고기가 나타났을 때, 난 대번에 알아차렸다. 엄마는 다시 먼 곳으로 떠났구나. 내 얼굴도 보지 않고, 그래서 나는 엄마가 물고기가 되었다고 생각하기로 했다. 엄마는 물고기가 되어 먼바다로 갔다. 고요히 앉아 생각해 보니 알 수 있었다.

　여진 언니가 돌아온 날 퍼붓던 소나기가 장마로 이어졌다. 남대천 수위는 아슬아슬했다. 빗물은 순식간에 불어나 미처 바다로 흐르지 못했다. 할머니는 작년 태풍 때와는 달리 신방 물건을 상자에 담지 않았고 누워만 있었다. 나는 침대에 앉아 무섭게 불어나는 물만 바라보았다. 칠 일째 내리는 비는 줄어들 기미가 보이지 않았다. 나는 덜컹거리는 유리 덧창을 닫았다.

"할머니, 나 학교 가."

할머니는 아침도 차려 주지 않았고 방에서 내다보지도 않았다. 나는 예측했다. 율을 통해서건 직간접적이건 할머니는 엄마와 만났다. 하던 대로 실컷 욕을 퍼부었을 거였다. 참순이 무당처럼 여긴 언니 뺨을 후려친 후 몸을 확 껴안고 살냄새 나는 정을 보여 주진 않았을 거였다. 녹내를 뿜어내며 빗물로 눅눅한 대문을 열고 골목을 나섰다. 검은 우산을 쓰고 골목에 서 있던 율이 휴교령이 내려졌다고 전해 주었다.

물기 가득한 바람이 몰려들었다. 나는 말없이 대문을 열고 안으로 들어갔다. 물비린내 나는 바람이 한차례 불었다. 바람이 불 때마다 제라늄이 비에 젖은 그늘을 흔들며 붉은 향을 뿌려 놓았다.

휴교령은 이틀째 이어졌다. 할머니는 고추장을 푼 감

자수제비를 끓이다가 무의식적으로 숨을 참았다가 내뱉었다. 국자를 휘젓다가 고개를 설레설레 저었다. 나는 고추장이 끓어 넘치는 걸 봐도 할머니에게 말해 주지 않았다. 할머니가 이인용 식탁에 감자수제비를 퍼 주면 말없이 뜨거운 감자를 입에 넣고 고개를 양쪽으로 기울였지만, 예전처럼 뜨겁다고 호들갑을 떨지 않았다. 식사 후에는 할머니보다 먼저 일어나 설거지했다. 장맛비가 퍼붓는 동안 나는 기말고사 공부를 핑계 대고 스터디 룸에 들락거렸다. 할머니는 내 책상 위에 만 원, 오만 원권 지폐를 놓아두었다. 나는 스터디 룸에 자리를 잡고 책을 펼쳐 놓고 나왔다. 바다로 가는 버스를 탔다. 우산을 썼지만 비가 팔과 다리를 적셨다. 축축해진 천이 표현할 수 없는 어떤 감각과 함께 몸에 휘감겼다. 버스 안에서 차창이 비로 얼룩지는 걸 보았다. 가슴이 미어졌지만 내색하지 않았다. 해무가 올라오는 모래사장을 걸어 사근진 바닷가 카페에 갔다. 창가 자리에 앉았다. 만약 엄마가 이곳에 왔었다면 바다가 가장 가까이 보이는 이 자리에 앉았을 것 같았다. 무슨 생각을 했을까. 나는 지금 무슨 생각을 하는가. 생각이 중요한가. 비록 다른 시간이지만 같은 바다를 바라보았다, 바다를….

내 책상에는 A4용지 두 장이 붙어 있었다. 나는 마지막 6교시 수업 종이 울렸을 때, A4용지를 벗겨냈다. 책상 위에는 새로운 낙서가 있었다. 삐뚤빼뚤한 글씨체였다. 어쩐지 익숙했다. 이혁의 글씨체였다. 나에게 줬던 꿈 한 대목이 적혀 있었다. 이혁은 자퇴했다고 했다. 책상 위에 다시 A4용지를 붙였다. 종이 끝이 나달나달해졌고 여러 손이 펼쳐 보았는지 테이프 접착력이 떨어졌다.

어제는 예원이 찾아왔다. 할머니는 예원이 고개만 숙여 인사를 해도 받지 않았고 욕할 기력도 없는지 예원을 못 본 척했다. 예원에게 욕을 안 해서 다행이었다. 예원과 말없이 내 방 침대에 걸터앉아 남대천에 비가 닿는 것을 구경했다. 할머니가 검은 우산을 쓰고 대문을 나서는 게 보였다. 할머니의 등이 굽어 보였고 유독 검은 우산이 커 보였다. 청파 여인숙에 예원과 나, 단둘이 남았다. 예원은 고개를 돌려 나를 보았다.

"나, 나, 소리, 낼, 수, 있어."

예원의 입에서 바람 소리와 함께 목소리가 나왔다.

"너, 혼자, 알아, 비, 밀이야."

예원은 목에 호스를 제거했을 때부터 소리가 나는 것을 알았다 했다. 그러나 당분간 사람들 앞에서 절대 소리를 내지 않을 것이라 했다.

"나, 나는 내림굿도 누름굿도 하지 않을 거야. 내, 의지로 이겨낼 거야. 그리고 난 공부 열심히 해 선생님이 될 거야."

"어, 그래. 예원아. 존중해."

나는 고개를 끄덕였다. 한 번, 두 번, 세 번. 여러 번 끄덕였다.

여진 언니는 다시 시내에 있는 미용실에 다녔다. 언니에게 이곳을 떠난 일주일이 어땠는지 물어봐도 대답하지 않았다. 언니는 율의 장단에 맞춰 별신굿 굿거리 무가 구연을 연습했다. 언니는 앞으로 진정성을 가지고 굿을 제대로 배워 보겠다고 말했다. 종교적이고 무속적인 것이 아닌, 예술로 받아들이기로 했다고 했다. 나는 내가 알고 있는 무당들의 삶을 기록하기로 했다. 잠이 안 오는 밤이면 아리랑과 빗소리가 나선으로 서로 휘감겨 드는 것을 느끼며 강신무이자 세습무인 할머니의 얘기를 조금씩 기록했다.

반나절 소강상태이던 비가 다시 퍼부었다. 분당 강수량이 근 이십 년 중 최고치라고 했다. 이제 남대천은 두 뼘 정도 여유가 있었다. 물이 흘러가며 만들어낸 물결이

둑 위를 넘쳐흐를 것 같았다. 군용 트럭이 도착했고, 군
인들이 재빠르게 둑 위에 모래 포대를 쌓았다. 모래 포대
가 쌓이는 속도는 빗물의 속도를 따라잡았지만, 물의 힘
을 이겨낼 수 있을 것 같지 않았다. 책상 의자에 앉아 컴
퓨터를 켰다. 달항아리에는 해몽을 기다리는 많은 꿈이
있었다. 안부 게시판에 시린달이 글을 남겼다. 해몽이 밀
려 있는 것으로 봐선 무슨 일이 있는지 걱정하는 안부
글이었다.

상징 방을 클릭해 꿈을 읽고 해몽을 적었다. 누구의,
어떤 꿈인지 생각할 겨를 없이 해몽했다. 모든 해몽을 끝
낸 뒤에 시린달이 해몽을 부탁한 꿈들을 처음부터 찾아
보았다. 꿈은 스물일곱 개가 올라와 있었다. 달항아리에
시린달 꿈을 모아 놓을 방을 하나 개설했다. 시린달 꿈
을 모두 옮기며 다시 읽어 보았다. 대부분 이미지가 강렬
했고, 꿈을 정확하고 자세하게 기록했다. 자연스럽게 근
황을 알 수 있었고 친구, 가족 관계를 알 수 있었다. 삶을
간신히 견디고 있다는 걸 꿈을 통해 알 수 있었다. 달항
아리에 안내 글 하나를 써 놓았다.

며칠 동안 이곳에 들어오지 못했습니다. 늦었지만 지금

이라도 기다리신 분을 위해 해몽을 적어 놓았습니다. 제가 알고 있는 해몽가가 있습니다. 그는 해몽은 스스로 하는 것이 제일 정확하다고 합니다. 저 또한 그 의견에 동의합니다. 달항아리에서 한 분의 꿈이 스무 개 올라오면 개인 방을 열어 놓을 것입니다. 모아 놓은 본인의 꿈을, 해몽을, 해몽 결과를 들여다보면 본인에게도 좋은 자료가 될 거라 생각되네요. 현재, 시린달 방을 따로 마련해 놓았습니다. 앞으로 시린달 님은 그곳에 꿈을 올리시면 됩니다. 그럼, 좋은 꿈 꾸세요.

침대에 앉았다. 창문을 여니 빠르게 자판을 치듯 빗소리가 들렸고 빗방울이 후다닥 쳐들어왔다. 군인들은 철수했고 모래 포대가 차곡차곡 쌓여 있었다. 남대천 수위는 모래 포대까지 닿았다. 가운데는 미처 둑 가에 닿기도 전 물살에 휩쓸려 수위가 더 높았다.

굵은 빗방울이 소매를 적셨다. 젖은 소매를 손으로 닦다가 강물을 바라보았다. 불어나는 강물 위로 어떤 기억이 솟아올랐다. 나는 기억을 건져 올렸다. 옷장을 뒤져 붉은 스웨터를 꺼내 입었다. 칼로 소맷부리 한 올을 잘라냈다. 스웨터 소매 끝에서 붉은 올을 풀었다. 성기게 짠 스웨터는 꼬들꼬들한 무늬를 유지한 채 풀렸다. 금세 팔뚝이 드러났다. 쏟아지던 빗줄기가 가늘어졌다. 빗줄기 사이로 물빛에 휩싸인 남대천의 물결이 보였다. 비가 드물게 점선으로 떨어졌다. 나는 소매에서 붉은 올을 풀어내다 마침내 비가 멈추는 것을 목격했다. 내 무릎과 바닥에 붉은 실이 구불거렸다. 빗소리가 멈췄다. 소리를 키운 듯 노랫가락이 크게 들렸다.

그리워 애달퍼해도 부디 오지 마옵소서
만나면 아픈 가슴은 상사화보다 더하오니
나 혼자 기다리면서 남은 일생을 보내리라

바람이 물소리인가 물소리 바람인가

연못가에 앉아 못 안을 들여다보았다. 물옥잠과 수련이 커다란 그림자를 물 위에 그렸다. 검은 물 사이로 커다란 물고기가 천천히 다가왔다. 겹겹이 쌓인 검은 물그림자 속에서 물고기는 검은 잉어 같기도 하고 검은 우럭 같기도 했다. 검은 잉어도 있나, 라고 꿈속에서 생각했다. 그때 내 앞으로 다가온 물고기가 갑자기 팔딱 튀어 올랐다. 물방울이 내 얼굴에 튀어 오르는 듯했는데 물고기가 내 무릎에 올라왔다. 나는 꿈속에서 어, 이건 태몽인데, 하며 혼잣말했다. 물고기 옆 지느러미가 길게 뻗쳤다. 지느러미가 사람의 팔로 변했고 꼬리에 발이 솟아 나왔다. 물고기 머리 부분에 사람의 얼굴 형상이 나타났다. 지느러미에서 뻗어 나온 팔이 나를 힘껏 안았다. 발버둥을 쳤지만, 물고기는 더욱 나를 꼭 안았다. 숨이 막혀 죽을 것 같았다. 있는 힘을 다해 눈을 떴다.

마루에서 인기척이 들렸다. 문을 열자 율이 앉아 있었다. 그는 손으로 얼굴을 쓸어내리고 나를 돌아보았다.

"소리, 깼어. 바다에 갈래?"

나는 어둠 속에 잠긴 할머니 방을 힐긋 보고 그를 따라나섰다. 그는 둑 위로 올라갔다. 둑 위에는 율의 낡은 오토바이가 있었다. 내가 뒤에 올라타자 그는 시동을 걸었다. 새벽바람이 거칠게 얼굴을 할퀴었다. 나는 왜소한 그의 등에 얼굴을 파묻었다. 율은 소나무 숲에 오토바이를 세웠다. 소나무 향이 공기 중에 짙게 흩어졌다. 나는 앞서 걷는 율의 뒤를 따라 소나무 숲을 가로질렀다. 곧이어 축축한 모래사장이 펼쳐졌다. 율은 바람막이 점퍼를 벗어 모래 위에 펼쳐 주었다. 나는 율의 얇은 점퍼 위에 앉았다. 축축한 모래 결이 고스란히 전해졌다. 모래에 앉아서인지 바다는 나보다 더 높은 곳에 있는 것처럼 보였다. 나는 목을 꺾고 하늘을 올려다보았다. 새파란 하늘에 비현실적으로 선명한 흰 구름이 떠 있었다. 비가 바다를 헹궈낸 듯 모래가 희디희게 반짝거렸다. 거친 모래가 뒤덮인 사장에는 파도에 휩쓸려 온 검은 미역이 길게 늘어졌다.

나는 먼 바다를 바라보다 율에게 말했다.

"엄마는 물고기가 되었어. 꿈에, 물고기가 보였어."

율은 시선을 바다에 두고 고개만 두 번, 세 번, 네 번 끄덕였다. 파도가 거세게 몰아쳤다. 파란 물이 하얗게 부서졌다. 희게 흩어지는 파도 조각이 가슴속으로 파고들었다.

운명의 재구성

박윤영(문학평론가)

1. '어떤' 운명

운명이 인간의 욕망과 늘 같은 곳을 바라보지 않는
다는 점에서 인간은 운명과 대척점에 서 있을 수밖에 없
는 존재라 할 수 있다. 근대 이전의 인간이 신의 섭리나
불가해성으로 표상되는 운명에 그저 내던져진 존재였다
면 근대 이후의 인간은 운명과 맞서 싸우려는 대결 의지
를 지닌 존재로 그려진다. 운명이라는 단어가 시대착오
적으로 느껴질 만큼 개인의 선택과 의지가 인간다움의
척도로 자리매김한 오늘날 운명은 아예 존재하지 않거
나 무조건 극복해야 하는 대상이 된 것처럼 여겨지기도
한다. 한 처녀 무당이 별신굿 도중 바다에 몸을 던지는
장면으로 시작되는 박정윤의 『꿈해몽사전』은 어떤 운명
으로부터 탈주하려는 개인의 욕망과 의지를 집중적으로
다룬다.

『꿈해몽사전』에는 '무업'이라는 운명과 갈등하는 여
러 인물이 등장한다. 특히 혈통을 중심으로 유전하는
듯 보이는 세습무의 삶은 대를 이어 비극적인 서사를 만

들어낸다. 어머니 없이 강신무[1]인 할머니 밑에서 자란 '나'(윤소리)의 가족사도 이와 별반 다르지 않다. '나'의 어머니인 신혜인은 세습무로서의 삶을 거부하며 별신굿 도중 바다에 몸을 던진다. 이후 어린 소리를 어머니에게 맡긴 혜인은 평생을 이국에서 떠돈다. 강릉 단오제에 참가한 무당 가운데 거의 최고령에 속하는 '나'의 할머니 윤정옥은 신내림을 거부해 남편과 아들을 한꺼번에 잃었으며 어쩔 수 없이 무당이 된 후에는 자신을 떠난 딸을 대신해 어린 손녀를 돌보며 고달픈 삶을 살아간다.

어머니가 무업을 잇지 않았기 때문에 세습무로 살아갈 필요가 없는 '나'와 달리 세습무의 운명을 의무로 받아들여야 하는 비슷한 또래의 여진은 무당이 되는 것이 싫어 집을 떠나 방황한다. 또한 강신의 과정까지 겹쳐 신병을 앓게 된 예원은 차도에 몸을 던지거나 제초제를 마시는 등 극단적 선택을 서슴지 않는다. 이처럼 '나'를 둘러싼 세계에서는 무업을 이어야 하는 운명으로부터 벗어나기 위해 가족을 등지거나 목숨을 버리는 일이 대를 이어 거듭해서 반복된다. 소설은 무당이라는 운명에서 벗어날 수 있는지에 대한 답변을 유보한 채 무당이라는 운명과 갈등하는 인간의 의지와 고뇌, 좌절을 구체적으로 그린다.

---

1 "오랫동안 신내림을 받는 강신무에 대립되는 용어로 세습무를 사용해 왔으나 현재는 이 용어의 적합성을 두고 논의가 활발하다. 강신무도 대를 이어 신내림을 받으면 결국 무업에 세습되는 것이며, 세습무 중에서도 신내림을 받는 경우도 있기 때문이다."-마소연,「빙의되지 않는 무당」,《오늘의 문예비평》통권 117호, 2020, 159쪽.

무당은 죽은 자와 교감할 수 있는 특별한 능력을 지닌 자들로 인간과 영혼의 세계를 매개함으로써 인간 세계의 문제를 해결할 수 있는 존재들을 의미한다. 무엇보다 "무당은 굿을 배우고, 굿을 할 수 있는 사람들을 지칭"(59쪽) 한다는 점에서 무당의 가장 중요한 일이 굿이라는 행위와 밀접하게 관련되어 있음을 확인할 수 있다. 무당은 굿을 통해 개인과 집단의 액운을 물리치고 그들의 안녕과 복락을 빈다. 즉, 무당은 굿을 매개로 현실 세계의 문제에 적극적으로 개입해 어려움에 처한 개인과 공동체의 운명을 좀 더 순한 길로 이끌어내는 것이다. 무당 스스로가 벗어날 수 없는 운명에 매어 있는 존재들이라는 점을 상기할 때 이들이 개인과 집단의 운명을 바꾸는 역할을 자처한다는 사실은 아이러니하게 느껴지기도 한다.

2. 숭배와 혐오

무당은 미신의 맹목적 수호자인가. 아니면 전통문화의 계승자인가.『꿈해몽사전』은 무당과 무속신앙을 바라보는 한국 사회의 두 가지 모순된 시각을 병치해 이를 문제 삼는다. 한때 종교적 숭배의 대상으로 정치적 권능까지 지녔던 무당은 유교의 영향으로 고려 중기부터 '음

사'(음탕하고 사악한 것)로 규정되어 배척당했으며 이러한 경향은 유교 국가인 조선 시대를 거치며 더욱 심화되는 양상을 보인다. 근대 이후에도 무속은 기독교와 일제 식민주의 정책의 영향으로 '미신'으로 치부되어 그 자체로 비문명성을 상징하거나 근대화를 가로막는 장애물로 인식되었다. 특히, 박정희 정부는 무속 신앙을 타파해야 할 대상으로 적시하고 단속이나 형사 처벌 등을 통해 직접적인 탄압을 가하기도 하였다.[2]

소리의 할머니는 무당이라는 이유만으로 "하대 많이 받았"(172쪽)던 시절을 회상하며 "작게 굿판을 벌여도 경찰이 귀신처럼 찾아"(172쪽)와 단속을 피해 정신없이 도망치다 굿청에 눕혀 두었던 다섯 살 난 딸을 다시 찾으러 갔던 아찔한 기억을 떠올린다. '나'(윤소리)는 굿 중간에 무녀들의 한을 말하는 할머니의 사설을 들으며 할머니와 율, 여진 언니, 참순이 무당, 오뚝이 무당이 "종교로 인정받지 못하는, 신이 아닌 신을 섬기는 자"(172쪽)라는 이유만으로 천대와 멸시의 나날을 힘겹게 견뎌 왔음을 안타깝게 여긴다.

이와 관련하여 중요무형문화재로 지정된 만신 김금화의 회고는 무당이 국가나 이웃 공동체로부터 배제되고 차별당한 경험을 구체적으로 보여 주고 있어 주목된

2 이용범,「무속에 대한 근대 한국사회의 부정적 시각에 대한 고찰」,『한국무속학』제9집, 2005, 152쪽.

다. 김금화는 "새마을운동으로 인해 미신 타파 바람이 걷잡을 수 없었던" 1970년대를 회상하며 이 시기 "온 가족이 파출소에 끌려가 뜬눈으로 날밤을 새우기 일쑤였"으며 "각서를 쓰고 풀려나길 반복"[3]했다고 술회한다. 또한 '꺼림칙하다'는 이유로 셋방을 구하기 어려웠던 일과 굿 소리가 시끄럽다는 이유로 이웃에게 신고를 당했던 일, 조카들이 무당집 아이라는 이유로 학교에서 집단 따돌림을 당했던 일 등을 떠올리며 "혹세무민의 사기꾼"으로 매도되어 "사람 취급"을 받지 못했던 설움을 토로한다. 이 시기 굿을 할 수 없게 된 무당들은 끼니를 이를 수조차 없는 극단적인 궁핍에 시달렸다.[4]

강릉 시내를 가로지르는 큰 하천인 남대천은 강릉 단오제의 오랜 굿터이다. 이곳은 천 년 동안이나 이어져 내려온 강릉 단오제의 역사와 전통을 상징하는 공간으로 지역민들에게 깊이 각인되어 있다. 그러나 정작 강릉 단오제를 이끌어 온 주역인 무당들은 "남대천 건너편, 허름한 여인숙 같은 집이 다닥다닥 붙어 있는 곳"에서 평생을 가난과 싸워야 했다.[5] 비교적 성실한 무당인 소리의 할머니 역시 남대천 근처 곶감 시장 골목 안 청파 여인숙에서 가난하고 초라한 삶을 이어 간다. 실제로 황루시에 의해 회고된 큰무당 신석남의 삶은 소리 할머니의 삶과 놀랍

---

3   김수병, 「권위의 벨트, 문화를 조이다」, 《한겨레21》, 2005.02.18.
4   https://terms.naver.com/entry.naver?docId=3578122&cid=59013&categoryId=59013
5   비릿 편집부·박정윤, 「Interview」, 《비릿》 2호, 책읽는저녁, 2019, 40쪽.

도록 닮아 있다. "신석남은 매우 가난하여 중앙 시장 곳 감장 뒤에 있는 여인숙에 방을 빌려 살"았으며 "오랫동안 공들이고 바라던 인간문화재가 되었"으나 "겨우 3년을 채우고 죽을 때까지 여인숙 신세를 면하지는 못했"[6]다고 한다. 규모가 작고 값이 싼 여인숙에서의 삶은 무업을 잇는 사람들이 겪는 현실적 어려움을 절실하게 드러낸다. 무당의 삶은 무업을 하기로 마음먹기까지의 어려움뿐만 아니라 그 이후의 고달픈 삶까지도 감내해야 하는 이중의 고통 속에 놓여 있는 셈이다.

소리와 예원, 여진이 학교 내에서 당하는 차별과 폭력은 무당에 대한 우리 사회의 뿌리 깊은 혐오를 드러낸다. 소리는 학교에서 유일하게 마음을 터놓고 지내는 민정이 짝사랑으로 괴로워하자 조심스럽게 짝사랑을 끝낼 수 있는 주술을 전한다. 민정은 머리카락 세 올을 짝사랑하는 상대의 신발에 넣으면 사랑을 이룰 수 있다는 소리의 조언을 귀담아 듣는 듯했으나 소리와 헤어진 직후 "신발장 앞에서 조금도 망설임 없이 손에 들고 있던 머리카락을 바닥에 버"(57쪽)린다. 조금이나마 한계를 극복했다고 생각한 순간 다시 만나는 것은 이처럼 낯익은 게토들이다. 이후 민정은 자신이 짝사랑하는 이혁이 소리에게 관심을 보이자 질투심과 배신감에 소리를 멀리한다.

---

6 https://terms.naver.com/entry.naver?docId=1777694&cid=49227&categoryId=49227

소리는 민정에게 이혁과의 만남이 자신의 의사와는 무관한 우연한 것이었음을 밝히지만 민정은 오히려 소리가 무당 할머니 밑에서 자랐다는 사실을 약점으로 잡아 소리를 괴롭히기 시작한다. 무당의 가족이라는 것이 집단 따돌림의 강력한 동기로 작용할 수 있다는 사실은 혐오의 극단적 형태인 인종주의를 연상하게 하며 무당이라는 존재가 우리 사회에서 여전히 게토화된 영역임을 보여 준다.

하나의 학습된 감정인 혐오감정은 다양한 공적 제도와 규범, 문화 등을 통해 차별을 정당화하는 구조로 체계화됨으로써 특정 집단을 공동체 밖으로 추방시킨다. 민정을 비롯한 반 친구들은 예원과 소리가 친한 사이라는 것을 알면서도 소리 앞에서 대놓고 신병을 앓고 있는 예원의 흉내를 낸다거나 무당을 향해 귀신 들린 사람, 무서운 사람, 사기꾼이라고 말하며 그들의 존재 자체를 비하한다. '나'는 "무례하게 구는 건 저 애들"이라는 것을 잘 알면서도 자신도 모르는 사이에 "부끄럽고 창피한"(152쪽) 감정에 사로잡히고 만다. '나'의 정체성은 무당에 대한 차별적 인식을 폭력적인 방식으로 내면화하는 과정에서 부정적으로 재구성될 수밖에 없다. 반복되는 혐오와 배제의 경험은 타인과의 소통을 포기한 채 스스로를 고립시키는 결과를 낳는다. 결국 소리와 예원은 "넌덜머리 나는 소문과 뒷말" 때문에 "의도적으로 친구를 만들지 않"(46쪽)게 되었다.

무업을 잇는 사람들이 처한 이러한 어려움과는 대조적으로 무속은 종교적 차원을 넘어 하나의 전통이자 문화로 우리 삶의 곳곳에 다양한 형태로 남아 있다. 특히 무속과 유사한 개념으로 인식되는 굿은 무속의례뿐만 놀이, 제사 등 다양한 의미로 사용된다는 점에서 제의와 놀이, 축제가 근본적으로 같다는 하위징아의 주장을 떠올리게 한다.[7] 가령, 강릉 단오제의 백미인 단오굿은 축제의 일부로서 많은 사람들이 즐기는 연희이자 대중적 놀이가 된 지 오래다.

단오굿은 영동 지역의 안녕과 번영을 기원하는 의례로, 무녀는 5일 동안 20거리 내외의 굿을 진행한다. 단오굿을 담당하는 세습무는 다양한 굿거리를 해낼 수 있기까지 오랜 기간 혹독한 수련의 과정을 거친 굿 예능 보유자로서 이들은 예술의 경지에 오른 굿을 통해 신과 인간을 매개하고 공동체의 문제를 해결하려 애쓴다.[8] "단오제가 유네스코 인류 구전 무형유산 걸작으로 등재되면서부터 일본, 프랑스, 미국 등 외국에서 특히 굿 공연 의뢰가 많"(118쪽)아졌다는 구절은 굿이 하나의 공연예술 장르로 자리매김하고 있음을 드러낸다. 이처럼 굿이 하나

---

7   요한 하위징아, 이종인 역, 『호모 루덴스』, 연암서가, 2018.
8   안상경, 「한국의 당골을 찾아서② : 강릉단오굿 잇는 세습무 빈순애 - 강릉단오굿을 예술로 끌어올린 '천 년의 무당'」, 《민족 21》 통권 제108호, 2010.03, 144~148쪽.

의 문화예술로 인식되기 시작하면서 세습무는 굿을 주재하는 무당인 동시에 무대에서 공연을 하는 예술가로서의 정체성도 지니게 되었다. 소설은 무형문화재를 보존하려는 국가의 문화예술 정책에 영향을 받게 된 무당 집단 내부의 갈등을 그리는 등 오늘날 무당이 처한 크고 작은 변화를 사실적으로 재현해낸다.

3. '소녀들'의 꿈

『꿈해몽사전』은 "한 소녀가 단오굿 때 굿을 하는 무당 할머니를 보면서 도대체 이 굿이라는 게 뭘까. 무속이라는 게 뭘까 궁리하는, 단오 굿판이 벌어지는 기간의 이야기"[9]라고 할 수 있다. 소녀의 '궁리'는 관찰과 극복이라는 두 가지 차원에서 이루어진다. 이 소설의 서술자인 '나'(소리)는 무당 집단에 속해 있음에도 "엄마가 이곳을 떠났기에"(233쪽) 세습무로서의 삶을 살지 않아도 되는 인물로 그려진다. "무가끼리 결혼하는 특수 혼을 통해 혈통을 지켜"(202쪽) 온 세습무들에게 무업 계승은 한 세대라도 건너뛰어서는 안 되는 것으로, 뒤바뀐 '나'의 운명은 무당의 삶을 객관적으로 관찰할 수 있는 관찰자로서의 위치를 확보하게 한다. 소리는 무당에 의해 연행되는 굿

---

9 비릿 편집부·박정윤, 앞의 글, 40쪽.

을 "예술적인 퍼포먼스"나 "슬픈 비극의 한 장면"(143쪽) 같다고 여기면서도 가난한 무당의 삶을 보며 "할머니의 몸주라고 말하는 신을 신으로 받아들이지 않"(133쪽)고 미신으로 치부하거나 비웃는 등 냉소적인 태도를 보이기도 한다.

소리의 눈에 비친 무당의 삶은 세대별로 다른 양상을 보인다. 우선, 무당 1세대라 할 수 있는 윤정옥은 많은 곡절을 겪은 후 무당의 삶을 숙명으로 받아들인 인물로, 무당으로서 그녀의 삶은 불행한 가족사와 주변의 냉대와 무시, 가난으로 인한 생활고까지도 끌어안아야만 비로소 가능한 것이었다. 한편, 소리의 어머니나 율, 참순이 무당, 오뚝이 무당 등은 무당 2세대에 속하는 인물들로 이들은 무업을 이어야 하는 운명으로부터 아예 탈주하거나 세습무로서의 삶을 살아가며 예술가 혹은 장인으로서 자부심을 느끼기도 한다. 이들은 굿이 무형문화재로 인정받게 되면서 국가의 문화예술 정책에 따라 본격적으로 장인의 지위를 획득하게 된 세대이며, 이러한 지위를 자녀 세대에게 대물림하고 싶은 욕망을 가지고 있다. 마지막으로, 아직 무당이라고 부르기 어려운 여진과 예원 등 무당 예비군이라 할 수 있는 무당 3세대가 있다. 이들은 자아실현의 욕구와 무업을 이어야 하는 운명 사이에서 극심한 갈등을 겪는다.

소설은 소리의 눈에 비친 무당 3세대들의 고민과 선택을 그리는 데 주력한다. 여진은 "어렸을 때부터 힘들었던 것, 학교에서 당했던 것, 연애에 실패했던 것, 굿에 대한 부담감, 신에 대한 불신"(203쪽) 때문에 무업을 계승하는 일에 두려움을 느끼고 있으며 "이곳에선 절대로 벗어날 수 없을 것 같"(211쪽)다는 절망감에 사로잡혀 있다. 예원은 "무업을 잇지 않으면 비명횡사하는 사주를 받고 태어났"다는 어머니 오뚝이 무당의 "맹신"을 "지긋지긋해"(181쪽)하며 굿을 "야만적"인 "코미디"(143쪽)로 평가한다. 예원은 오뚝이 무당의 바람과는 달리 "무업 계승 따위 우리 대에서 끝나야 해. 여전히 천대받고 존중해 주지도 않아. 그걸 왜 해? 무당들부터 변해야 해."라고 말하며 강한 반감을 드러낸다.

문학평론가 전영규는 「바다가 되어 돌아온 그녀들」에서 박정윤 소설에 등장하는 비극적인 가족사를 지닌 소녀들에 주목한 바 있다. 주로 한부모 가정이나 조손 가정, 재혼 가정에 속해 있는 이들은 부모의 자살과 같은 비극적인 사건을 겪으며 불행한 유년기를 보낸다. 「트레일러 소녀」, 「미역이 올라올 때」, 「소요」, 「기차가 지나간다」, 「파란 평행봉」, 「내 곁에 있어 줘」, 「초능력 소녀」, 「목공 소녀」 등 박정윤의 전작에 등장하는 소녀들은 제대로 된 돌봄을 받지 못한 채 결핍 상태에 놓여 있으며 극심한

트라우마에 시달리기도 한다. 전영규는 박정윤의 소설이 후반부의 반전을 통해 충족과 귀환을 이루는 일반적인 성장소설과 달리 인물들의 지속되는 결핍과 방황을 그리고 있다고 지적한다.[10]

그러나 박정윤은 『꿈해몽사전』에서 "잔인한 통과의례"[11]를 겪는 소녀들의 선택과 의지를 그려냄으로써 전작과는 다른 새로운 성장 서사를 열어 보인다. 무당 3세대 가운데 누구보다도 가장 심각한 갈등을 겪었던 예원은 스스로 제초제를 마시는 선택을 통해 온몸으로 자신의 운명을 거부한다. 이후 간신히 목소리를 낼 수 있게 된 그녀는 "내림굿도 누름굿도 하지 않"고, 이 모든 상황을 오롯이 자신의 "의지로 이겨"내 "선생님이 될" 것임을 밝힘으로써 '도피'와 '순응'으로만 설명할 수 있었던 이전 세대의 삶을 뛰어넘으려는 모습을 보인다. 또한 무당에 대한 차별적 시선과 무업에 대한 부담감 때문에 집을 떠났던 여진은 자신을 찾아온 어머니와 함께 집으로 다시 돌아온다. 소설은 여진의 무업 계승 여부를 하나의 가능성으로 열어 둔 채 여진의 선택을 존중한다. 한편, 어머니의 부재 속에서 외롭게 자란 소리는 자신의 결핍을 '꿈해몽사전'을 만드는 일을 통해 해소하려고 한다. 이는 무당에 의해 "주술적"이고 "맹목적"(130쪽)인 방식으로 이루

---

10 전영규, 「바다가 되어 돌아온 그녀들」, 《비릿》 2호, 책읽는저녁, 2019, 203쪽.
11 전영규, 앞의 글, 203쪽.

어졌던 꿈해몽을 심리학이나 인류학, 종교학, 민속학 등 학문적 차원에서 다루어 보려는 시도라 할 수 있다. 소설은 이렇듯 모험하는 무당의 모습을 그려냄으로써 기존의 무당 서사가 지닌 한계를 전복시키는 데 성공한다. 소녀들의 꿈은 이제 막 시작되었다.

작가의 말

1977년 초여름, 애리애리한 여대생이 할머니들이 모인 숲에서 공책을 펴 들고 무가를 받아 적었을 거였다. 그 후, 꼬박 사십오 년 넘게 단오 터를 지키게 되리라는 걸 여대생은 꿈에도 몰랐을 거였고.

이듬해 일곱 살의 나는 막걸리 주전자를 든 할머니를 따라 땡볕에 앉아 굿을 봤다. 흰 저고리, 치마, 무복에 수건 하나 들고 굿을 하던 무당. 이야기도 아니고 노래도 아닌, 가만히 읊조리던 무가 소리. 그 강렬했던 초여름의 기억이 드문드문 나를 굿당으로, 그녀에게 닿게 했다.

세기말, 1999년. 나는 '꿈해몽사전'이라 제목부터 적어 놓은 녹색 공책을 들고 굿당을 들락거렸고 그녀, 황루시 교수를 다시 만났다. 그녀는 늘 거기 있었다. 단오굿뿐만 아니라 강문, 울진, 기장, 제주, 남산 국악당, 어디든 굿판이 벌어지는 곳에 그녀가 있었다.

어떤 시간에는 밀착해 바짝 쓴 적도 있었다. 나는 늘 쓰는 것만 즐겼다. 어느 순간부터는 쓰고 난 후 발표, 출간, 평에는 별 흥미가 없어졌다. 그렇다고 어느 한 계절 소설을 쓰지 않은 적이 없었다. 늘 소설과 간격을 유지하며 꾸준히 읽고 썼다. 그리고 서랍에 던져두었다.

그걸 '걷는사람'이 끄집어내 반듯한 책으로 만들었다.

나는 내가 쓴 소설을 예술이라 여긴 적이 없다. 그러나 우리 굿, 우리 무당, 특히 세습 무당이 굿을 이어 가는 방식은 황홀할 정도로 예술적이다. 나는 험난한 삶을 견뎌 온 그들의 얘기를 잘 쓰고 싶었다. 내 문장이 부족해 부끄러웠다.

그러나 이 소설을 읽는 당신이 소녀 '소리'를 통해 세습 무당의 예술적인 삶을 조금이라도 경험하길 욕심부려 본다.

2023년 초여름
박정윤

꿈해몽사전

2023년 6월 30일 초판 1쇄 펴냄

지은이	박정윤
펴낸이	김성규
편집	김안녕 한도연
표지그림	박인주 @firecrackercity
디자인	신아영
펴낸곳	걷는사람
주소	서울 마포구 월드컵로16길 51 서교자이빌 304호
전화	02 323 2602
팩스	02 323 2603
등록	2016년 11월 18일 제25100-2016-000083호

ISBN   979-11-92333-90-8 03810